IVO & JORGE

PATRICK ROTMAN

IVO & JORGE

roman

BERNARD GRASSET
PARIS

ISBN 978-2-246-82758-0

À la mémoire d'Henri,
complice d'un demi-siècle

Prologue

Montand chante « Les Feuilles mortes ». Étrange image dans sa banalité. L'incongruité ne provient pas du fait lui-même. Montand a susurré les vers de Prévert des milliers de fois, sur toutes les scènes de France, à Paris au théâtre de l'Étoile ou à l'Olympia, et dans bien des salles de spectacle du monde, à New York, Rio ou Tokyo, San Francisco ou Bruxelles et même ici, à Moscou, au théâtre Pouchkine en décembre 1956.

Nous ne sommes pas au théâtre Pouchkine mais à trente kilomètres de là, trente-quatre ans plus tard.

Nous vivions tous
Les deux ensemble
Toi qui m'aimais
Moi qui t'aimais

Montand chante « Les Feuilles mortes » dans le hall de l'aéroport international Cheremetievo.

Il est assis sur une banquette métallique. À côté de lui, un journaliste russe tend son micro. À quelques pas, l'équipe de télévision filme ce bizarre moment. Montand a souvent répété que chanter, c'est un métier, qu'il était impossible d'interpréter une chanson au débotté, sans préparation, sans musique, sans surtout l'ambiance de recueillement nécessaire à la concentration. Lorsque le journaliste lui a demandé à la fin de son interview de chanter le titre de Prévert, il n'a pas osé refuser. Il enchaîne les couplets de manière automatique, la voix y est mais pas le cœur. Je vois à la lueur de colère qui brille dans ses yeux las qu'il est furieux d'avoir cédé, furieux contre lui-même.

Dès qu'il a fini son dernier refrain, il se lève et rejoint ses amis Costa-Gavras et Jorge Semprún. Ils viennent d'atterrir du vol de Paris, encore incrédules de se trouver là, en juin 1990 dans le Moscou de la perestroïka gorbatchévienne pour présenter *L'Aveu*, qui a dénoncé les crimes du communisme. Ce film sorti juste vingt ans auparavant est leur œuvre, aux trois immigrés, le réalisateur né en Grèce, le scénariste espagnol et l'acteur d'origine italienne. Entre eux, l'idée de la projection de *L'Aveu* dans la Mecque du communisme était depuis des années devenue un sujet de plaisanterie. Quand on passera *L'Aveu* à Moscou, les poules auront des dents, les poissons des bretelles et les cochons voleront. Les trois amis étaient convaincus que de leur vivant, les Russes ne verraient pas le film.

Le miracle s'est produit.

Pendant tout le vol entre Paris et la capitale soviétique, nous n'avons pas cessé de parler. Plus exactement, je pose des questions courtes, volontairement naïves, Montand déroule de longues réponses. Il évoque son premier séjour à Moscou en 1956, lorsqu'il était parti chanter, après avoir beaucoup hésité, alors que Budapest agonisait sous les chenilles des chars russes. Il ne regrette pas ce voyage qui lui a entrouvert les yeux. Avec ce talent si particulier qui lui permet de tracer un sillon cohérent dans un discours chargé de digressions, de retours en arrière, Montand argumente pour la millième fois, détaille son parcours singulier qui fut celui d'une génération. Celle qui croyait au matin quand l'aube se levait sur Stalingrad, avant d'admettre de révélations en « rapport secret » que le communisme portait en lui la perversion totalitaire. Au cours de ce long voyage personnel dans les soubresauts d'un siècle dont l'histoire s'est écrite au fer rouge, le tournage de *L'Aveu* a constitué pour lui un moment charnière, crucial. Faire ce film était un acte politique qui lui a permis de solder les comptes.

Avec son passé, avec la « famille », avec lui-même.

L'hôtesse apporte du café. Il demande de l'eau. L'interruption ne lui a pas fait perdre le fil. Il est maintenant, à Prague, six mois plus tôt. Lors d'une cérémonie en l'honneur de Jan Palach, un jeune étudiant qui s'est immolé par le feu en janvier 1969 pour protester contre l'invasion de son pays par les armées du pacte de Varsovie, Montand se tient aux côtés de Václav Havel passé de la prison au Château, de la dissidence à la présidence. Il confie l'émotion venue de loin de participer à des moments historiques qui sont dans la lignée de sa vie. Les yeux flous, Montand évoque Simone Signoret qui l'a « accompagné » pendant toute cette cérémonie.

« J'étais heureux parce que je sentais Simone, partie depuis plus de quatre ans, à côté de moi. Je lui parlais. Je lui disais, tu vois tout ce qu'on a fait, ce n'était rien, mais ce n'était pas inutile. Elle était là encore à côté de moi, lorsque je suis allé fleurir la tombe de Jan Palach. Je pensais en déposant la gerbe à toutes ces années de combat tous les deux, je pensais à tous ces jeunes du printemps de Prague qui avaient été arrêtés. Je pensais à mon père et je savais que là où il était, il était fier de moi. »

Le lendemain de la commémoration a eu lieu la projection de *L'Aveu* dans Prague libérée du communisme, depuis quelques semaines. Encore un rêve insensé devenu réalité par un fantastique emballement de l'histoire.

Montand se tait un moment, plongé dans ses pensées, le regard tourné vers le hublot. Je profite de l'accalmie pour prendre en notes télégraphiques ce qu'il vient de raconter. En dessous, défile la plaine russe, une étendue infinie de forêts et de lacs, toutes les nuances de vert. La voix familière de mon voisin s'élève à nouveau.

De l'autre côté du couloir central, Jorge Semprún, en bras de chemise, parcourt d'un œil distrait un article de *Libération* titré « Le retour de Montand à Moscou ». Il écoute d'une oreille attentive Montand, qui parle fort en raison du bruit de fond des moteurs de l'avion, évoquer son espoir d'une libéralisation menée par Gorbatchev comme cela s'est passé dans les pays de l'Est européen. Peut-être que la projection de *L'Aveu* à Moscou sera un minuscule symbole de ce processus de démocratisation. Il rode à voix haute des phrases, des formules qui lui serviront peut-être.

— Khrouchtchev voulait sauver le communisme en Russie. Gorbatchev souhaite sauver son pays du communisme. Qu'en penses-tu, Jorge ?

Semprún, à son tour, force la voix pour couvrir le vrombissement des réacteurs et les vibrations de la carlingue.

— Dans la politique menée depuis cinq ans par Gorby, coexistent des éléments de réforme interne du système et des éléments de dépassement du régime communiste qui peuvent conduire à son implosion. Plutôt que Gorbatchev, ce sont les Russes qui veulent se débarrasser du communisme. Gorby, lui, est entravé par son histoire, ligoté par l'appareil bureaucratique qui refuse tout changement.

— Tu as raison !

Le chanteur opine. Il écoute toujours avec attention ses interlocuteurs et retient ce qui lui paraît intéressant pour sa propre réflexion. Au passage, il me demande mon stylo afin de noter une phrase sur le menu du déjeuner. Il en fera son miel plus tard. En permanence, Montand se nourrit des autres. Comme une éponge, il s'imbibe de paroles, de réflexions, de pensées qu'il écrit sur des petits bouts de papier, des enveloppes, des notes de restaurant.

Autant Montand paraît spontané, au risque d'être brouillon, autant Semprún est réfléchi, mesuré, au risque de paraître froid. Mais il faut se méfier des apparences. Il arrive que la répartition des rôles s'inverse : la réserve un peu mystérieuse de Jorge peut s'ouvrir en une chaleureuse disponibilité affectueuse. Montand qui paraît d'une pièce dans son truculent costume de Méridional flamboyant est taraudé par une inquiétude existentielle qui l'amène, par instants, à s'enfermer en lui-même, absent aux autres. Ces deux-là se déchiffrent d'instinct. Vingt-sept ans de compagnonnage complice, de dialogue ininterrompu, à cultiver les affinités électives qui fondent leur amitié.

Lorsque nous arrivons au Centre du Cinéma, au cœur de Moscou, la projection de *L'Aveu* est déjà commencée. Des milliers de personnes s'entassent dans l'immense salle moderne. Les organisateurs de la soirée, les responsables du journal *Les Nouvelles de Moscou*, à l'avant-garde de la perestroïka, invitent les auteurs du film à patienter devant un verre. Montand refuse et se glisse à l'intérieur. Il veut écouter les réactions des spectateurs. Je me faufile à sa suite. Montand regarde sur l'écran sa silhouette décharnée, ses yeux vides dans un visage livide. De la main, il me fait un signe discret que je traduis par une de ses expressions familières : « Putain, le mec ! »

Quand la lumière se rallume, Montand, Gavras et Semprún montent à la tribune sous les applaudissements fournis de l'assistance. Il y a là le Tout-Moscou artistique et intellectuel. Carton d'invitation en main, on s'est pressé pour regarder *L'Aveu*, pour voir démonter, plan après plan, la mécanique d'un procès stalinien, pour suivre cette descente aux enfers que connut Artur London, vice-ministre tchécoslovaque des Affaires étrangères lorsqu'il fut précipité, en 1952, dans ce que l'histoire a retenu comme le procès Slansky.

Par une annonce au micro, l'ambassadeur de Tchécoslovaquie en URSS, Rudolf Slansky, s'est excusé de son absence : il a dû aller accueillir son président, Václav Havel, qui arrive pour le sommet du pacte de Varsovie. Trente-huit ans plus tard, le fils du pendu de 1952 est ambassadeur de son pays à Moscou et participe, aux côtés d'un ancien dissident devenu chef de l'État, à un sommet qui sonne le glas du pacte de Varsovie. Les persécutés d'hier sont les excellences d'aujourd'hui. L'histoire cavale à bride abattue.

Sur l'estrade, le directeur des *Nouvelles de Moscou* présente, à tour de rôle, Costa-Gavras le réalisateur, Montand l'acteur qu'ici tout le monde connaît, Jorge Semprún le scénariste qui sourit d'entendre son nom prononcé à la russe. Les questions des spectateurs fusent, critiques, approbatrices, complices, véhémentes parfois. Le trio répond, tour à tour, mais pour l'essentiel, Montand tient le micro, traduit instantanément par une interprète blonde. J'écris des bribes de mots, à la volée.

— Vous savez que j'ai rencontré Khrouchtchev ici, il y a bien longtemps. Il a essayé de sauver le communisme dans son pays. J'ai l'impression qu'aujourd'hui, la Russie veut se sauver du communisme.

La salle éclate en applaudissements. Dans les travées, les grands noms de la presse réformatrice, les députés les plus radicaux, les plus brillantes figures de l'entourage gorbatchévien, n'ont pas besoin d'être convaincus. Ils adhèrent à la formule de Montand modifiée sous l'impulsion de Semprún.

— La leçon essentielle de toute cette histoire tragique est qu'il faut respecter la personne humaine, surtout si elle n'est pas d'accord avec vous. C'est ce que j'ai cru comprendre dans les dernières déclarations du président Gorbatchev. Je ne suis pas naïf, je sais que cela va être très difficile. Je sais que vous avez entendu ce refrain depuis soixante-dix ans : demain on rasera gratis. Mais aujourd'hui, le responsable le plus haut de votre pays annonce qu'il instaurera une véritable démocratie. S'il n'applique pas ce principe, il sera automatiquement balayé. Maintenant c'est à vous de juger sur le terrain. C'est votre problème.

Un vieux monsieur à la crinière blanche, assis à deux rangs de moi, se lève et s'adresse directement à Montand d'une voix forte qui contraste avec sa frêle silhouette.

— Vous ne me reconnaissez pas parce que trente-quatre ans ont passé. Je suis Obraztsov, qui vous a invité ici à Moscou en 1956.

Montand le dévisage, cherchant, derrière l'apparence du vieillard, le visage de l'ancien directeur du théâtre de marionnettes, l'homme qui a fait connaître ses chansons dans toute l'Union soviétique. À mesure que l'interprète traduit ses propos, le visage de Montand s'adoucit en un sourire attendri. Dans sa figure ravinée par l'existence, les yeux bleus délavés d'Obraztsov fixent Montand à la recherche du jeune homme gambadant sur scène d'autrefois.

— Je me souviens de votre venue ici, de la folie qu'elle a provoquée, des foules qui chantaient vos refrains. Je veux vous le dire à vous : votre film ne concerne pas que le cas tchèque. Votre film nous parle aussi à nous, Soviétiques. Ceux qui sont assis ici ont soit un parent, soit un proche, soit un ami qui est mort pendant les années de terreur. Nous avons tous souffert comme souffre cet homme dans *L'Aveu*. C'est notre histoire. C'est notre film.

Semprún regarde à la dérobée Montand. Il connaît trop son ami, ce visage buriné par les blessures d'une vie pour ne pas voir l'émotion qui l'assaille, trahie par le tremblement des lèvres et cette petite larme au coin de l'œil qui lentement humidifie la prunelle. Montand tourne la tête vers Semprún. Ils échangent un long regard de complicité, de fierté aussi, peut-être. Ils auront vécu cet instant, ensemble.

Dès la fin du débat, le vieil Obraztsov rejoint Montand en bas de l'estrade. Ils s'étreignent. D'une enveloppe blanche, le vieil homme sort quelques photos prises en 1956, sur lesquelles il figure, aux côtés de Montand et Simone. Il en offre une à Montand, prétexte à de nouvelles embrassades.

Plus tard, Gavras, Semprún et Montand se retrouvent au bar de l'hôtel Rossia, un quadrilatère de béton démesuré, hideux, construit dans le plus pur style architectural soviétique. La salle est sombre, éclairée de lampes jaunâtres qui accentuent son aspect glauque. Mais Ivo, Jorge et Costa ne prêtent aucune attention au décor. Ils apprécient l'incroyable moment qu'ils viennent de vivre. Montand, enfin joyeux, a perdu le masque de gravité anxieuse qui ne l'avait pas quitté depuis Paris. Il déploie ses longs bras comme pour mieux étreindre ses compagnons.

— Vous vous rendez compte, les enfants, ce qu'on a vécu aujourd'hui ?

1

Il s'est immobilisé devant la plaque sculptée dans le mur.

Avec au coin des lèvres un sourire imperceptible, Jorge Semprún contemple l'effigie de son grand-père. Il s'approche du profil barbu d'un vieil homme gravé dans le marbre blanc, entouré d'une couronne en cuivre qui semble une auréole.

— C'est dans cette rue qu'il habitait. Il possédait un hôtel particulier où je suis allé quelquefois. Aujourd'hui il est détruit, mais on a conservé sa bibliothèque. En ce temps-là, cette rue s'appelait *calle de la Lealtad.* Aujourd'hui elle porte son nom : Antonio Maura.

Depuis le matin, Jorge fait le guide dans ce quartier élégant de Madrid, un quadrilatère de rues qui alignent, entre le jardin du Retiro et le paseo del Prado, de somptueux immeubles et de beaux magasins. La douceur de l'air, en ce mois de septembre 1995, agrémente encore cette balade qui s'apparente à un retour aux sources d'une vie. Là, dans cette oasis d'harmonie et de luxe, Jorge Maura de Semprún a vécu les treize premières années de son existence.

Il descend la rue Antonio Maura à pas lents, ponctués de haltes fréquentes qui lui permettent de raconter l'histoire de son grand-père. Né au milieu du XIXe siècle dans une famille pauvre de l'île de Majorque, le jeune Antonio a réussi une ascension sociale spectaculaire. Échappé de la peausserie familiale, il arrive à Madrid à l'âge de quinze ans pour suivre des études scientifiques. Le jeune provincial qui parle le castillan avec un épais accent est l'objet des railleries de ses camarades de cours, rejetons de familles fortunées. Isolé et perdu dans la capitale, Antonio Maura se réoriente vers des études de droit. Dès qu'il obtient son diplôme, il entre dans un cabinet d'avocats tenu par Miguel Gamazo dont il épouse la sœur. De cette union, dix enfants voient le jour. La dernière fille, Susana, sera la mère de Jorge. Tandis qu'il raconte, Semprún scande ses phrases d'incessants mouvements de ses mains qui forment autant d'arabesques.

La réussite d'Antonio Maura est étonnante. Entré en politique, figure du parti conservateur, mais partisan de réformes, il est appelé cinq fois en un quart de siècle par le roi Alphonse XIII au poste de président du Conseil. La politique est un gène familial.

Encore quelques pas et Jorge s'arrête devant un magnifique immeuble. Du bras tendu, il me montre le chiffre 12, tracé en fer forgé au-dessus d'une belle porte de style art déco, formée elle aussi de motifs rectangulaires métalliques.

— C'est là !

Au quatrième et dernier étage habitait la famille Semprún Maura. Jorge d'ordinaire si loquace se tait comme s'il se trouvait devant un sanctuaire qu'il hésiterait à profaner.

Susana, dixième enfant d'Antonio Maura, rencontre en 1918 José Maria de Semprún y Gurrea issu d'une famille aristocratique de propriétaires terriens. Le futur père de Jorge a fait des études juridiques pour être avocat avant de devenir professeur de philosophie du droit à l'université. De l'union entre Susana Maura et José de Semprún naissent sept enfants en huit ans, cinq garçons et deux filles. Jorge est le quatrième, venu au monde en décembre 1923.

Après une longue méditation silencieuse, il se décide à pénétrer dans l'immeuble du 12 de la rue Alfonso XI. Le hall et l'ascenseur possèdent le charme suranné du luxe d'autrefois. Au quatrième étage, Jorge s'arrête devant l'unique porte du palier, en bois rare de teinte acajou. Du bout des doigts, il caresse un judas circulaire en cuivre ouvragé à travers lequel, enfant, il observait les visiteurs, en se hissant sur la pointe des pieds. La porte s'ouvre sur un long couloir en L qui dessert une suite de pièces. Au fur et à mesure qu'il avance d'un pas rendu hésitant par une sourde émotion qu'à son habitude il masque derrière des remarques ironiques, Jorge indique la disposition des lieux telle que la restitue sa mémoire, étonnamment précise, malgré les décennies écoulées.

Dans l'ordre, quatre pièces se succèdent, une salle à manger, la bibliothèque transformée plus tard en chambre pour les trois garçons les plus âgés, que Jorge partageait avec ses frères Gonzalo et Alvaro, une pièce aménagée en salle de classe avec un tableau noir, la chambre à coucher des parents située à l'intersection du L. Puis, après le coude du couloir s'alignent encore quatre chambres, des salles de bains. La nombreuse domesticité loge dans une autre partie de l'appartement que dessert un long couloir. Plus loin, la cuisine et l'office d'où viennent les échos de discussions animées et parfois des airs de chanson. Dans ces trois cents mètres carrés, vivent au moins une douzaine de personnes. Comme le salaire de professeur de José de Semprún ne saurait y suffire, c'est Antonio Maura au moins jusqu'à sa mort qui assure le fastueux train de vie de la famille.

Susana et José de Semprún sortent plusieurs fois par semaine, dînent en ville, assistent aux spectacles. Lorsqu'ils partent, revêtus d'élégantes tenues de soirée, ils saluent les enfants qui prennent leur repas entre eux, surveillés par les gouvernantes. Plus tard dans la nuit, le jeune Jorge, réveillé par le bruit de l'ascenseur, observe, dans l'interstice de la porte de sa chambre, le retour tardif de ses parents. L'enfant suit du regard sa mère en robe du soir qui s'éloigne dans le couloir interminable, aux allures de labyrinthe.

José de Semprún aime les belles voitures. Il a possédé une De Dion-Bouton, puis une Oldsmobile décapotable rouge avec des pneus à flancs blancs, précédé d'un long capot sous lequel vrombit un moteur puissant qui émerveille les mécanos des stations-service. Plus tard, José de Semprún achète un modèle rutilant d'Hispano-Suiza à la calandre massive. L'été, pour fuir la chaleur madrilène, les parents emmènent les sept enfants à Santander au Pays basque. Ils passent trois mois de vacances dans une somptueuse villa dont le jardin odorant regorge d'azalées et d'hortensias, aux couleurs vives. La terrasse domine la mer. Les rejetons Semprún n'ont que quelques pas à franchir pour descendre se baigner sur la plage del Sardinero en contrebas.

— Tout a changé, l'appartement a été pillé après notre départ précipité en 1936, les bibliothèques, les livres, les meubles ont disparu.

Accoudé au balcon de son ancienne chambre, Jorge contemple à quelques mètres l'immeuble de l'autre côté de la chaussée, au 9 de la rue Alfonso XI. Avec un de ses clins d'œil ironiques qu'il affectionne, il me confie que c'est là que se trouve l'appartement de fonction attribué en 1988 à Jorge Semprún nommé ministre de la Culture dans le gouvernement de Felipe Gonzáles. Plus d'un demi-siècle plus tard, il retrouve ainsi la rue et le quartier de son enfance. Dans ce façade à façade vertigineux s'insère une vie entière, enchâssée aux soubresauts du siècle. Depuis son logement de ministre, Jorge Semprún, parvenu au faîte des honneurs et de la reconnaissance, peut, de sa fenêtre, observer, par-dessus les futaies des arbres, le fantôme du garçon qu'il fut, le jeune homme d'autrefois. En un troublant vertige existentiel, le voilà spectateur de sa propre vie.

— La boucle était bouclée. J'ai fait en revenant ici le tour de mon existence.

Cette extraordinaire coïncidence topographique ne peut arriver qu'à un homme aussi féru de concordances de temps, toujours en quête de ces fils invisibles que tracent dans le paysage mouvant de la mémoire les lieux, les dates, les hommes. Toute l'œuvre de Jorge Semprún est imprégnée de ces hasards qu'il déniche dans l'agenda enfoui de ses souvenirs et qu'il relie entre eux avec la maestria d'un magicien.

Cette fois, il n'y est pour rien.

Les deux hommes descendent de la voiture garée devant une église marseillaise à la façade austère. Ils s'engouffrent dans la rue Edgar-Quinet. En cette matinée de décembre 1982, Montand montre à Semprún l'immeuble du 20, où avec sa famille il a vécu au mitan des années vingt lorsqu'il s'appelait encore Ivo Livi. Des années où s'estompait la frontière entre la misère et la pauvreté.

Jorge Semprún tenait à accomplir ce retour aux sources. Montand, plus réticent, avait fini par accepter un pèlerinage qu'il n'avait pas effectué depuis des décennies. Il constate par ce matin d'hiver qu'en plus d'un demi-siècle, rien n'a changé. Le quartier déshérité suinte toujours la tristesse, voire la désespérance. La façade de l'immeuble où ont vécu les Livi, étroite et grisâtre, rongée par la lèpre des pierres, est zébrée de fils qui pendouillent en tous sens.

— Dans mon enfance, on n'avait pas l'électricité. On s'éclairait encore avec des lampes à huile, observe Montand.

Les deux hommes avancent d'un pas lent. Montand évoque, avec sa gestuelle méridionale et sa verve habituelle, les soirées d'été quand les chaises surgissaient sur les trottoirs étroits, que les conversations animées en trois ou quatre langues, l'italien, l'espagnol, l'arménien et parfois le français, se fondaient en un brouhaha continu dont l'écho assourdi montait jusqu'au troisième, là où le jeune Ivo cherchait le sommeil devant la fenêtre ouverte sur la touffeur nocturne.

Hormis les deux hommes, la ruelle vide semble abandonnée, sauf par un chat paresseux qui se réchauffe au soleil timide. Du bras, Montand indique une gare de triage au bout de la traverse du bachas que les deux hommes ont empruntée. Autrefois, du temps où les Livi habitaient rue Edgar-Quinet s'étendait à la place des voies ferrées un terrain vague, le bachas, traversé par le biau, un égout à ciel ouvert qui charriait une eau couleur de plomb, gorgée d'immondices. Le bachas, avec ses monticules d'ordures, servait de terrain d'aventure et de jeu aux enfants du quartier. Le jeune Ivo n'était pas le dernier, un bout de ferraille brandi dans la main, à jouer aux cow-boys à cheval sur un pneu usagé, parmi les déchets abandonnés, les meubles désarticulés, les caisses défoncées. À la tombée du jour, le bachas, quand les ténèbres s'épaississaient, retentissait de cris d'effroi, de bruits mystérieux qui en faisaient une zone interdite, un lieu de perdition.

Mais Montand n'a pas vraiment le temps d'évoquer le bachas.

Là-haut, dans l'immeuble qui fait face à celui habité jadis par les Livi, une femme est apparue à la fenêtre. Elle a reconnu l'artiste malgré, piètre déguisement, la casquette qu'il porte toujours dans la rue. Elle le hèle : « Montand ! Montand ! » Et puis, plus fort : « Il est revenu. »

Le cri parcourt les façades mornes. « Montand est là. » Les fenêtres s'ouvrent. D'autres femmes apparaissent. La rue vide s'anime soudain. Montand jette un regard de biais vers Semprún qui a compris l'invite. L'artiste accélère son pas élastique si particulier qui donne l'impression d'une glissade de patineur au-dessus de la chaussée. Avant que l'émeute déferle sur le paisible quartier des Crottes qui n'a pas volé son nom, les portières claquent et la voiture démarre.

Nous avons remonté la calle Juan de Mena avant de pénétrer dans le jardin du Retiro par l'allée des Statues, bordée par l'alignement des rois wisigoths figés dans une immobilité granitique. Tandis que nous cheminons, Jorge évoque le souvenir de cette visite à Marseille dans le quartier des Crottes, une douzaine d'années auparavant. Sans doute lui ai-je demandé s'il a accompli dans le Marseille de Montand le même type de pèlerinage que nous effectuons en ce moment dans le Madrid semprúnien. Il sourit en montrant les rangées d'arbres délimitant des pelouses impeccables, les bosquets touffus, les parterres de fleurs.

— C'était notre bachas !

Depuis l'appartement de la rue Alfonso XI, les enfants Semprún Maura n'ont que quelques pas à parcourir pour disparaître dans les allées du Retiro, qu'ils ne sont pas loin de considérer comme leur jardin privé, le « soleil vert de ma mémoire » selon Jorge. Pour lui, chaque endroit du parc est chargé de souvenirs d'enfance : les petites places délimitées par des arbres qui servent de poteaux de but, où il jouait au football avec les enfants de la bourgeoisie, la ménagerie du Retiro rendue humide par les arrosages qui attirent les moustiques et les enfants Semprún, fascinés par les vieux lions endormis, le lac artificiel de l'Estanque, à l'ombre du monument grandiloquent dédié à Alfonso XII, sur lequel José de Semprún emmène sa progéniture faire de la barque les jours d'été. Seule, l'ironie tranchante de Jorge permet de comparer ce paradis enfantin au cloaque du quartier des Crottes.

— C'était notre bachas !

Les Livi sont éternellement reconnaissants à Gaston Doumergue. C'est grâce à un décret du président de la République qu'ils deviennent français en janvier 1929. Pour Giovanni, le père de famille, acquérir la nationalité française constitue une grande fierté et l'aboutissement d'un long chemin. Il avait dû fuir l'Italie des faisceaux mussoliniens, menacé de mort par son propre beau-frère, l'oncle Gigi. Le frère de sa femme Giuseppina était le chef des fascistes locaux de ce petit coin de Toscane où les Livi cultivent la terre depuis des générations. Giovanni, lui, a adhéré dès sa fondation au parti communiste italien et créé la section locale de Monsummano Alto. L'affrontement politique et idéologique entre les rouges et les bruns déchire la famille.

Un soir, en regagnant sa maison, Giovanni Livi est tabassé par trois hommes qui l'attendent dans l'obscurité. Ce genre d'agressions est fréquent dans l'Italie d'après la Première Guerre mondiale en proie aux convulsions révolutionnaires. Giovanni n'a guère de doute sur le commanditaire de l'attaque, son beau-frère Gigi qui ne cesse d'admonester sa sœur afin qu'elle quitte ce rouge sanguinaire. Quelques semaines plus tard, une cabane attenante à la maison des Livi est incendiée en pleine nuit. Le feu se propage vers les chambres. Giovanni, Giuseppina et les trois enfants dont le dernier Ivo s'agrippent aux bras de sa mère, réussissent à s'enfuir. Les incendiaires ont laissé leur signature : « À mort les communistes ».

Ce drame fonde le traumatisme originel de la famille Livi. L'oncle Gigi restera pendant des décennies comme l'incarnation du mal dans une conception du monde coupé en deux où s'affrontent, en un combat perpétuel, les bons et les méchants.

Après l'incendie de la maison qui semble un ultime avertissement, Giovanni préfère partir plutôt que de se soumettre à l'ordre brun. L'épopée du père qui franchit à pied les Alpes pour arriver à Marseille en janvier 1924 nourrit la légende familiale. Les trois enfants, Lydia l'aînée, Julien et Ivo le cadet, gardent une admiration sans borne pour ce père persécuté pour ses convictions. L'existence de Montand sera imprégnée par le combat de Giovanni contre l'oppression, l'humiliation. Cette fidélité à ses origines, à l'engagement paternel, le musellera longtemps dans un carcan politique étriqué, manifestation publique d'une affection filiale illimitée.

Peu après la naturalisation, la famille Livi a abandonné les Crottes et le bachas. Giovanni a trouvé une baraque à louer au 7 impasse des Mûriers dans le quartier de La Cabucelle. La bicoque, un peu délabrée, possède quatre petites pièces et même un minuscule jardin large comme un couloir. Si simple qu'elle soit, la nouvelle demeure a, pour les récents émigrés, le goût du bonheur. L'impasse est une modeste venelle non asphaltée où coule une eau bourbeuse dans laquelle barbotent les petits enfants. Derrière la maison, un terrain vague s'étend jusqu'à une petite place où s'élève un bistro de quartier, le café des Mûriers. Presque un siècle plus tard, le restaurant des Mûriers, d'apparence modeste, perpétue l'appellation.

L'enclave préservée de l'impasse des Mûriers est entourée d'usines et de fabriques : les abattoirs surmontés d'une tour en brique rouge, la cheminée de la fournaise où crament les ordures, une usine de traitement du plomb, des conserveries et, un peu plus bas, les raffineries de la Générale sucrière. La Cabucelle est un quartier ouvrier où les émigrés, italiens, arméniens, espagnols fournissent la main-d'œuvre. Dans le ciel jamais vraiment bleu, flotte un nuage poisseux, formé de fumées pestilentielles, d'émanations poussiéreuses, de brumes industrielles.

Le petit Ivo fréquente l'école communale du boulevard Viala. Mais il est incapable de rester assis sur une chaise à écouter un vieux maître qui lui explique les règles de multiplication ou les accords de participe passé. Il ne retient rien, ne fait aucun effort. En classe, abonné au dernier rang, son esprit s'envole loin du tableau noir.

Montand gardera toute sa vie le complexe de ne pas avoir fait d'études. Adulte, il apprendra seul la grammaire et l'orthographe dans de vieux manuels et tentera de rattraper ses lacunes abyssales par une boulimie volontaire de lecteur autodidacte. Pour lui, l'injustice fondamentale, la source de l'inégalité se trouve là, dans la possibilité et la capacité d'apprendre. Célèbre, Montand recherchera la fréquentation des artistes et des intellectuels dont le savoir le fascine. L'attirance ressentie pour Jorge Semprún, à l'aube des années soixante, trouvera, pour une part, sa source dans l'admiration pour l'extraordinaire culture de l'écrivain, jamais ostentatoire, toujours à fleur de mots.

Le jeune Jorge ne fréquente pas l'école. Comme ses nombreux frères et sœurs, il apprend à domicile au 12 de la rue Alfonso XI dans la pièce transformée en salle d'études. Pour les plus jeunes, c'est la mère Susanna, elle-même férue de méthodes pédagogiques modernes, qui leur apprend à lire et à écrire. Ensuite, quand les enfants grandissent, des précepteurs prennent le relais. Un instituteur les initie à l'histoire, au latin, à la biologie et aux mathématiques que Jorge déteste.

José de Semprún, longue silhouette, un visage au profil aigu, presque émacié, surmonté de lunettes à monture d'écaille s'occupe de la littérature. Il écrit des poèmes qu'il déclame à ses enfants à toute heure du jour. Il publie même quelques recueils de poésie. Cette inclination donnera sans doute à son fils Jorge ce goût immodéré pour les vers qu'il sera capable de réciter en espagnol, en français ou en allemand.

Dans cette éducation à domicile, la priorité est donnée à l'acquisition des langues et en premier lieu à l'allemand. Les gouvernantes successives qui régentent cette nombreuse maisonnée sont germaniques. Fräulein Kaltenbach, plus tard Fräulein Grabner font lire aux enfants le gros roman des aventures d'Heidi. Elles surveillent la diction, l'accent tonique et corrigent à l'occasion la prononciation. Ensuite, on passe à la traduction. Même la vie quotidienne est régie dans la langue de Goethe.

« *Hände waschen ! Zum Tisch !* Lavez-vous les mains ! À table ! »

Un apprentissage linguistique dont Jorge Semprún saura se souvenir.

À La Cabucelle, le dimanche des prolétaires est un jour particulier. Les sirènes des usines qui trouent en semaine le silence de l'aube se taisent. C'est le jour de la toilette. Toute la famille défile à tour de rôle devant l'évier de la cuisine.

Giovanni enfile une chemise blanche et un vieux costume, vestige de l'Italie. De la poche supérieure de la veste sombre dépasse un stylo dont il ne possède en vérité que le capuchon. Ensuite, il prépare avec méticulosité la *pastasciutta* selon un rituel immuable. Giuseppina parfois fait cuire un des poulets qu'elle élève avec des lapins, dans une cage au fond du jardinet. Repas de fête dont les restes diversement accommodés feront l'ordinaire des jours suivants.

Après le café, les hommes se retrouvent sur la place devant le café des Mûriers pour une partie de boules au cours de laquelle ils refont le monde. Ivo accompagne son père et écoute les échanges truculents entre émigrés. Pendant ce temps, les femmes rangent, nettoient, lavent et repassent le linge. Pour elles, le septième jour est semblable aux autres.

Le jour du seigneur à Madrid, José Maria de Semprún, catholique pratiquant, entraîne toute sa progéniture à la messe. Les sept enfants assistent à l'office de l'église San Jeronimo dans laquelle le roi Alfonso XIII s'est marié. L'église s'élève à côté du musée du Prado. Aussi presque tous les dimanches, les Semprún passent de la nef néogothique aux galeries du musée, peu fréquentées.

José Maria de Semprún, grand amateur de peinture, embarque ses enfants dans une visite guidée et commentée au cours de laquelle il évite soigneusement les Rubens dont les femmes nues aux chairs généreuses risquent de troubler les jeunes garçons. Dès son enfance, la peinture en général et le Prado en particulier pénètrent dans la vie de Jorge Semprún. À toutes les étapes madrilènes de son existence, le musée en sera l'épicentre.

— Je pourrais raconter toute ma vie à partir du Prado. Le temps de l'enfance, l'époque de la clandestinité dans les années cinquante, les années quatre-vingt quand je suis ministre de la Culture.

Élisabeth II contemple, l'air revêche, *Les Ménines*, le célèbre tableau de Vélasquez. La reine d'Angleterre marmonne des mots pour elle-même, inintelligibles pour son guide, le ministre de la Culture espagnol. Jorge Semprún à quelques pas observe la reine qui a revêtu pour cette visite du Prado un manteau léger de couleur rose. Elle porte, de la même teinte, un de ces chapeaux qui sont sa marque. La visite du Prado fait partie de ces rituels immuables pour les invités du gouvernement espagnol. En cet automne 1988, Jorge Semprún accompagne la souveraine dans ce parcours réservé aux officiels à travers les salles consacrées au Greco, à Goya, à Vélasquez.

En arrêt devant *Les Ménines*, la reine demande si la toile a été restaurée tant elle paraît en bon état. Restaurée, non, mais rafraîchie, précise le directeur du Prado, aux côtés de son ministre de tutelle qui lui a traduit les questions royales. La toile a été nettoyée, rendue à ses couleurs d'origine par un traitement spécial, précise le conservateur en chef.

Elisabeth II hoche la tête, de l'air entendu de celle qui savait. Jorge Semprún, ministre de la Culture, n'émet aucun commentaire.

L'école qu'Ivo préfère est l'école buissonnière. Avec son compère Marius, Ivo descend l'après-midi sur le quai de la Joliette. Les deux gamins n'ont que quelques centaines de mètres à dévaler par les ruelles tortueuses pour se retrouver au milieu de la frénésie du port. Assourdis par les mugissements des sirènes, les bruits des moteurs, les cris des dockers, ils courent entre les ballots déchargés, les montagnes de fruits, les caisses empilées, dans les senteurs exotiques et les odeurs d'oranges pourries. Le petit Rital fraîchement naturalisé regarde les lourds navires qui décroissent au large. Il rêve de se faufiler à bord. Il rêve au départ. À l'Amérique.

8 décembre 1982. La salle du Metropolitan Opera de New York est emplie jusqu'en haut de ses cinq balcons. En presque un siècle d'existence, le plus célèbre temple lyrique du monde n'a jamais accueilli un « chanteur de variétés ». Montand brise cette règle pour cinq soirées. À la première représentation, les 4 500 spectateurs attendent le début du spectacle lorsqu'ils remarquent au moment où les lumières décroissent la silhouette de Simone Signoret qui se glisse jusqu'à son fauteuil. Les applaudissements éclatent, la rumeur enfle, le public se lève. L'ovation dure cinq minutes. Dans les coulisses, Montand, la trouille au ventre comme il l'a rarement eue, attend. Enfin le rideau se lève. Montand entre. La salle se dresse à nouveau comme un seul homme. La *standing ovation* se prolonge, s'éternise. Pendant dix, quinze minutes, l'immense nef retentit de l'écho infini des bravos.

Devant un parterre qui l'acclame, devant son ami Jorge Semprún témoin privilégié de ce sacre, l'artiste, tremblant de tout son être, trac et émotion mêlés, veille à éviter que les tressaillements de ses jambes ne donnent la danse de Saint-Guy à son pantalon.

Après un demi-siècle de music-hall, atteignant la cime de sa carrière sur cette mythique scène, l'artiste songe au gamin qui rêvait de l'Amérique, au petit Ivo qu'il n'a jamais cessé d'être.

Enfin la tempête se calme, il peut entamer son récital.

Moi, je suis venu à pied, à pied
Doucement sans me presser…

Lorsqu'il remonte de ses escapades portuaires, Ivo retrouve l'impasse des Mûriers, la bicoque familiale. Giovanni, peu après le déménagement, a récupéré un peu plus haut dans la ruelle un hangar de planches et de tôle ondulée qu'il a aménagé en une modeste fabrique de balais. Il y a installé un four pour soufrer la paille. Toute la famille est mobilisée dans l'effluve jaunâtre qui irrite les yeux et la gorge. Peu à peu, la petite entreprise s'est développée. Giovanni a acheté à crédit une machine qui augmente la production. Il s'endette auprès des voisins pour commander un wagon entier de paille de sorgho. Dans une époque où l'aspirateur n'existe pas encore, le balai semble avoir de beaux jours devant lui.

Les conséquences de la crise économique consécutive au krach boursier de 1929 ruinent l'affaire. Giovanni perd de l'argent, ne peut rembourser ses dettes. Les balais font faillite et la famille est sur la paille. Au début des années trente, la crise jette les chômeurs dans la rue, les marches de la faim se multiplient, les files d'attente s'allongent devant les soupes populaires. Les Livi glissent de la pauvreté à la misère.

Les enfants doivent travailler. Lydia, la grande sœur, commence à coiffer ses voisines Riri et Lulu dans un coin de la salle à manger. Elle a un bon coup de ciseaux et sa clientèle s'élargit au-delà de l'impasse des Mûriers. Julien, le frère aîné d'Ivo, trouve à quinze ans un emploi dans une buvette sur le port. Il rapporte sa maigre paie à la maison. Ivo le petit dernier quitte l'école sans regrets apparents et part travailler en usine. Lydia lui a trouvé une place chez le mari d'une cliente qui possède une usine de pâtes. Ivo a onze ans mais il est déjà grand. On falsifie ses papiers pour qu'il atteigne l'âge minimal requis.

Dix heures par jour, il emplit des sachets de pâtes, nettoie les meules. À la fin de la première semaine, il ramène avec fierté l'enveloppe de son salaire contenant cinquante francs. Il la déverse sur la table où roulent les pièces. Sa mère le félicite et lui glisse une petite pièce trouée de cinq sous. « C'est pour toi et ne dépense pas tout. »

Dans cette fabrique, Ivo a son premier contact direct avec les ouvriers. Des ouvrières en l'occurrence qui fredonnent en travaillant une chanson d'Henri Garat :

Amusez-vous, foutez-vous d'tout
La vie entre nous est si brève
Amusez-vous comme des fous
La vie est si courte après tout.

2

En cet après-midi du 14 avril 1931, Jorge, qui est dans sa huitième année, joue avec ses frères dans leur « jardin privé » du Retiro. Une sourde rumeur chargée de cris et de slogans trouble la quiétude des jeunes bourgeois. Depuis les faubourgs ouvriers de Madrid, un fleuve humain déferle vers les quartiers huppés du centre-ville. À l'appel des partis républicains, les prolétaires des banlieues marchent vers la Puerta del Sol, où s'élève le bâtiment de la Sûreté.

Avant d'être ramené prestement par les gouvernantes affolées dans l'appartement familial, Jorge a le temps d'apercevoir la foule, portant les oriflammes rouges et violets, emblèmes de la République, s'en prendre aux effigies des rois de l'allée des Statues, qui sont renversées, voire décapitées. Deux jours plus tôt, le 12 avril, une coalition de partis antimonarchistes avait remporté les élections municipales. Le roi Alphonse XIII, pris de panique à la vue de ces masses hirsutes et anticléricales, se considère désavoué par le scrutin et quitte le pays. La République est proclamée et un gouvernement de coalition formé de libéraux et de socialistes se met en place.

Le ministre de l'Intérieur est Miguel Maura, le fils d'Antonio, le frère de Susana, l'oncle de Jorge. Dans le quartier du Retiro, plutôt monarchiste, l'appartement des Semprún devient un îlot de République. Susana déploie le drapeau républicain, rouge, or et violet, sur les balcons du quatrième étage. Les voisins, en signe de protestation, ferment les fenêtres et claquent les volets. José de Semprún passe sans relâche, sur le gramophone dont les enfants remontent la manivelle, un enregistrement de *La Marseillaise* dont les accents guerriers, par les baies largement ouvertes, envahissent la rue.

Le 12 rue Alfonso XI est un lieu de rendez-vous pour les cénacles républicains. Le soir, s'y déroulent des discussions interminables que les enfants observent, en escaladant des meubles entassés, par-dessus la tapisserie qui obstrue la porte vitrée entre leur chambre et la salle à manger. Un soir, Jorge aperçoit García Lorca qui déclame des poèmes devant le buffet d'apparat en acajou. L'image de ce visage avenant aux pommettes rondes, surmonté d'une tignasse brune et abondante, se fige dans sa mémoire.

Miguel Maura, qui est passé en quelques jours de la prison de la Moncloa au ministère de l'Intérieur, nomme son beau-frère José de Semprún gouverneur civil – l'équivalent de préfet – à Tolède, puis Santander, ville qu'il connaît bien. Ces années de la Deuxième République sont marquées par de vives tensions sociales, des affrontements violents. En octobre 1934, la grève des mineurs des Asturies est violemment réprimée par l'armée, commandée par un général nommé Franco. Les manifestations se succèdent. Jorge, lors d'une fusillade place de Cybèle, à deux pas de l'appartement familial, voit un manifestant abattu devant lui. L'homme vêtu d'un bleu de travail courait, chaussé d'espadrilles. La rafale l'a rattrapé et fauché en pleine course. Une des espadrilles a volé en l'air. Les pigeons qui prenaient le frais dans la fontaine se sont envolés dans le ciel d'automne.

Ivo Livi a quatorze ans. Il a perdu son emploi dans l'usine de pâtes alimentaires. Après avoir servi de manutentionnaire, il était pourtant monté en grade, devenant l'auxiliaire du chauffeur chargé des distributions de spaghettis et macaronis. Pendant des mois, il s'est coltiné de lourds paquets livrés aux quatre coins de la Provence. Le gamin qui n'était jamais sorti de son quartier découvre Aubagne, Cassis, La Ciotat, les routes ensoleillées qui serpentent entre les collines et les champs d'oliviers. Licencié sous un prétexte mineur, Ivo erre à nouveau sur les quais, chaparde des bananes ou des oranges, commet d'insignifiants larcins dans ces montagnes de marchandises si tentantes pour un adolescent poussé en graine, toujours affamé et qui a fait sienne la morale de Proudhon : « La propriété, c'est le vol. »

Il n'a plus l'allure d'un enfant. Une photo de cette époque révèle un corps allongé, serré dans un veston étriqué d'où s'échappent deux grandes mains, un pantalon trop court pour des guiboles interminables. Il porte une casquette et, autour du cou, un petit foulard qui lui donnent un air de voyou sympathique.

Lorsqu'il rentre le soir, il trouve sa mère devant une montagne de linge à laver ou à repriser. Il s'assoit sur une chaise et la regarde. Giuseppina chantonne doucement des airs toscans où il est question de jeunes gens morts pour la liberté. Brefs instants de plénitude pour un gamin timide à l'excès, qui aime se réfugier dans le cocon familial. D'ordinaire, la mamma surchargée de travail se montre autoritaire avec ses garçons. Elle crie et balance des gifles à l'aîné Julien. Il lui arrive même de frapper ce grand échalas d'Ivo à coups de balai.

Dans l'appartement du 12 rue Alfonso XI, la tragédie, un soir de janvier 1932, met un terme brutal à la parenthèse enchantée de la tribu Semprún. Susana, la mère adorée, meurt à trente-huit ans des suites d'une septicémie provoquée par une blessure au pied. Pendant des semaines, elle a agonisé dans une chambre qui sera par la suite fermée et transformée en mausolée.

Je l'observe. Il se tient immobile sur le seuil de la pièce, transformée de fond en comble en bureau anonyme. Soixante-trois années ont passé et Jorge septuagénaire, de retour dans l'appartement de son enfance, n'ose pénétrer dans la chambre maternelle, comme si l'interdit perdurait. Il se tourne vers moi, une lueur mélancolique dans le regard.

— C'était sa chambre !

Cette « superbe jeune mère » à laquelle Jorge avec l'imaginaire de ses huit ans porte un véritable culte, cette icône mystérieuse qui lui répète sans cesse qu'il sera un grand écrivain, n'aura pas eu le temps de subir les outrages du temps. Pour lui, elle gardera à jamais l'image de la jeunesse et de la beauté, une silhouette en robe de soirée aperçue la nuit, glissant, suivie d'un effluve de parfum ambré, dans le long couloir de l'appartement. Le traumatisme est enfoui si profondément que l'écrivain Semprún attendra quelques décennies pour évoquer par le truchement d'un roman la figure de cette mère, disparue si jeune en laissant sept orphelins.

— Pourquoi tu n'abordes jamais ton enfance dans tes livres ?

— Je ne sais pas.

Il sait très bien. Il a muré en lui-même, dans les brumes vallonnées de sa mémoire, des lambeaux de ce passé qu'il veut garder pour lui. Son orgueilleuse pudeur lui interdit de laisser affleurer un sentiment intime, une émotion aussitôt étouffée.

Ivo Livi à quatre pattes dans le « salon de coiffure » de sa sœur Lydia ramasse les aiguilles tombées sur le carrelage. Il en profite pour reluquer les jambes des clientes qui se font coiffer. Le succès des coups de peigne de Lydia dans la salle à manger du 7 impasse des Mûriers est tel que, bientôt, elle peut rembourser les dettes accumulées par la faillite des balais. Mieux, elle loue la maison d'en face, au 8, qui possède un garage qu'elle aménage en un véritable salon de coiffure. La bicoque du 8 est un peu plus vaste que son vis-à-vis du 7. Le jardin d'une dizaine de mètres de large descend à l'arrière de la maison jusqu'au boulevard des Mûriers.

Quittant précipitamment, par cette matinée de décembre 1982, le quartier des Crottes et le bachas, Montand a guidé son ami Semprún jusqu'à La Cabucelle. Les usines qui enfumaient l'air de son enfance ont fermé mais le quartier sans avenir est resté figé dans le passé. La grande silhouette se tient à l'entrée de l'impasse des Mûriers qui semble immuable. Toutefois, la maison du numéro 7 bis, la première habitée par la famille Livi, a disparu remplacée par un entrepôt. Montand ne reconnaît pas les vestiges de son enfance. Il hésite, parcourt la venelle dans tous les sens, à la recherche de la bicoque familiale. Il est sur le point de renoncer lorsqu'il aperçoit sur un mur repeint une inscription à demi effacée : « Coiffure Jacky ». Montand s'immobilise soudain.

— C'est là.

L'étoile du music-hall y a fait ses débuts de garçon-coiffeur. Avant Coiffure Jacky, il y a eu en effet Coiffure Lydia. La grande sœur a eu l'idée d'embaucher son petit frère Ivo, désœuvré après son licenciement. Elle a besoin de quelqu'un pour nettoyer les serviettes, faire le ménage. Elle lui apprend même à faire les shampoings. L'adolescent prend un plaisir certain à laver les chevelures de ces dames allongées devant lui qu'il peut « espincher » – mater, en argot marseillais – à loisir. Les clientes aiment ce grand dadais, si serviable, qui dissimule sa timidité maladive derrière des blagues, des pirouettes ou des imitations de Donald. Bientôt, à la demande de Giuseppina soucieuse de voir son petit dernier acquérir un métier, Ivo suit des cours du soir de coiffure, étudie les techniques de coloration, apprend à manier le ciseau. Plus tard, il passe le CAP de coiffeur. Pour cette épreuve, il doit réaliser une coupe sur une tête complaisante. Il choisit une cliente de Lydia à qui il fait, après trois vagues de couleur platine, la coiffure de Jean Harlow.

Vingt-cinq ans plus tard, en 1960, Montand et Simone Signoret logent dans le bungalow 20 du Beverly Hills Hotel à Los Angeles. L'appartement voisin, le 21 symétrique du 20, abrite Marilyn Monroe et son mari Arthur Miller. Pendant le tournage de *Let's Make Love*, s'installe une vie à quatre entre les deux couples qui dînent souvent ensemble le soir, se lancent dans des discussions sans fin, écoutent de la musique. Une fois par semaine, Marilyn fait venir spécialement par avion de San Diego une coiffeuse qui a eu l'insigne honneur de coiffer trente ans auparavant Jean Harlow. Sur Marilyn, elle tente de reproduire, à coups d'ammoniaque et de peroxyde, les mèches claires qui ont contribué pendant les années trente à la gloire de la blonde platine du cinéma hollywoodien. Montand, au grand étonnement de Marilyn, vient jeter l'œil de l'expert.

Son diplôme d'aspirant coiffeur en poche, Ivo Livi est embauché dans un salon du centre de Marseille, Chez Yvonne et Fernand, installé rue Pavillon. Le quartier est malfamé, fréquenté par des prostituées qui entre deux passes viennent se faire coiffer. Des souteneurs arpentent la rue, Borsalino sur le front, revolver dans la poche du veston à rayures.

Pour se rendre Chez Yvonne et Fernand, Ivo doit prendre le tramway. La timidité le paralyse au point qu'il reste sur la plate-forme à l'arrière. Il n'ose pas s'asseoir de peur d'attirer l'attention sur son physique qu'il juge ingrat, une bouche trop grande, un nez fort, une silhouette étirée comme dans un *comics*, d'une maigreur prononcée. Un jour, il décide par un acte volontaire de surmonter cette phobie et de pénétrer à l'intérieur du tramway. Il s'installe et, à sa grande surprise, personne ne fait attention à lui. Ivo jubile d'avoir gagné ce pari qu'il s'était lancé à lui-même. Toute sa vie, il se jettera ainsi des défis, qu'il relèvera un à un.

Le jeune homme s'intéresse modérément aux crans et aux colorations. Sa seule passion est le cinéma. Tout jeune, il a commencé à fréquenter la salle obscure de L'Idéal, rue de Lyon à La Cabucelle. Pour une pièce en cuivre de vingt sous, il a le droit de poser son fessier sur un banc de bois. Depuis qu'il travaille Chez Yvonne et Fernand, il fréquente un petit cinéma, le Star, rue de l'Arbre derrière le port, qui passe des films américains en version originale. À cette époque, le cinéma est l'opium du peuple. L'écran permet l'évasion des dures contraintes de la vie, l'identification aux héros. Ivo Livi rêve de marcher comme Gary Cooper. Il se ruine pour s'acheter la même veste en tweed que l'acteur. Le garçon, « tombé cinéphile comme on tombe amoureux », admire les reines de l'écran, Clara Bow, Joan Crawford. L'élue de son cœur s'appelle Mary Glory, une actrice française qu'il ne se lasse pas de revoir dans *La Femme idéale*.

Dans la salle obscure, Ivo substitue la vie rêvée aux contingences de l'existence vécue, ennuyeuse et triste. Les films américains lui insufflent le bonheur de vivre, éveillent en lui l'aspiration à la liberté. Il apprend sur l'écran qu'un destin, ça se travaille. Il se persuade que son avenir ressemble à ces images en rose – belles maisons, belles voitures, belles femmes – qui défilent sur l'écran. Il pressent confusément que pour échapper à sa condition de *nabi* de La Cabucelle, il lui faudra emprunter une autre voie que l'engagement collectif de son père et de son frère. Il a l'obsession d'en sortir, de s'en sortir.

Mais comment ?

À Madrid, un cinéma de la place de l'Opéra, en face du Palais royal, projette des films en allemand. Une fois par semaine, Annette, une institutrice suisse alémanique, la dernière gouvernante en titre, conduit les enfants Semprún aux séances. Le jeune Jorge découvre le plaisir des salles obscures où passent des romances musicales. Sur le grand écran, les comédiennes susurrent *Ein Lied für dich*, dans d'improbables duos. À ces sucreries confondantes, le futur scénariste préfère Pola Negri, à la chevelure sombre qui est l'héroïne de *Mazurka*, une opérette viennoise où elle joue le rôle de Vera la chanteuse. Jorge la voit pour la première fois en 1935 quand le film sort sur les écrans.

Et pour la dernière fois, en 1944 à Buchenwald. Il se souviendra alors dans l'immense baraque en bois du « Petit Camp », au cours d'une de ces séances de cinéma organisées parfois le dimanche par le commandement SS, qu'il a découvert le visage de Pola Negri et sa chevelure sombre, neuf ans plus tôt à Madrid.

Plus encore que les films policiers avec Humphrey Bogart, ou de gangsters avec James Cagney, l'apprenti coiffeur Ivo Livi admire les comédies musicales où tournoie Fred Astaire. Les numéros de claquettes le transportent. Il va même, grâce à sa maigre paie, suivre des cours chez un Arménien qui lui apprend à faire « tap, tap » en bougeant tout le corps. Le soir, devant le miroir du salon, il s'entraîne inlassablement à imiter son dieu, son modèle, le virevoltant Fred Astaire.

En avril 1960, à la cérémonie des Oscars, les remises de statuette sont ponctuées de numéros artistiques. Les organisateurs de la soirée ont demandé à Montand d'interpréter deux chansons. Qui l'appelle sur scène ? Fred Astaire, bien sûr, avec lequel il entame un duo dont l'improvisation a été soigneusement préparée. Montand chante devant l'idole de sa jeunesse « Un garçon dansait », où il imite Fred Astaire.

La vie n'est-elle pas le reflet perpétuel de miroirs posés face à face, répercutant à l'infini les fragments qui la composent ?

3

La Graham-Paige est une « belle américaine », une berline noire au capot long comme un paquebot surmonté de deux phares en forme d'obus de chaque côté de la calandre massive. José de Semprún, au volant, conduit en ce 17 juillet 1936 toute sa progéniture en vacances. Assise à côté du chauffeur, l'institutrice suisse, Annette, qu'il a épousée deux ans après la mort de sa femme Susana. À l'arrière, les enfants répartis sur la banquette et sur les strapontins rabattables accrochés au siège avant.

Tout au long du trajet jusqu'au petit village de Lekeitio au Pays basque, José Maria ressent une sourde inquiétude provoquée par des mouvements de troupe, des convois militaires stationnés entre Burgos et Vitoria. Il pousse la Graham-Paige pour franchir presque sans s'arrêter les 500 kilomètres du trajet. La tribu Semprún s'installe à la nuit dans la maison de pêcheur louée pour les vacances sous la baguette de celle que Jorge appelle « la Suissesse » ou « la marâtre ».

Le lendemain matin, les Semprún apprennent par la radio que la garnison du Maroc s'est soulevée contre le gouvernement légitime. Depuis le mois de février, une coalition de Front populaire est au pouvoir à Madrid. L'Espagne est coupée en deux, en proie aux violences, aux assassinats. La victoire, indiscutable mais de justesse, du camp progressiste provoque une insupportable tension entre les forces politiques. Les incidents se multiplient. Dans la pénombre des complots, un groupe d'officiers sous l'autorité des généraux Franco et Mola prépare un coup de force pour renverser le gouvernement légal. Les mutins disposent de la puissance de l'armée d'Afrique, fer de lance de l'armée espagnole, environ 40 000 hommes entraînés et bien armés. Le 18 juillet, dans toute l'Espagne, des régiments félons se rebellent à leur tour, à Séville, Cadix, Malaga, Cordoue. En réaction, la foule déferle dans les rues. Le gouvernement décide de distribuer des armes aux syndicats. Un véritable soulèvement populaire répond à la tentative des généraux insoumis. Les engrenages de la guerre civile se mettent en place.

Au début, ce ne sont que des échos assourdis qui parviennent jusqu'à la splendide plage du Karraspio où les enfants Semprún continuent de bâtir des châteaux de sable. José de Semprún, sans hésitation, choisit le camp de la République : il met sa grosse berline américaine à la disposition du comité de Front populaire de Lekeitio. Il va jusqu'à Santander prononcer à la radio une allocution où il appelle à combattre les factieux. Mais l'offensive des troupes franquistes vers le nord déclenche la panique. Des milliers de réfugiés fuient vers la frontière française qui, après la chute d'Irun, est coupée par les mutins. D'autres fuyards se replient vers Bilbao. Le courrier n'arrive plus, le pain et la nourriture commencent à manquer. Santander tombe aux mains des rebelles.

La plage du Karraspio est désormais déserte. Les estivants ont fui.

L'avance des unités blindées italiennes alliées à Franco provoque le sauve-qui-peut. À Lekeitio, le palais Uriarte, de construction baroque, est transformé en hôpital. Sur les routes, les avions donnés par Hitler mitraillent les populations en errance. L'agréable station balnéaire est rattrapée par la guerre. Quelques pêcheurs et des joueurs de pelote basque tentent bien de dresser une barricade, derrière laquelle, équipés de fusils de chasse et de bâtons de dynamite, ils espèrent affronter les chars des fascistes italiens.

Une nuit, à la fin du mois d'août, José Maria réveille sa progéniture qui s'entasse en toute hâte dans la Graham-Paige. José Maria prend la direction de Bilbao. À ce moment-là, toute la côte nord de l'Espagne est encerclée par les rebelles franquistes. La seule issue est la mer. Le 23 septembre, la tribu Semprún embarque avec d'autres réfugiés sur un chalutier, le *Galerna*, qui après une nuit de navigation tous feux éteints pour échapper aux navires franquistes, accoste en France. En quelques semaines, les Semprún ont tout perdu. L'exil commence. Pour Jorge, il durera toute sa vie.

La Peugeot 403 couleur bleu nuit traverse le pont sur l'Adour. Assis à l'avant, Semprún qui ne s'appelle plus Semprún regarde les chalutiers dans le port qui se balancent sous le vent léger. Comme à chaque passage, il a demandé au camarade qui lui sert de chauffeur de faire un léger détour. Un quart de siècle s'est écoulé depuis le débarquement de la famille sur le quai. Dans sa nouvelle vie, dans son autre vie, en tout cas, de militant clandestin, Jorge Semprún, en partance pour l'Espagne, passe souvent par cet endroit. À chaque fois, il se souvient de son arrivée sur le port de Bayonne, du kiosque à musique entouré de massifs de fleurs, des jeunes filles en robe d'été, des vitrines des pâtisseries. Il se souvient également de l'accueil hostile des Français qui regardent arriver les réfugiés, soupçonnés de porter une maladie contagieuse qu'ils ne tardent pas à nommer : « Voilà les rouges espagnols. » Jorge et ses frères, des gamins encore, en réponse brandissent le poing. Le poing des rouges espagnols.

Lorsque la 403 dépasse le poteau indicateur « Frontière espagnole », Semprún sourit au destin qu'il s'est choisi.

Rouge espagnol, il demeure.

Ivo marche avec son père sur un chemin défoncé. Giovanni parle comme à l'accoutumée de l'injustice, du combat à mener contre l'oppression, de la patrie des travailleurs où les ouvriers ont le pouvoir sous l'œil bienveillant du moustachu. Soudain, il s'arrête et frappe avec sa canne la chaussée ravinée. Il prend Ivo par le bras, lève les yeux vers l'horizon indépassable, vers ces contrées où le soleil a le visage de Staline.

— Tu te rends compte, petit. Là-bas, ils construisent pour l'éternité. Ils construisent des routes en acier.

— Où ça, papa ?

— En Russie, au pays de Staline. C'est le paradis des ouvriers !

— Pourquoi on n'y va pas, papa ?

— On ira ! Ivo, on ira tous au paradis !

De cette foi, elle aussi trempée dans l'acier, le gamin de La Cabucelle sera longtemps imprégné jusqu'au jour où elle se fracassera sur le dur macadam de la réalité.

Une belle Ziss 110, imitée de la Packard américaine, roule sur une mauvaise route de la périphérie de

Moscou. Assis à l'arrière, emmitouflés jusqu'au cou en cet hiver rigoureux de 1957, Simone Signoret et Yves Montand regardent par la fenêtre embuée qu'il faut essuyer sans cesse d'un revers de gant les bicoques tarabiscotées qui s'alignent le long d'une route défoncée. Secoué par les cahots, Montand est pris d'un rire bref qui se transforme en sourire mélancolique.

— Pauvre papa ! Il y croyait dur comme fer !

Simone observe l'émotion de Montand, les yeux légèrement humides du chanteur.

— À quoi il croyait Giovanni ?

Une nouvelle secousse précipite Simone contre Montand qui se cogne la tête contre le plafond rembourré.

— Aux routes en acier !

Montand observe l'extrême pauvreté du quartier qu'il traverse, les logements tristes, les passants emmitouflés dans ce qui ressemble à des haillons empilés en couches successives, des chiffons autour des pieds. Le socialisme réel dans sa nudité, sans le voile trompeur de la propagande.

— Il croyait au paradis ! Venir ici m'a au moins servi à comprendre que le paradis n'existe pas.

Juste en face de la raffinerie de sucre, se niche un petit café, Chez Zitti, où les ouvriers en sortant du travail, épuisés par la fournaise de l'usine, viennent « s'en jeter un ». Au sous-sol de Chez Zitti, chaque semaine, Giovanni Livi réunit la cellule du parti communiste italien. L'essentiel de l'activité militante de Giovanni est tourné vers l'émigration qu'il faut organiser, aider, soutenir. Beaucoup d'antifascistes ont, comme Giovanni, fui l'Italie de Mussolini. Il n'est pas rare qu'Ivo rentrant à la maison, à l'improviste, tombe sur une réunion discrète voire secrète, camouflée en partie de cartes. Porté par l'exemple paternel, Julien, le fils aîné, ne tarde pas à rejoindre les rangs du parti communiste où il milite activement dès l'âge de seize ans. Il obtient ainsi l'insigne privilège de participer aux réunions Chez Zitti.

Avec un tel exemple familial, Ivo pourrait suivre le même engagement. Il se sent, « communiste de naissance », communiste de cœur, par affection pour son père, par solidarité avec ses combats. Mais Ivo Livi n'adhère pas au parti. Réflexe individualiste ? Manière de sauvegarder sa liberté, de préserver sa solitude ? Avant tout, un manque d'entrain pour les contraintes du militantisme, les efforts routiniers, le moule idéologique. Ivo garde ses distances, même s'il aime la fraternité des opprimés.

Le 1er mai 1936, il participe avec l'enthousiasme d'un gamin qui n'a pas encore quinze ans au défilé bon enfant et coloré qui envahit les rues de Marseille. Un mois plus tard, la victoire électorale du Front populaire déclenche une vague de grèves avec occupation. Ivo observe son grand frère Julien qui court partout, portant la bonne parole des usines occupées aux cortèges lyriques.

Lorsque éclate, après le *pronunciamiento* de Franco, la guerre civile espagnole, Ivo lit dans *Rouge-Midi* les récits des combats héroïques. Il vibre avec les défenseurs de Madrid quand, à l'automne 1936, les troupes de Franco assiègent la capitale espagnole. Dolores Ibárruri, dirigeante du parti communiste, galvanise la population avec ses appels enflammés à la résistance. Elle y gagne son surnom, la Pasionaria. À Marseille, Julien Livi, au désespoir de sa mère, veut s'engager dans les Brigades internationales qui se constituent, à l'initiative du mouvement communiste, pour défendre la République espagnole. Mais le jeune homme, sans formation militaire, est jugé un peu tendre pour une telle épreuve. Giuseppina respire.

Dans tout Madrid, on a tendu des banderoles : « *No Pasarán* ». Ils ne passeront pas. Les troupes de Franco lancent l'offensive contre la capitale. On se bat maison par maison, dans les bosquets vallonnés de Campo del Moro, dans l'hôpital, dans la cité universitaire où les brigadistes internationaux combattent au corps à corps, étage par étage. Le carnage est épouvantable, le spectacle traumatisant. Ivo Livi vit à distance et par procuration cette guerre civile qui, à ses yeux de gamin, symbolise le combat du bien et du mal. Longtemps, Ivo Livi portera l'Espagne en lui, blessure enfouie mais jamais cicatrisée jusqu'à ce que la légende s'effiloche derrière l'histoire.

Un verre à la main, debout, appuyé contre le chambranle d'une porte, Montand s'adresse aux trois personnes présentes dans la pièce : « L'Espagne est devenue la bonne conscience lyrique de toute la gauche : un mythe pour anciens combattants. En attendant quatorze millions de touristes vont passer leurs vacances en Espagne. L'Espagne n'est plus le rêve de 36 mais la vérité de 65. Trente ans ont passé et les anciens combattants m'emmerdent. »

— Coupez !

Le Plein 1813 est une agréable place circulaire de La Haye, rendant hommage à l'année de la victoire des troupes hollandaises sur Napoléon, également commémorée par un monument entouré de verdure au milieu de la place. Donnant sur le rond-point, une belle maison blanche précédée d'une pelouse plantée de magnolias abrite la Légation d'Espagne. À l'arrière, un vaste jardin s'étend jusqu'à un court de tennis. C'est dans cette demeure seigneuriale que se réfugie toute la famille Semprún au début de 1937. José Maria a en effet été nommé chargé d'affaires aux Pays-Bas par la République espagnole en guerre contre les armées de Franco.

Jorge qui vient d'avoir treize ans fréquente pour la première fois de sa vie un établissement scolaire, le Tweede Gymnasium. Le jeune Espagnol y apprend le latin, le grec et surtout le français. Il découvre les poèmes de Baudelaire dont il retient, grâce à sa phénoménale mémoire, des centaines de vers qu'il pourra réciter sans effort des décennies plus tard.

La très chère était nue et, connaissant mon cœur,
Elle n'avait gardé que ses bijoux sonores,
Dont le riche attirail lui donnait l'air vainqueur
Qu'ont dans leurs jours heureux les esclaves des Maures.

Assis sur une chaise haute, vêtu d'un pantalon et gilet en velours noir, et d'une chemise blanche échancrée qui brille dans la lumière des projecteurs, Montand, dans un silence de cathédrale, murmure a cappella, « Les Bijoux ». Lors d'une tournée mondiale en 1982, Montand fait escale au Brésil. Il donne le 31 août un récital dans le stade couvert du Maracanãzinho à Rio devant quinze mille personnes. Dans la foule, au milieu des spectateurs qui ne comprennent pas le français, Jorge Semprún écoute, époustouflé, son ami qui récite à mi-voix les vers de Baudelaire. Jorge Semprún, troublé, éprouve à cet instant un élan d'admiration pour cet homme capable, sans artifice, de déclencher une communion magique.

Et la lampe s'étant résignée à mourir,
Comme le foyer seul illuminait la chambre,

Chaque fois qu'il poussait un flamboyant soupir,
Il inondait de sang cette peau couleur d'ambre !

À quelques centaines de mètres de la Légation espagnole de La Haye s'élève le musée de la Mauritshuis où le lycéen Semprún, après les visites dominicales au Prado, poursuit son éducation picturale. Là, il découvre Vermeer et la vue de Delft dont l'évocation formera l'incipit de son troisième roman, *La Deuxième Mort de Ramón Mercader*. Dans l'exil, Jorge écoute la voix de la Pasionaria à la radio. Grâce à son ton exalté, son rythme suffocant, il vit le martyre de Madrid, bombardée jour et nuit, qui ne veut pas mourir.

Un soir de mars 1937, peu de temps après leur arrivée aux Pays-Bas, les cinq frères Semprún se retrouvent autour de leur père, comme ils en ont pris l'habitude, devant un feu de bois dans le vaste salon pour prendre des nouvelles de la guerre, leur guerre. José de Semprún a apporté les dépêches en provenance de Madrid reçues à la Légation. Jorge lit les articles parus dans la presse néerlandaise qui rendent compte de la bataille de Guadalajara : le 8 mars, trente-cinq mille soldats italiens de Mussolini, allié de Franco, ont attaqué avec une division blindée les lignes républicaines, défendues par les combattants italiens du bataillon Garibaldi. Les Italiens des deux bords s'insultent d'une tranchée à l'autre, rouges contre bruns.

L'attaque des soldats italiens, bientôt brisée, tourne à la retraite, puis à la débâcle. La bataille de Guadalajara, seule vraie victoire républicaine de toute la guerre, met du baume au cœur des exilés d'une histoire qui les meurtrit. L'euphorie sera courte. À cette victoire succéderont bien des défaites pour le camp républicain, de Brunete à Teruel, jusqu'à la déroute finale. Jour après jour, le jeune Jorge suit la lente agonie de la République espagnole. À la tragédie historique se mêle l'anxiété sur le sort de la famille. S'il n'y a plus de République espagnole, adieu la mission de José de Semprún à la Légation de La Haye.

L'exil jusqu'à quand ? Jusqu'où ?

4

— Fais-en autant !

La réplique a jailli, goguenarde. Dans cette douce soirée d'un samedi de l'automne 1938, Ivo et son grand frère Julien sont accoudés à la fenêtre du premier étage de la bicoque du 8 impasse des Mûriers. Julien a le cafard. Il vient de recevoir sa feuille de route pour partir à l'armée. Devant eux, sur la petite esplanade du bar des Mûriers qui sert de terrain de boules le dimanche, une estrade a été dressée, avec de vieux madriers récupérés sur un chantier. Sur cette scène improvisée défilent les candidats d'un concours de chant devant un parterre de julots en tricot de corps, la gapette inclinée sur le front et de filles en robe à fleurs, la mise en plis impeccable échappée du fer à friser de Lydia. Ivo vient d'avoir dix-sept ans. Il regarde le spectacle en contrebas, siffle, commente, applaudit. À un moment, il se moque d'un apprenti chanteur plus malhabile que les autres. C'est alors que Julien lui a rétorqué :

— Fais-en autant !

L'apostrophe du grand frère pique Ivo au vif. Il va voir l'organisateur de ces radio-crochets du samedi soir, Francis Trottobas, que tout le monde appelle Berlingot car il fabrique également des bonbons. Il lui fait part de son désir de chanter. Pourquoi ce garçon affligé d'une timidité maladive qui le paralyse en public décide-t-il de monter sur une scène ? Rien, absolument rien ne le prédispose à pousser la chansonnette. Sans doute, l'obsession de s'extraire de son milieu, de fuir la pauvreté, de vivre la vie fantasmée des films américains, où le petit gars parti de rien arrive au sommet, a-t-elle été un moteur aussi inconscient que décisif. Berlingot, étonné par cette vocation soudaine, pressentant peut-être un don insoupçonnable, le prend en main. Il l'envoie voir une pianiste devant laquelle l'apprenti chanteur montre son absence de talent. Elle est effondrée par cet adolescent efflanqué qui bouffe la mesure, chante faux et n'articule pas. La musicienne, dubitative, lui demande si vraiment il veut chanter. Ivo acquiesce. La pianiste lui concède du tempérament : il a de l'énergie, une forme de sincérité. Peut-être parviendra-t-il à « porter son cœur dans sa bouche ».

Peut-être.

Ivo s'accroche. Il répète inlassablement devant la glace du salon de coiffure jusque tard dans la nuit. Il inaugure ainsi l'acharnement au travail, un trait de sa personnalité qui sera une constante de sa vie. Après quelques semaines d'obstination, Ivo se produit dans une salle minuscule au Vallon des Tuves dans la banlieue nord de Marseille. Devant trois rangées de chaises, il chante une chanson qu'il a longuement travaillée, « Boum » de Charles Trenet, son modèle.

Quand notre cœur fait boum
Tout avec lui dit boum
Et c'est l'amour qui s'éveille.

Sur cette scène minuscule, Ivo fait connaissance avec le trac qui étreint et en même temps stimule, cette étrange alchimie d'une souffrance infinie et d'un bonheur fou.

L'angoisse est le moteur de sa vie.

Quand le ciel bas et lourd pèse comme un couvercle
Sur l'esprit gémissant en proie aux longs ennuis…

Les vers de Baudelaire imprègnent le jeune Jorge qui les convoque à tout instant. Il pleut sur Paris et les rimes de « Spleen » s'harmonisent à son vague-à-l'âme. Il est au croisement de la rue Soufflot avec le boulevard Saint-Michel, pétrifié devant le kiosque à journaux. Un titre énorme de l'édition du jeudi 28 mars 1939 de *Ce Soir* vient de lui sauter à la figure et de lui transpercer le cœur. « Madrid est tombé ». Les larmes montent aux yeux du jeune exilé, larmes de colère, d'impuissance devant le funeste destin de son pays. La guerre est finie. Une époque de la vie de Jorge Semprún s'achève. Celle de l'enfance, des après-midi au Retiro, des visites au Prado. À quinze ans, Jorge comprend qu'il entre dans un âge où il ne devra compter que sur lui-même. Il sait que désormais l'exil est sans fin.

Jorge est arrivé de La Haye six jours plus tôt avec son frère Gonzalo. Admis comme interne au lycée Henri-IV, il entre pour le dernier trimestre de l'année en classe de troisième. Il a, jusque-là, appris le français comme une langue morte dont il maîtrise l'écrit, mais qu'il parle très mal.

Abandonnant le kiosque à journaux, il descend le boulevard Saint-Michel en murmurant pour lui, dans sa désespérance, le dernier quatrain de « Spleen » qui semble avoir été écrit pour l'occasion :

Et de longs corbillards, sans tambours ni musique,
Défilent lentement dans mon âme ; l'Espoir,
Vaincu, pleure, et l'Angoisse atroce, despotique,
Sur mon crâne incliné plante son drapeau noir.

Un peu plus bas, en dessous du lycée Saint-Louis, Jorge passe devant un cinéma qui affiche *Fric-Frac* avec Arletty. Au carrefour entre la rue

Racine et la rue de l'École-de-Médecine, il pénètre dans une boulangerie, surmontant sa phobie naturelle qui lui interdit, d'ordinaire, d'entrer seul dans un lieu public. Il demande quand vient son tour un petit pain dans un français rendu incompréhensible par son accent espagnol. La serveuse ne saisit pas ce qu'il veut. Jorge balbutiant réitère sa demande toujours aussi inaudible. Alors la boulangère prend à témoin les clients dans la file d'attente et fustige ces étrangers, qui envahissent la France, ces hordes d'Espagnols de « l'armée en déroute ». Le gamin insulté songe à ses cinq cent mille compatriotes qui ont franchi les Pyrénées, les semaines précédentes, en un lamentable cortège de souffrance, à ces femmes transies et ces enfants amaigris, qui ont entrepris pour fuir la soldatesque impitoyable de Franco une longue marche dans le froid et la neige.

Mortifié par les ricanements xénophobes, Jorge tourne les talons et se retrouve sur le trottoir du boulevard Saint-Michel, sous le ciel mouillé de Paris qui ajoute encore à sa détresse. À cet instant, par un sursaut intime de révolte, il prend la résolution d'effacer toute trace d'accent dans sa prononciation du français. Il se jure que plus personne en l'entendant ne pourra le distinguer comme étranger du fait de sa diction défectueuse. Le « petit pain » provoque le déclic. Dès lors, il travaille sans relâche son accent, articulant à voix haute pour corriger ses défauts. En trois semaines, il parvient à effacer les stigmates hispaniques dans son phrasé français.

Ivo Livi s'appelle désormais Yves Montand. Le transfert s'est fait dans sa dix-huitième année. Trottobas, après sa prestation mémorable au Vallon des Tuves, lui a dégotté quelques petits galas dans des salles de quartier. Mais il a demandé à son poulain de changer de nom. De trouver quelque chose qui accroche sur les affiches. Le nom de Montand surgit parmi d'autres, réminiscence du cri que sa mère Giuseppina poussait chaque soir au-dessus des ruelles de La Cabucelle : « Ivo, monta ! »

Berlingot décroche de petits contrats qui permettent à Montand de rapporter un peu d'argent impasse des Mûriers à une Giuseppina épatée qu'on puisse gagner sa vie en chantant. Une modeste notoriété accompagne le jeune interprète dans les quartiers nord de Marseille. Il lui faut désormais accroître son répertoire. Le chanteur novice lit dans la revue *Artistica* le nom de Charles Humel, un musicien qui compose une musique inspirée d'airs américains, mélange de swing et de jazz. Montand, imprégné des westerns regardés dans les salles obscures près du Vieux-Port, lui demande une chanson de cow-boys. Comme Charles Humel est aveugle, Montand lui décrit ce qu'il a vu à l'écran, les vachers conduisant les troupeaux dans les grands espaces de l'Ouest américain, les bivouacs le soir à la lueur des feux de bois.

Dix jours plus tard, la chanson « Dans les plaines du Far-West » est prête.

Les cars de la gendarmerie stationnent tout le long des rues qui conduisent à la place de la Nation. Des gardes mobiles, mousqueton à l'épaule, quadrillent le quartier. Jorge Semprún, interne à Henri-IV, est venu avec un de ses camarades de classe, un dénommé Armand qui présente l'originale particularité de connaître les vers d'Hölderlin par cœur. La poésie crée des liens. Les deux lycéens sont debout au bord du trottoir du boulevard Diderot. Ils regardent défiler les maigres cohortes d'ouvriers venus célébrer la fête du Travail, comme si déjà la conscience d'une catastrophe imminente avait éclairci les rangs. Un mois plus tôt, Franco est entré en vainqueur dans Madrid. Déjà une autre guerre, dont celle d'Espagne n'aura été que la répétition générale, s'annonce au tourniquet de l'histoire.

Quelques applaudissements plus vigoureux éclatent. Des volontaires des Brigades internationales viennent d'apparaître derrière le drapeau or et violet de la République espagnole. Ils défilent, les rescapés de toutes les défaites, les fantômes des combats héroïques, les vaincus d'une histoire en berne. Alors d'un seul mouvement, mus par un réflexe venu des tripes, Jorge et Armand, les deux poètes en herbe, les yeux embués, brandissent le poing devant les longs corbillards des illusions perdues.

Il attend en coulisses, au bord de la scène. L'anxiété lui ronge le ventre. Par l'interstice du rideau, il regarde, les jambes flageolantes, l'immense salle de l'Alcazar, le temple de la chanson à Marseille, l'équivalent de l'Olympia à Paris. Près de deux mille spectateurs n'ont cessé, pendant la première partie du spectacle, de hurler, de vilipender les malheureux artistes qui défilent sur la scène et qui pour la plupart, interrompus par les huées, n'ont pas le loisir de terminer leur numéro. L'entracte n'a pas calmé les ardeurs. Les cris et les vociférations continuent de plus belle.

Yves Montand inaugure la deuxième partie du spectacle. Il vérifie sa tenue une dernière fois, ajuste sa chemise à carreaux et resserre le nœud du petit foulard autour du cou. Il caresse de l'index son chapeau de cow-boy qu'il a peint lui-même en blanc. Le speaker entre en scène pour annoncer le numéro suivant. Sous les hurlements et les jets de projectiles divers, incapable de parler, il bat en retraite. Alors il fait lever le rideau et pousse Montand sur scène. Le grand cow-boy entre, les jambes arquées, de la démarche du gars qui descend de son cheval, il s'avance jusqu'au milieu de la scène. Il s'immobilise les jambes toujours incurvées tandis que la voix cuivrée s'élève.

Dans les plaines du Far-West quand vient la nuit
Les cow-boys dans le bivouac sont réunis

Les spectateurs, saisis de stupeur devant cette apparition insolite, ébahis par la gestuelle d'une chanson visuelle, se taisent. Ils écoutent ces paroles qui semblent descendre d'un écran de cinéma.

Le cow-boy fait un triomphe. Montand sort de scène dans un état second, porté par des vivats qui n'en finissent plus. Berlingot le congratule : « Tu as cassé la baraque. » L'intéressé s'interroge : est-ce bien lui ce type qui a réussi à surmonter l'abominable peur, à monter sur scène, à chanter ? Il regarde ce grand mec comme un étranger qui le fascine, incapable d'accomplir ce que réussit son double sur la scène. Montand épate le petit Ivo.

De ses étranges débuts où il se sent spectateur de lui-même, Montand garde l'habitude de parler de lui à la troisième personne lorsqu'il répète : « Il avance vers la scène, il se retourne vers la salle. » Être à la fois dedans et à l'extérieur sera une constante de sa vie d'artiste. Bien des années plus tard, il se surprendra en plein spectacle à s'écouter chanter : « Pas mal, le mec ! » Ou plus souvent : « Il a bouffé la mesure, ce con. »

Avec l'Alcazar, Montand découvre également que la tension, profonde, lui a permis de fendre la carapace de l'inhibition. En dépassant la trouille, il s'est libéré. Montand perçoit que la scène, au prix d'un véritable dédoublement de sa personnalité, lui permet de s'affirmer, de s'exhiber. D'exister. Il ressent une telle émotion intime devant cette houle qui déferle de la salle qu'il prend sa décision dans l'instant. La chanson est sa vie. Le music-hall, son métier.

Le 21 juin 1939, le premier jour du dernier été de paix, marque pour Montand, dix-sept printemps, une véritable naissance.

5

En cette fin d'après-midi 1940, de petits groupes d'étudiants commencent à se rassembler en bas de l'avenue des Champs-Élysées, vers le rond-point. Les jeunes filles et les jeunes gens remontent lentement vers l'arc de Triomphe. Jorge Semprún marche avec des camarades de sa classe de philo du lycée Henri-IV. Les derniers jours, un tract, recopié à la main avec les moyens du bord, a circulé au Quartier latin.

Étudiant de France !
Le 11 novembre est resté pour toi jour de Fête nationale
Malgré l'ordre des autorités opprimantes,
il sera Jour de recueillement.
Tu n'assisteras à aucun cours.
Tu iras honorer le Soldat Inconnu, 17 h 30.

Lorsqu'il a appris qu'une manifestation se préparait, le jeune Espagnol n'a pas hésité. Il avait ressenti comme une humiliation l'entrée de la Wehrmacht dans Paris, cinq mois plus tôt. Depuis des semaines, la germanisation de la capitale le révolte. Les poteaux indicateurs en lettres gothiques, l'omniprésence des uniformes vert-de-gris, les oriflammes nazies à croix gammée qui flottent sur tous les monuments, tout montre que Paris est allemand. Aux motifs patriotiques de ses camarades de classe qui marchent à ses côtés s'ajoutent, pour l'exilé espagnol, des motivations propres : Hitler a aidé Franco. Jorge manifeste contre le nazisme, pour prolonger le combat de la guerre civile. Il n'oublie pas que l'ambassadeur de France à Madrid a assisté en mai 1939 au défilé de victoire des troupes franquistes dans la capitale vaincue. Cet ambassadeur, le maréchal Pétain, aujourd'hui chef de l'État français, a quelques jours plus tôt serré la main d'Hitler à Montoire en prônant la collaboration. Le vainqueur de Verdun n'a pas trouvé utile de protester quand les autorités allemandes ont décidé d'annuler les cérémonies de commémoration du 11 novembre 1918.

Les manifestants passent devant une énorme pancarte écrite en allemand qui signale un « Kino », cinéma géant réservé aux troupes d'occupation. La foule grossit, entonne *La Marseillaise.* Des cris fusent : « La France n'est pas vaincue. La France existe toujours ! » Des adolescents brandissent des pancartes improvisées sur lesquelles une main malhabile a tracé : « Vive La France ». Jorge aperçoit un petit facétieux qui porte un écriteau sur lequel est juste écrit « Vive ». Il tient deux cannes à pêche – deux gaules. Jorge ignore qui est de Gaulle. Au milieu de la chaussée, une forte délégation venue du lycée Janson-de-Sailly soutient une énorme gerbe de deux mètres de haut en forme de croix de Lorraine.

Des policiers débouchent par les rues adjacentes aux Champs-Élysées et commencent à distribuer des coups de bâton, sans grande conviction. Les étudiants ripostent à coups de pancarte. Mais soudain, par l'avenue George-V surgit une colonne allemande menée par des automitrailleuses. Les soldats sautent des camions et chargent. Une fusillade éclate. Des grenades sont lancées. Les manifestants se dispersent. Jorge s'engouffre en courant dans la bouche du métro George-V. Quelques manifestants restent allongés sur la chaussée.

Ainsi s'achève, dans la soirée de ce 11 novembre 1940, le premier acte de résistance publique contre l'occupation allemande. Le jeune rouge espagnol qui va sur ses dix-sept ans ressent une certaine fierté d'y avoir participé.

Des sacs de farine dévalent un toboggan jusqu'au quai. À l'arrivée, des hommes en maillot de corps trempé de sueur saisissent le sac à l'instant précis où il déboule afin de profiter de la vitesse et le hisser sur les épaules. Montand attend son tour. Il rate sa prise et ne parvient pas à placer le fardeau sur son dos. Le geste semblait pourtant simple quand il observait les dockers. L'un d'eux vient l'aider. Il saisit le sac trop lourd pour son dos d'adolescent longiligne. Il assure sa prise et ajuste le paquet sur son épaule. Il avance d'un pas lent, vers le camion à gazogène, et d'un mouvement circulaire, il balance sa charge sur la plate-forme du véhicule. Bientôt, il possède le tour de main, le tour de reins.

Yves Montand est redevenu Ivo Livi. La guerre a interrompu la carrière du prometteur interprète, trop jeune pour être mobilisé. Les galas de quartier se sont raréfiés et puis ont cessé faute de spectateurs qui avaient d'autres occupations. Les hommes sont au front, les femmes au travail.

Ivo a d'abord été embauché au mois de mai 1940 comme manœuvre aux Chantiers de Provence. Il travaille sous un hangar gigantesque dans l'assourdissant vacarme des marteaux-pilons et des compresseurs. Ivo fait équipe avec un ouvrier métallurgiste qui fabrique d'énormes bouées destinées à soutenir des câbles sous-marins. Son boulot est d'entrer à l'intérieur du cylindre et de marteler à coups de masse le métal chauffé au rouge afin de lui donner sa forme définitive. Il admire la précision des gestes, le professionnalisme de ces ouvriers.

Il apprend une des leçons qui lui servira sur scène sa vie entière : pour faire du bon boulot, il faut beaucoup travailler.

Quelques décennies plus tard, il se souviendra des Chantiers de Provence, lorsqu'il chantera dans un film de Jacques Demy :

J'étais frappeur dans un chantier
Un vrai frappeur sachant frapper
Avec esprit
Un bon esprit frappeur

Le jeune homme est heureux de se sentir utile, de fréquenter l'aristocratie ouvrière, celle des métallos, de partager leur condition et d'en goûter la solidarité. Il découvre également que les travailleurs peuvent être cruels, racistes, injustes. Parmi ses camarades de travail, il repère des cons et des salauds. Le bien et le mal ne sont pas des entités délimitées, étanches. L'humanité est le plus souvent grisâtre. Amer constat pour ce fils du peuple.

À l'été 40, faute de commandes, les Chantiers de Provence ferment. Un temps chômeur, Ivo trouve un emploi de docker, ou plutôt d'aide magasinier. Chaque matin, il descend au port avec le chauffeur du camion. Il charge des sacs de semoule qui pèsent leurs cinquante kilos. L'apprenti docker développe ses épaules et ses muscles, il apprend à bouger avec une charge sur le dos. Il acquiert la démarche des porteurs qui semblent effleurer le sol.

Pendant la pause casse-croûte, Ivo Livi se souvient qu'il a été un bref moment chanteur. Ses copains de labeur le poussent à entonner quelques couplets. L'un d'eux qui l'a vu dans un gala de quartier l'encourage à reprendre la scène.

— Reste pas là, petit, continue les chansons.

À la rentrée scolaire 1941, Jorge est en hypokhâgne au lycée Henri-IV. À la fin de sa terminale, au mois de mai précédent, il s'est présenté au concours général de philosophie où il a décroché le deuxième prix. Belle revanche pour « l'Espagnol de l'armée en déroute » gaussé par la boulangère du boulevard Saint-Michel à son arrivée à Paris, deux ans plus tôt.

Presque tous les jours, pour se rendre au lycée, Jorge Semprún passe devant la fameuse boulangerie, puis il traverse le Boul'mich qu'il remonte sur le trottoir de gauche jusqu'à la place de la Sorbonne. Là, il longe la vitrine de la librairie allemande où trônent les ouvrages de la collaboration. Un matin, l'étudiant remarque dans la devanture un exemplaire de *Sein und Zeit* de Martin Heidegger. Après avoir hésité, il se décide à entrer dans cet antre du nazisme pour s'acheter le livre du philosophe, au prix ruineux pour ses modestes finances.

Un an plus tard, un jeune juif hongrois, Thomas Elek, ancien élève du lycée Louis-le-Grand tout proche, entre à son tour dans cette même librairie où il dépose sur un rayonnage un exemplaire de *Das Kapital* de Marx. L'ouvrage, une vénérable édition originale en langue allemande, a été creusé pour y placer une bombe artisanale. Le souffle dévastateur du prophète barbu pulvérise la librairie, projetant en l'air des dizaines d'exemplaires des *Décombres*, du collabo Rebattet, transformés en confettis, qui à cet instant méritent leur titre. Quelques mois après cet exploit, Thomas Elek, combattant des francs-tireurs de la MOI (Main-d'œuvre immigrée), est arrêté par les brigades spéciales de la Préfecture de police. Torturé, il est fusillé au Mont-Valérien à vingt ans, le 21 février 1944. Sa photo d'ange chevelu figure sur « l'Affiche rouge », parmi dix autres visages de jeunes étrangers morts pour la France.

Jorge Semprún ignore évidemment le fait d'armes de Thomas Elek qui ne s'est pas encore produit. Il sait simplement que *Le Capital* est le seul livre que son père José Maria de Semprún, catholique progressiste, a emporté dans son exil. Il ignore encore, Jorge, qu'il va à son tour plonger le nez et l'esprit dans les œuvres de Marx et que cette découverte changera le cours de sa vie. Le « souffle renversant » du prophète barbu l'entraînera « des armes de la critique à la critique des armes ». Ou, si l'on préfère, du maniement des concepts à la manipulation des mitraillettes.

Sur la façade de l'Odéon, salle de spectacle située en haut de la Canebière, une immense affiche attire le regard en ce mois de novembre 1941. Elle représente deux silhouettes, l'une en veste à carreaux et pantalon bouffant, l'autre en tenue de cow-boy, ombre portée de la première. Un seul nom en très gros caractères barre le panneau de plusieurs mètres de haut : Yves Montand. L'artiste est la vedette d'une revue composée de plus d'une quinzaine de sketches et de numéros qui a pour nom *Un soir de folie*. Après le « trou » causé par l'entrée en guerre, après les mois de travail où il est redevenu le manœuvre Ivo Livi, Montand a repris son nom de scène pour y grimper à nouveau. Il a juste vingt ans et sa carrière de chanteur redémarre pour ne plus jamais s'arrêter. En quelques mois, le « fantaisiste » s'affiche comme une vedette régionale qui fait le tour des casinos de la côte d'Azur, des salles de spectacle entre Nice et Marseille et pousse parfois jusqu'à Lyon. Il imite toujours Trenet ou pousse la rengaine de Maurice Chevalier, son autre modèle :

On est comme on est
On est beau on est laid
On est grand ou gringalet
On est replet ou maigrelet

Avec la revue *Un soir de folie*, saluée dans *Le Petit Provençal* et *Le Petit Marseillais*, Montand franchit une étape supplémentaire sur la route du succès. On salue la « révélation de l'année ». Un imprésario réfugié de Paris dans la zone non occupée, Émile Audiffred, qui a repéré Montand sur une scène de spectacle, l'a pris en main et sous contrat. Montand note dans un album à couverture bleue où il colle les coupures de presse qui le concernent : « J'ai signé un contrat d'exclusivité avec M. Audiffred. Jusqu'à aujourd'hui, je n'ai pas eu à me plaindre. Mais n'oublions pas malgré tout que c'est un requin. »

C'est le « requin » Audiffred qui a concocté ce *soir de folie.* Mais c'est Montand qui avec l'argent de ses premiers cachets est entré chez Thierry, le « magasin de l'homme chic », une des enseignes réputées de la Canebière pour s'offrir la magnifique veste à carreaux, très inspirée par Cab Calloway, aussitôt immortalisée sur la gigantesque affiche de l'Odéon. Audiffred en agent avisé a prévu, après l'Odéon de Marseille, une longue tournée de Nîmes à Aix en passant par Sète, Orange, Istres. Tous les soirs, le speaker ouvre le rideau : « Attention, mesdames et messieurs, vous admirez Gary Cooper et Maurice Chevalier. Ce soir, nous vous présentons encore mieux, encore plus fort. Ce soir, nous vous présentons de la dynamite sur scène : Yves Montand. »

Les Français manquent de tout. Ils ont faim, ils ont froid, alors ils vont se réchauffer le corps et l'âme dans des salles de spectacle bourrées à craquer où un grand escogriffe se balade dans les plaines du Far-West ou vend « des hot-dogs à Madison ». La vie d'artiste pendant les années noires présente l'avantage de manger à sa faim dans les restaurants de marché noir. Mais pour circuler d'une ville à l'autre, Montand doit attendre des trains bondés pendant des heures avant de monter littéralement à l'abordage pour tenter d'avoir une place. Souvent, le jeune homme voyage debout, entre deux wagons bringuebalants, ou assis sur sa valise.

La philosophie, décidément, ne nourrit pas son homme. Rapidement, à bout de ressources, Jorge Semprún doit lâcher l'hypokhâgne d'Henri-IV pour travailler. Il donne des leçons particulières d'espagnol à quelques cancres de grandes familles, effectue ici ou là des petits boulots qui lui permettent – à peine – de survivre. Il ne mange vraiment qu'un jour sur deux et le reste du temps se nourrit de galettes de sarrasin qu'il achète sans ticket de rationnement dans cette boulangerie du boulevard Saint-Michel où la vendeuse s'était moquée de son accent. Il faut croire qu'il s'est amélioré depuis.

Par l'abandon même de l'hypokhâgne, Jorge renonce à préparer le prestigieux concours de l'École normale supérieure de la rue d'Ulm, le sésame de l'élite. À défaut, il s'inscrit à la Sorbonne en licence de philosophie.

Dans le Paris occupé, morne et gris, l'exilé traverse de longs moments de solitude qu'il comble en fréquentant le Café de Flore, l'endroit le mieux chauffé de Paris où il sirote un café à la saccharine. Il aperçoit Sartre et Simone de Beauvoir, qui sont là comme chez eux. Ils écrivent, assis aux meilleures places, près du poêle. Une autre Simone est familière des lieux. En levant la tête de ses bouquins de philo qu'il potasse, crayon en main, le jeune Espagnol remarque la chevelure blonde et la silhouette ondoyante de Simone Kaminker qui se déplace entre les tables. L'étudiant regarde cette jeune femme, belle comme le jour. Ou peut-être comme la nuit.

Yves Montand marche dans une rue déserte de Marseille. Transi par la fraîcheur humide de ce mois de novembre 1942, il se hâte de se rendre chez une pianiste avec laquelle il répète un prochain tour de chant. Derrière lui, assez faible encore, il perçoit un martèlement de bottes sur le pavé. Le bruit grossit en même temps que s'élève la chanson à boire que les troupes allemandes gueulent dans toute l'Europe occupée. « Heidi, Heido. » Montand raidit les épaules. Il ne veut pas se retourner. La troupe vert-de-gris le dépasse au pas cadencé, portée par le refrain. Ce sont les premiers soldats de la Wehrmacht qu'il voit.

6

— Regarde-la bien !

Jorge Semprún marche dans les allées du parc Montsouris aux côtés d'un garçon taciturne qui se fait appeler Bruno. Ils longent le plan d'eau qui brille au soleil printanier. Une jeune femme avance vers eux.

— Regarde-la bien, répète Bruno.

Jorge la scrute. Elle est belle. Lorsqu'elle les croise, elle tourne légèrement la tête vers les deux jeunes gens. Jorge remarque les yeux clairs qui l'observent avec attention.

— Ça y est ? C'est enregistré ?

— On n'oublie pas ce visage.

La promenade continue. Bruno donne les consignes.

— Demain, rue Visconti, 17 heures ! C'est elle qui t'ouvrira la porte.

Jorge acquiesce. Il s'éloigne d'un pas rapide. L'entrée dans la Résistance active s'est faite comme si elle coulait de source. Il n'a pas eu de décision à prendre, de saut à effectuer, de débat intime. Jorge a le sentiment de poursuivre le combat de la guerre d'Espagne contre le même ennemi, qu'on le nomme fascisme, nazisme, franquisme. La lecture passionnée du classique *Histoire et conscience de classe* de Georg Lukács, ressentie comme une « révélation », un coup de foudre intellectuel, provoque une césure dans sa formation. À dater de ce moment, Semprún se considère comme un marxiste. Mais la passion intellectuelle ne peut apaiser son envie d'agir quand la France est allemande et Paris occupé. Il lui faut passer aux actes, transformer la conscience en expérience.

Quelques jours plus tôt, Hitler a donné l'ordre à ses troupes d'envahir la zone sud. La flotte en rade de Toulon se saborde. Avec la Wehrmacht sur les rives de la Méditerranée, Marseille change d'allure. Des grosses saucisses anti-aériennes apparaissent au-dessus du port. Plusieurs attentats visent des hôtels ou des maisons de passe où les Allemands ont pris leurs habitudes. En réaction et en représailles, sur ordre du Führer, l'occupant décide de nettoyer le « cloaque » du Panier, un secteur populaire, vivant et chaud du Vieux-Port, formé d'un entrelacs de ruelles étroites. À la fin du mois de janvier, un régiment de SS boucle le quartier. Avec la collaboration de la police française dont témoigne la présence sur place du secrétaire général à la Police, René Bousquet, qui supervise les opérations, plusieurs milliers de personnes sont embarquées. Elles seront pour la plupart déportées aux camps de Mauthausen et de Buchenwald. Puis, les artificiers de la Wehrmacht font sauter à la dynamite les vieilles maisons et le pont transbordeur qui était la fierté de Marseille.

Montand, comme tous les Marseillais, vient contempler les décombres. Des centaines d'édifices ont été détruits, il ne reste qu'un immense champ de ruines. Le chanteur est frappé par l'étendue des dégâts et par la profondeur du trou là où reposait un des piliers du pont transbordeur.

Quelques jours après la destruction du Vieux-Port, à des milliers de kilomètres, le général Von Paulus (auquel Hitler a fait parachuter son bâton de maréchal) capitule dans les ruines de Stalingrad. La victoire de l'Armée rouge marque un tournant de la guerre. Pour des milliers de jeunes gens, elle détermine également un engagement irrémédiable. Une *génération Stalingrad* prend les armes.

Dans les derniers mois de 1942, Jorge a cherché à entrer en relation avec l'appareil clandestin du parti communiste espagnol. C'est une mauvaise période au cours de laquelle la Gestapo a opéré une série de coups de filet. La liaison, trop dangereuse, a été coupée et le contact rompu.

Mais par l'intermédiaire d'une de ses sœurs, Semprún fait la connaissance de Michel Herr. C'est le fils de Lucien Herr, longtemps bibliothécaire de l'École normale supérieure, ami de Jaurès et de Léon Blum qui a formé dans ce sanctuaire de la connaissance des générations d'étudiants. Michel Herr est, lui, actif dans la MOI, l'organisation clandestine du parti communiste qui regroupe les militants étrangers échoués en France par les hasards de la guerre, du combat, de l'exil. Cette même MOI dans les rangs de laquelle combat Thomas Elek, le jeune Hongrois de « l'Affiche rouge », poseur de bombe dans la librairie allemande du boulevard Saint-Michel. Jorge a eu déjà un premier rendez-vous au parc Montsouris, où il a été « cadré », c'est-à-dire interrogé par un surnommé Koba qui ne s'appelait certainement pas Koba (des mois plus tard, à Buchenwald, Semprún apprendra de la bouche d'un vieux communiste tchèque que Koba était un des pseudonymes de Staline du temps où, clandestin, il attaquait les banques sous le tsarisme). Puis est venue cette deuxième rencontre dans ces mêmes allées ombragées avec Bruno, le garçon taciturne et enfin cette fille dont il ne devait pas oublier le visage.

Le lendemain, rue Visconti, la belle jeune femme aux yeux clairs lui ouvre la porte d'un petit appartement. Elle soumet Jorge à un interrogatoire méthodique, sécurité oblige. Il raconte son parcours, sa vie, l'Espagne, l'exil, le goût du combat, la soif d'engagement. Elle pose des questions précises, entre dans les détails, vérifie. Puis elle se tait. L'examen de passage est terminé. Il comprend qu'il est admis. Elle propose du thé. Tasse fumante à la main, elle énumère les mots de passe, les rendez-vous, les consignes. La mémoire stupéfiante de Jorge enregistre. Il s'approche de la bibliothèque, et choisit un recueil de poèmes dans un geste qui ne doit rien au hasard. Il commence à lire à voix haute. Elle poursuit à l'unisson. La soirée poésie se prolonge. La jeune femme connaît Brecht par cœur et le fait découvrir à Jorge.

Allemagne, mère blafarde,
Comment tes fils t'ont-ils traitée
Pour que tu deviennes la risée
Ou l'épouvantail des autres peuples.

Deux ans plus tard, à quelques jours près, le 19 avril 1945, un lieutenant de l'armée américaine qui vient de libérer le camp de Buchenwald, le lieutenant Rosenfeld, un juif berlinois, récite en allemand devant Semprún le poème de Brecht.

Deutschland, bleiche Mutter !
Wie haben deine Sohne dich zugerichtet

Le lieutenant Rosenfeld a emmené Jorge dans sa Jeep visiter la maison champêtre de Goethe à

Weimar. Ils sont assis sur la pelouse inclinée en pente douce vers la rivière. Et le soldat en uniforme murmure les vers de Brecht.

Dass du unter des Völkern sitzest
Ein Gespött oder eine Furcht

Exactement un demi-siècle plus tard, nous sommes au même endroit, installés sur un banc à quelques pas du pavillon de chasse de Goethe niché au milieu de la verdure. Jorge me parle du lieutenant Rosenfeld dont il me semble que le fantôme est là, assis avec nous. Jorge relate comment il a fait connaissance de l'officier américain lors de la visite de Buchenwald, imposée à la population de Weimar par l'état-major de l'armée américaine. Le lieutenant Rosenfeld, guide improvisé de cette descente dans l'enfer, n'épargna aucun détail à ces femmes, à ces vieillards qui n'avaient rien voulu voir.

Cinq décennies après, Jorge raconte cette escapade en Jeep quelques jours après la Libération, la visite de la maison de Goethe, les vers de Brecht susurrés. Il se rappelle, immergé dans le long labyrinthe de sa mémoire enroulée comme un fil sur une bobine, que le matricule 44904 s'est souvenu, en écoutant l'officier américain, de la jeune femme qui la première avait déclamé devant lui ces vers de Brecht.

Rue Visconti, ils étaient passés de Brecht à Alberti, que Jorge récite en espagnol et traduit aussitôt.

Étrange scène que ce rendez-vous clandestin qui glisse au concours de récitation. Deux amoureux de la langue dans leur passion pour les textes oublient les fantômes de la mort qui rôdent autour de leur jeunesse. Le jour est tombé, le couvre-feu avec. Il est trop tard pour que Jorge regagne ses pénates, une chambre mansardée rue Blainville, vers la Contrescarpe. Ainsi, de fil en aiguille, plutôt de rime en rime, les deux combattants de l'ombre passent la nuit sous le même toit. Au matin, la jeune femme raccompagne Jorge à la porte.

— Comment t'appelles-tu ?

Elle ne répond pas. On n'a pas de nom dans la clandestinité. Plus exactement, on en a plusieurs. Plus tard, il apprendra qu'elle se prénomme Julia. Une Autrichienne d'origine juive, communiste depuis l'extrême jeunesse, combattante en Espagne pendant la guerre civile, désormais responsable dans l'Organisation spéciale de la MOI, poétesse aux heures gagnées sur l'adversité. Dans l'aube grise, elle tend la main vers le visage de Jorge qu'elle effleure du bout des doigts. Elle murmure.

— Ne meurs pas !

Il rit. À dix-neuf ans, Jorge se sait immortel.

Sur la scène de l'Odéon, Montand chante. À l'affiche du 28 juillet au 2 août 1943, il est la vedette d'un spectacle où il interprète une quinzaine de chansons. Son répertoire s'est étoffé. Il alterne imitations et reprises de succès initiés par de glorieux aînés comme Maurice Chevalier ou Charles Trenet.

Je sais bien que demain tout peut changer
Je sais bien que le bonheur est passager

La salle lui fait un succès triomphal. Montand sort de scène. Dans les coulisses, une jeune fille brune et belle qui semble fascinée par l'artiste lui lance un sourire engageant. Il a déjà remarqué, à chaque fois qu'il regagne sa loge, cette magnifique brune, à la peau couleur d'abricot, qui se trouve sur son passage. Depuis qu'entre Nice et Marseille, il est devenu une petite gloire du music-hall, Montand s'est épanoui. Il a gagné de la confiance en lui, réussi à dominer sa timidité névrotique qu'il masque derrière une faconde méridionale. Il soigne son allure, et sa renommée grandissante lui attire des succès féminins. Le grand gaillard à la longue silhouette, qui semble, en scène, faite de mousse de caoutchouc, tant il est capable de contorsions, n'est donc pas étonné de l'assiduité de cette jeune femme brune. Ils font connaissance. Elle est d'origine grecque. L'aventure d'un soir se transforme en liaison régulière.

Jorge Semprún appuie sur les pédales de son vieux vélo. Les petites routes sinueuses de Bourgogne ne cessent de grimper le long des coteaux. Dans sa musette, sous les outils de jardinage est dissimulée une Sten démontée. Il a dans son portefeuille une carte d'identité au nom de Gérard Sorel, jardinier, mais il n'a aucune confiance dans cette couverture tant le document lui semble faux au premier regard.

Quelques semaines auparavant, Michel Herr a introduit Semprún dans le réseau Jean-Marie Action. On lui a demandé de se tenir à la tombée du jour avenue Niel, devant les Magasins réunis pour rencontrer un certain « Paul ». Semprún ignore l'identité réelle de ce Monsieur « Paul », architecte dans le civil en temps de paix et chef du réseau Jean-Marie Action en temps de guerre. « Paul » l'a entraîné dans une balade sur l'avenue Niel, le temps de passer les consignes, de donner les prochains rendez-vous. Jorge a revu « Paul » deux, trois fois dans des appartements du XVIIe arrondissement avant de partir en Bourgogne. Jean-Marie Action est affilié au réseau Buckmaster qui dépend de la direction des opérations spéciales britanniques (SOE). Le groupe est chargé de réceptionner dans l'Yonne les armes parachutées par les Alliés. Michel Herr a pris Jorge comme adjoint.

Julia, la belle femme de la rue Visconti, parmi les consignes chuchotées entre deux poèmes, a transmis les ordres. Avec Michel Herr, Jorge doit faire de l'entrisme au sein du réseau anglais qui présente l'immense avantage de distribuer les denrées rares, fusils mitrailleurs et revolvers Smith & Wesson.

Par cette belle journée d'août, Jorge Semprún, dix-neuf ans, pédale sur les routes vallonnées de Bourgogne. Sous sa couverture de jardinier, Semprún circule parmi les groupes armés de la région entre Joigny et Châtillon-sur-Seine. Avec son ami Michel Herr, il organise la distribution des armes que les avions anglais larguent les nuits de pleine lune. La consigne de Londres est d'éviter que les armes aillent aux Francs-tireurs et partisans (FTP), les groupes de combat contrôlés par le parti communiste. Le rôle de Jorge Semprún, communiste infiltré dans un réseau anglais, est de contrecarrer les ordres de Londres et d'équilibrer la distribution entre les combattants de l'Armée secrète et ceux des FTP. À la fin du mois d'août, Jorge, ou plus exactement Gérard Sorel, apporte des pains de plastic au maquis du Tabou implanté dans une exploitation forestière à Pothières, près de Châtillon-sur-Seine. Il profite de son passage pour lire à ses camarades maquisards à voix haute un passage de *L'Espoir* qu'il range toujours dans sa musette, à côté de la Sten. Armes de la littérature…

Sur la scène du théâtre des Célestins à Lyon où l'a mené sa tournée, Montand chante Trenet.

Y a d'la joie et du soleil dans les ruelles
Y a d'la joie partout y a d'la joie

Dans la capitale des Gaules, le Marseillais triomphe. Il a droit par contrat « à la vedette américaine sur toute publicité ou affiche ». La presse est dithyrambique. Il touche huit cents francs par jour. Ivo a atteint son but, il gagne sa vie en chantant. De cette aisance pécuniaire, il fait profiter sa famille et les tables de poker. Depuis qu'il a commencé à chanter, en 1938, Montand colle dans un album bleu les coupures de presse qui le concernent. Il ajoute parfois des commentaires plus ou moins inspirés. À Lyon, il confesse dans l'album bleu où il commente ses tours de chant : « Ça a très bien marché pour moi, mais pour la première fois de ma vie j'ai joué au poker. En une heure on me barbote 2 500. » Soit le cachet de trois soirs. Ce ne sera pas la dernière fois qu'il perd sa chemise aux cartes.

La Citroën Traction avant fonce dans la nuit, tous feux éteints sur la route de Cézy. Michel Herr tient le volant. Jorge est assis à côté de lui, des grenades coincées entre ses jambes. Sur la banquette arrière, un résistant de la région, Julien Bon, habituel compagnon d'équipée de Semprún, tient un fusil mitrailleur posé sur ses cuisses. Les trois résistants, avec l'accord des chefs régionaux de l'Armée secrète, ont décidé de déménager des armes stockées dans des dépôts. En échange, les patrons de l'AS ont demandé leur aide pour faire sauter les écluses du canal de Bourgogne.

Un seul des dépôts a suffi à remplir l'arrière et le coffre volumineux de la Traction, qui traverse les ténèbres à toute allure. Les trois hommes scrutent la nuit qu'un croissant de lune a la bonne idée de ne pas rendre totalement opaque. Soudain, à la fin d'un virage en épingle à cheveux, la Citroën déboule sur des soldats allemands qui barrent la chaussée. Des rafales d'arme automatique trouent la nuit. Michel, au volant, écrase la pédale de frein. La voiture dérape sur le bas-côté et va heurter une borne kilométrique. Le moteur cale. D'un même mouvement, Jorge et Julien s'éjectent du véhicule du côté opposé à la route, et se laissent rouler dans l'herbe. Des coups de feu éclatent. Jorge entend le halètement du fusil mitrailleur que Julien a mis en batterie. Au jugé, Jorge balance une grenade vers les ombres des soldats allemands qu'il devine à la lisière d'un bois. Michel, resté au volant, redémarre la voiture. D'un bond, les deux hommes allongés sur le bas-côté grimpent à l'intérieur. La Traction s'arrache dans le rugissement des 11 chevaux et fonce dans la nuit.

Un soir, après son tour de chant, Montand retrouve « la Grecque » dans un cabaret du Vieux-Port. Quand il pénètre dans la salle en sous-sol, où flotte un nuage de fumée de cigarettes, la jeune femme est assise au comptoir en compagnie d'un type dont Montand devine assez vite qu'il est de la Gestapo. Il comprend plus vite encore qu'il est l'amant de la Grecque. L'Allemand parle le français à la perfection. Il se lance dans une grande fresque politique à laquelle Montand ne comprend rien. Le gestapiste tout en parlant l'observe avec un regard ambigu et un sourire chargé de sous-entendus. Brusquement, il interrompt son analyse de la situation mondiale et jette : « Vous êtes juif. » Montand nie.

— Vos papiers !

En un instant, le sourire est devenu rictus, un masque effrayant transforme le visage. Les yeux ne sont plus que deux trous noirs, deux bouches à feu. L'Allemand arrache la carte d'identité des mains de Montand et triomphe :

— Vous êtes bien juif. Vous ne vous appelez pas Livi, mais Lévy. Vous avez changé les deux voyelles de votre nom.

Le chanteur proteste, affirme que c'est absurde, s'il avait dû changer quelque chose, il aurait changé de nom. Le gestapiste l'observe quelques secondes comme s'il allait l'abattre sur place. Puis il part d'un rire effrayant, sardonique.

— *Natürlich !* Que je suis bête !

Le policier allemand prend son verre et trinque avec « la Grecque » qui a gardé le silence. Montand la regarde et comprend qu'elle est sa complice, sans doute une auxiliaire de la Gestapo. Sa présence dans les coulisses de l'Odéon ne devait rien au charme du chanteur. Double désillusion.

« Je ne savais pas qu'à deux voyelles près j'avais droit à un aller sans retour pour Auschwitz. Cette idée m'a poursuivi pendant des années. Pourquoi n'ai-je rien vu, rien senti ? J'étais indifférent par ignorance. »

Enfermé dans sa bulle, obsédé par le désir de réussir, taraudé par l'angoisse de ne pas être à la hauteur, le jeune homme de vingt-deux ans ne voit pas le monde qui l'entoure.

Il ignore les malheurs de la guerre.

7

Jorge est allongé dans l'herbe au bord de l'Armançon qui à cet endroit forme un angle. Un barrage naturel de rochers sur la rivière a créé une retenue d'eau, à la surface lisse, une piscine naturelle par cette moiteur d'un soir d'été. Mais Jorge ne songe pas à se baigner. Avec Julien, allongé à son côté, ils observent le lieu. Ils ont remarqué que des soldats allemands venaient souvent en fin d'après-midi se rafraîchir dans ce coude du cours d'eau, à proximité de Semur-en-Auxois. Julien, un gars du pays qui connaît tous les chemins environnants, est le copain d'équipée habituel de Jorge, quand il s'agit de livrer les armes aux maquis du coin. Avec Julien, Semprún a également effectué des repérages pour faire sauter des écluses sur le canal du Midi. Ils ont apporté de la dynamite destinée à incendier les moissonneuses-batteuses et éviter ainsi que le blé ne parte en Allemagne.

Ils l'ont aperçu avant d'entendre le vrombissement de la moto dissimulée par les hautes herbes.

Ils ne voient que le haut du corps, qui paraît glisser entre les champs. Le casque brille sous les rayons du soleil. La pétarade du moteur est maintenant audible. Les deux garçons de l'autre côté de la rivière baissent la tête d'instinct. L'Allemand roule seul. Il ne précède aucun convoi. La moto quitte la route et oblique vers l'eau. Le soldat arrête l'engin au bord de la rivière. Il descend de sa monture, enlève son casque. À vingt mètres, couchés dans l'herbe qui les dérobe à la vue, les deux jeunes gens observent l'homme à la chevelure blonde qui contemple le coin de verdure, l'eau étale comme une plaque de zinc, les arbres qui ondulent dans la lumière tamisée du soleil couchant. Peut-être songe-t-il à se baigner ? Il s'approche encore du bord, met un pied sur une pierre plate, puis l'autre. Il est maintenant entouré d'eau, fragile, vulnérable.

Sa mitraillette retenue par une courroie lui pend autour du cou. Il offre une cible idéale, à portée de tir. Jorge et Julien échangent un regard qui se passe de parole. Avec une lenteur calculée, Julien a sorti son Smith & Wesson et le pointe sur le soldat allemand. Jorge l'imite. Il cale son avant-bras sur un tronc d'arbre pour éviter le recul de l'arme. Son doigt se crispe sur la gâchette. Soudain le motocycliste se met à chanter à pleine voix, une belle voix de soprano, les yeux au ciel face à la nature.

Kommt eine Taube an dein Fenster
Sei liebevoll zu ihr, als sei sie ich

Jorge sursaute. Le canon de son arme heurte le rocher qui les cache à la vue. Julien le foudroie du regard. En un instant, Jorge reconnaît cet air de *La Paloma* que les gouvernantes allemandes chantaient à l'office rue Alfonso XI et dont la mélodie venait jusqu'à sa chambre. Sa main se met à trembler. Son enfance madrilène fait irruption dans ce coin de Bourgogne au moment critique où il doit abattre un homme. Il se sent incapable de tirer sur ce soldat qui chante à gorge déployée, face à lui, à quelques mètres, ce refrain d'un temps d'insouciance.

Si une colombe arrive à ta fenêtre
Traite-la avec amour car elle est moi

Il baisse le canon du Smith & Wesson, peint à l'antirouille rouge vif. Julien l'imite en lui jetant un regard d'incompréhension. Le soldat a fini de chanter. Il fait demi-tour et regagne la rive. Il n'est plus un jeune homme entonnant *La Paloma* mais un soldat d'Hitler. Jorge saisit son arme, vise le dos et presse la détente au moment où Julien effectue exactement le même geste à côté de lui. L'Allemand poussé entre les omoplates par l'impact semble catapulté vers l'avant. Il s'écroule.

— Merde, non, non, ce n'est pas possible !

Jorge s'effondre en larmes devant le cadavre du soldat qu'il a abattu. Une véritable crise de nerfs le submerge. Il hurle, tape du poing sur un rocher.

— J'ai tiré les yeux fermés, comme si mon esprit refusait le geste que j'accomplissais. Je ne sais pas si c'est moi ou Julien qui l'a touché. Peut-être les deux. C'était mon premier mort. Je veux dire le premier mort de ma main.

Julien secoue Jorge, le calme. Ils traversent la rivière en sautant sur les rochers qui forment une sorte de barrage plat. Julien retourne le corps. Il prend la mitraillette. Les deux résistants sautent sur la moto de l'Allemand et s'enfuient. Au bord de l'Armançon, un jeune homme de leur âge est couché. Au milieu du dos, une tache rouge s'élargit sur le vert de l'uniforme. Jorge a eu le temps de constater qu'il avait les yeux bleus, ouverts sur l'éternité.

— Silésie ! Mines de sel !

La jeune femme en uniforme gris souris, assise derrière une table, a consulté un registre avant d'indiquer d'un geste las une pièce à quelques mètres. Montand ne comprend pas, sur le moment, qu'on le retient prisonnier. Il hésite avant de suivre l'injonction.

Quelques jours plus tôt, le chanteur a reçu, impasse des Mûriers, une convocation à se rendre à la gare Saint-Charles. Il a regardé le document d'un œil distrait, ne sachant même pas ce qu'était le STO. Créé par Vichy en février 1943, le Service du travail obligatoire vise à envoyer travailler en Allemagne les jeunes gens à partir de l'âge de dix-huit ans. Dans les faits, la réquisition pousse bien des réfractaires à gagner les maquis qui naissent à ce moment-là dans les régions montagneuses ou forestières.

Un gendarme conduit Montand dans un bureau où sont gardés quelques jeunes hommes par trois pandores débonnaires qui leur délivrent des conseils : quand le train approche de Dijon, le convoi ralentit ; il est facile de sauter du train et de là rejoindre les gars du Vercors. Montand n'a aucune idée de ce qui se passe dans le massif du Vercors.

Après plusieurs heures d'inquiétude, les requis du STO sont transférés dans un dépôt, situé près d'une gare de triage où ils attendent le départ pour l'Allemagne. Montand s'est résigné à son sort. Mais il se persuade qu'il va suivre les conseils des gendarmes et sauter du train avant Dijon. Le troisième jour, la veille du départ prévu, la providentielle Lydia surgit au dépôt en brandissant une feuille de papier signée et tamponnée qui permet à Montand de sortir libre. La grande sœur a remué tout Marseille, sonné à toutes les portes, même les plus compromettantes jusqu'à celle de la Kommandantur pour obtenir le sauf-conduit. La qualité de chanteur et la notoriété locale acquise par Montand ont été déterminantes. Pour cette fois, Ivo Livi échappe à la déportation du travail.

La commune de Pontigny est connue pour sa célèbre abbaye cistercienne datant du XIIe siècle. C'est dans cette petite ville, vers trois heures du matin la nuit du 6 au 7 octobre 1943, qu'un groupe de résistants auquel était lié Jorge Semprún fait sauter un train de munitions allemand stationné en gare. L'explosion de sept wagons chargés d'obus de 500 mm provoque de très importants dégâts et creuse un cratère de quatre-vingts mètres de long. Des projections atteignent même l'abbaye située à plusieurs centaines de mètres.

Le commando se replie sans encombre mais quelques heures plus tard, après la dispersion, un des résistants, qui avait placé les charges explosives dans le wagon de munitions, disparaît. Ses camarades soupçonnent qu'il a été arrêté. Jorge Semprún est envoyé aux nouvelles. Il enquête toute la journée du 7 à Laroche-Migennes où la Résistance est bien implantée chez les cheminots. À l'aube du 8 octobre, Jorge regagne une maison qui sert de base arrière, de planque et de cache d'armes. Formée de plusieurs corps de bâtiment, la ferme qui appartient à une résistante, Irène Chiot, est située quai d'Épizy, dans les faubourgs de Joigny. Irène Chiot dirige le groupe qui a organisé l'attentat.

Épuisé, Jorge s'écroule dans une chambre pour quelques heures. Vers midi, il se réveille, la tête dans un étau, la bouche pâteuse. Il traverse la cour de la ferme et entre dans la cuisine. Il demande à Irène Chiot un café. Un ersatz à tout le moins.

— Pas de chance, Gérard, nous avons la visite de la Gestapo.

« Gérard » distingue alors un homme en imperméable, le chapeau incliné sur la tête, qui lui adresse un drôle de sourire chargé de dents en or. Puis, presque en même temps, il sent une autre présence menaçante derrière lui. Il se retourne en tentant de sortir le revolver canadien qu'il avait glissé dans sa ceinture au réveil. Mais il n'a que le temps d'esquisser le geste. Le type derrière lui s'avance d'un pas rapide et saisissant son 9 mm par le canon, écrase la crosse sur la tête de Jorge. Le sang l'aveugle, un goût de rouille envahit sa bouche. Il tombe à genoux et les deux Allemands le tabassent à coups de pied. Le gestapiste qui a porté le premier coup de crosse attache les poignets de Jorge avec sa propre ceinture et entreprend de le fouiller. Il trouve ses papiers d'identité, ses vrais papiers au nom de Semprún. Jorge devait le jour même regagner Paris pour une réunion avec « Paul ». Pas question de voyager avec une fausse carte, mal foutue, au nom de Gérard Sorel.

— *Ein Rotspanier !*

L'homme au chapeau sourit de toutes ses dents en or.

Il se penche vers son prisonnier et hurle :

— *Du bist ein Rotspanier.*

Jorge feint de ne pas comprendre. Alors le type se met à le gifler en cadence sur une joue puis l'autre en gueulant des injures. Et soudain, interrompt sa fureur feinte. Il allume une cigarette dont il recrache la fumée au visage de son prisonnier.

Ensuite, les deux hommes de la police allemande traînent leur victime jusqu'au hangar. Ils lui attachent les mains dans le dos avec une paire de menottes et le suspendent à une poutre. Tout le poids du corps se concentre dans les muscles des épaules et des bras. La douleur devient vite insupportable. Le jeune résistant dans cette position plus qu'inconfortable commence la découverte de lui-même, ce dur voyage initiatique où l'on apprend les limites que le corps humain peut atteindre. Et également les frontières de la volonté qui comme l'horizon reculent sans cesse.

Jorge contemple, à quelques pas de lui, les peaux de lapin qui sèchent. Il sait qu'à l'intérieur des fourrures sont planquées des armes. Et qu'un peu plus loin, dans la cave, des Sten et des pains de plastic dorment sous les patates. La jubilation de savoir ce qu'ignorent les gestapistes l'aide à surmonter l'épouvantable douleur qui cisaille ses épaules.

Il est prêt pour la suite.

Jorge Semprún est transféré à la prison d'Auxerre. Chaque jour il est conduit au siège de la Gestapo locale, une jolie maison entourée par un jardin où poussent les roses. La Gestapo le soumet à la torture. Le supplice de la baignoire succède aux matraquages à répétition. La souffrance est infinie. Plus jamais il ne pourra, dans les décennies qui suivent, mettre la tête sous l'eau dans une piscine.

Enfermé dans la prison d'Auxerre, Jorge Semprún, le 10 décembre 1943, attrape ses vingt ans.

De grands coups contre la porte réveillent la maisonnée du 8 impasse des Mûriers. Giuseppina va ouvrir. Un détachement de la Milice se précipite à l'intérieur. Le chef aboie : « Où est Ivo Livi ? »

En ce matin de janvier 1944, la Milice, la police supplétive de Vichy, a lancé une vaste opération dans La Cabucelle. Le quartier est bouclé. Les rafles se multiplient pour embarquer les jeunes gens qui se planquent pour échapper au STO.

Une autre escouade de miliciens arrive par le jardinet de derrière barrant tout itinéraire de fuite. L'un des hommes en noir ouvre violemment la porte qui permet d'accéder au jardin et la rabat contre le mur, masquant ainsi une étroite ouverture qui donne sur un cagibi. Montand, qui est rentré fort tard, y dort à poings fermés. Les miliciens fouillent la maison, mais aucun d'entre eux n'a l'idée de regarder derrière le battant de la porte du rez-de-chaussée.

— Où est votre fils ?

— Il donne un gala du côté de Toulouse.

Giuseppina ne manque pas de présence d'esprit. Après une dernière inspection, l'escouade se retire, non sans que le chef laisse une convocation impérative pour le STO. À la fin de la matinée, Montand surgit de son placard, la guitare à la main, surpris du vacarme qu'il a cru entendre dans son sommeil.

À la fin du mois de janvier 1944, le résistant Jorge Semprún, arrêté avec un revolver dans la poche, accusé d'être un terroriste, d'avoir ravitaillé en armes les maquis de Bourgogne, est transféré au camp de Compiègne. Ancienne caserne transformée en centre de transit, Compiègne est le seul camp en France dépendant entièrement de l'administration allemande. Compiègne-Royallieu, tous les détenus le savent, est l'antichambre de la déportation.

Le dernier arrêt avant le grand voyage.

Presque un demi-siècle plus tard, Montand m'a reparlé de cette descente de la Milice impasse des Mûriers. Nous étions à Moscou, en juin 1990, dans sa vaste suite de l'hôtel Rossia, le soir après un dîner. Je l'avais accompagné jusqu'à la porte de sa chambre, après avoir déambulé dans des corridors interminables où à chaque croisement se tenait, sentinelle impassible, une *dejournaya* qui surveillait les allées et venues. Il m'avait invité à entrer. Il avait envie de parler, ce qui, chez lui, était un état assez naturel. Ce retour à Moscou réveillait en lui des souvenirs enfouis de lieux qu'il avait parcourus avec Simone des décennies plus tôt. Simone hantait ce voyage comme elle hantait sa vie.

Il s'était allongé sur son lit large comme la place Rouge, dans son costume gris à petits chevrons, la cravate légèrement défaite, mais arborant toujours une élégance méticuleuse. Je m'étais installé dans un triste fauteuil couleur « vert soviétique », qui donnait envie de pleurer. Son visage pâle et ses traits tirés reflétaient sans doute la fatigue de ces journées consacrées aux réceptions, aux visites, aux déjeuners et dîners.

— Au fond, je suis passé à côté.

Sa voix, un peu lasse, s'est élevée dans la pénombre de la chambre. Seule une lampe de chevet éclairait la pièce de reflets orangés. Surpris par ce propos que je n'ai pas compris sur le moment, j'ai attendu la suite de la phrase ou du raisonnement. Montand est parti dans un de ses longs développements dont il avait le secret, qui empruntait bien des méandres, des détours, des incises et même des parenthèses dans les incises, pour *in fine* retomber sur ses pattes comme un danseur de claquettes qu'il était, et boucler son histoire là où il avait voulu la conclure. Notre discussion – j'ai fini par intervenir, le contredire – a duré des heures, jusqu'à fort tard dans la nuit ou peut-être bien jusqu'au petit matin suivant.

Jamais je n'avais entendu Montand aussi lucide sur son existence, aussi profond dans l'introspection, envahi d'un doute méthodique qui balayait les certitudes. Si je peux tenter de résumer cette nuit de « divan », ces heures de palabres qui se sont fixées à jamais dans mon esprit, je le ferais en reprenant une formule prononcée par l'artiste allongé sur son lit de l'hôtel Rossia :

— Dans ma vie, j'ai eu une chance extraordinaire, mais je suis passé à côté de l'essentiel.

Il avait énuméré toutes les fois où dame chance lui avait souri, et même un peu plus, comme le jour où il a failli partir au STO, sauvé in extremis par sa sœur Lydia. Puis, il avait évoqué la descente de la milice impasse des Mûriers en janvier 1944. Il s'était levé de son lit et avait pris la porte de la salle de bains comme modèle afin que je saisisse bien la disposition des lieux, dans la pièce du rez-de-chaussée de la bicoque à La Cabucelle. Tant d'années plus tard, il ne comprenait pas par quel extraordinaire hasard aucun milicien n'avait eu l'idée de repousser le battant.

Mais Montand ne voulait pas raconter, cette nuit-là, la litanie chanceuse d'une vie exceptionnelle gâtée par les dieux. Ni dresser la liste de tous les coups de pouce du destin qui avaient permis à un petit immigré italien né dans la misère de briller au firmament des étoiles mondiales. Non. Son propos était tout autre, inverse même. Il voulait me confier que malgré cette baraka qui l'avait accompagné, tout au long des années, malgré cette réussite, il était « passé à côté de l'essentiel ».

J'entends encore sa voix dans la nuit moscovite :

— Quelques jours après la descente des miliciens, des amis de ma sœur sont venus me voir sans le dire à Lydia. Ils s'appelaient Solange et Laurent. Ils souhaitaient me parler. Nous sommes descendus dans l'impasse et nous avons marché jusqu'au bar des Mûriers mais nous sommes restés à l'extérieur sur l'esplanade des joueurs de boules. La conversation devait rester confidentielle. Alors ce gars qui s'appelait Laurent me glisse à l'oreille : « Il faut que tu prennes le maquis. »

Dans la chambre du Rossia, Montand, comme à son habitude, se met à mimer la scène.

— Je te jure, fils, que je n'ai rien compris. J'entendais ce mot pour la première fois. Je lui ai répondu : « Quoi, tu veux que j'aille en Corse ? » Laurent me raconte que des réfractaires au STO se regroupent au-dessus de Saint-Raphaël dans un maquis. Et moi, comme un con ignorant que je suis, je lui réponds que tout cela me paraît folklorique : « Je suis un artiste, tout ce que je veux, c'est chanter, je n'ai aucune envie de me planquer dans des collines, même provençales. »

Montand, incapable de rester en place, déambule d'un mur à l'autre, dans cette chambre lugubre de l'hôtel Rossia au mois de juin 1990. Il s'est planté en face de moi, toujours assis dans mon fauteuil vert soviétique.

— Je vais te dire la vérité même si cette vérité me fait mal. À l'époque, je ne me sens pas concerné. Ma vie est ailleurs.

Il tend son index vers moi.

— Tu comprends pourquoi je suis passé à côté de l'essentiel. J'avais vingt-deux ans et au lieu de me battre contre les Allemands que je n'aimais pas, ça c'est sûr, j'étais obsédé par la scène, par ma petite carrière.

Montand reprend son va-et-vient entre la fenêtre et la porte.

— Venant de là d'où je viens, je n'ai pas eu l'engagement que j'aurais dû avoir, au moment où j'aurais dû l'avoir. Ce regret, qui est également un remords, je le porte en moi comme un fardeau. Je culpabilise, je me dis que le mec, au fond, il n'est pas si bien que ça. Je me pose souvent la question et ne trouve pas la réponse. Pourquoi je suis passé à côté de ce qui fait l'essence de l'existence.

L'essence de l'existence, il fallait le sortir !

8

— Et maintenant, il faut imaginer !

Du bras, Jorge décrit un large arc de cercle pour montrer devant nous l'immense esplanade déserte, puis sur la droite le bâtiment du crématoire et sa cheminée, plus loin encore l'énorme édifice du magasin d'habillement. Les baraques ont été rasées mais leur emplacement, comme dans un site archéologique, est matérialisé au sol par des rectangles de gravillons entourés d'une bordure de pierre. Devant l'étrange vide où se reniflent les remugles de l'histoire, l'émotion surgit, violente. Semprún, impassible, commence sa conférence déambulatoire sur les vestiges de sa jeunesse.

— Il faut imaginer les dizaines de blocks alignés, et là cette grande place d'appel, où nous nous rassemblions le matin dans l'aube givrée et le soir dans le crépuscule glacé. Dans le fond là-bas, la forêt a poussé sur le Petit Camp de quarantaine.

Jorge se retourne, le vent qui souffle toujours sur cette colline de l'Ettersberg soulève ses mèches de cheveux blancs. Il revient sur ses pas vers la porte monumentale, surmontée du mirador central qui marque l'entrée du camp de Buchenwald. Le portail formé d'une grille de fer en barre l'accès. Du doigt, dans un geste ironique, l'ancien détenu effleure l'inscription qui surmonte la porte. *Jedem das Seine.*

— À chacun son dû, murmure-t-il dans un étrange sourire.

En ce printemps 1995, un demi-siècle exactement après la libération du camp, Jorge Semprún revient en ce lieu où il passa seize mois de sa vie qui la changèrent à jamais. Il revient sur ses vingt ans. Il revient « chez lui ».

Nous longeons, à l'extérieur du camp, la clôture en barbelés surmontée à intervalles réguliers de miradors. Sur notre droite, il m'indique une curieuse fosse en pierre assez profonde taillée dans le rocher.

— Le zoo.

— Il y avait un zoo à Buchenwald ?

Il a un rire bref, sarcastique.

— Oui, les SS n'étaient pas les seules bêtes féroces. Dans cette fosse, il y avait des ours ! Parfois le commandant SS y jetait un déporté vivant.

Tout en marchant, il relate l'histoire du vaste enclos baptisé *Buchenwald*, la « forêt de hêtres », par Himmler. La décision de construire un camp de concentration sur cette colline inhospitalière de l'Ettersberg à une dizaine de kilomètres de Weimar, capitale de la culture allemande où Bach, Liszt, Schiller, Goethe ont séjourné, a été prise le 3 juin 1936. Le jour même où Léon Blum accédait à l'Hôtel de Matignon.

— Blum était là.

Nous passons devant des grosses bâtisses en pierre construites à l'extérieur du camp pour loger les officiers SS. Derrière, Semprún indique un pavillon de chasse, entouré d'arbres.

— Il est arrivé ici au printemps 1943. Il était prisonnier dans cette demeure du quartier SS, à environ cinq cents mètres du camp qu'il ne voyait pas. La villa était entourée de hautes palissades en bois. Il ne savait même pas qu'il y avait ici un camp de concentration. Il ne l'a jamais vu. Il sentait juste l'odeur, l'« étrange odeur » de la chair humaine qui brûlait au crématoire. Nous, nous étions accoutumés à cette odeur fade, écœurante, à ce parfum de mort qui s'échappait de la cheminée.

Les premiers détenus qui arrivent en mai 1937 doivent d'abord déboiser la colline en épargnant le chêne de Goethe, sous lequel le poète, selon la légende, aimait s'asseoir. Tout autour de l'arbre, les déportés construisent les bâtiments et les baraquements. En quelques mois surgit une véritable « ville-camp » avec ses édifices en pierre, ses rues. Avec les années, deux usines d'armement attenantes au camp sont édifiées : la plus proche, la DAW, juste de l'autre côté des barbelés, appartient à la SS. Un peu plus loin, dans la Gustloff immense, dix mille détenus construisent des éléments techniques pour le guidage des V2, les armes secrètes d'Hitler qui sont assemblées à Dora, un sous-camp dépendant de Buchenwald.

Une route reliant le camp à Weimar est tracée : la construction de cette voie, la « Route du Sang », coûte la vie à plus de dix mille prisonniers. Les convois s'arrêtent à la gare de Weimar. Dès leur arrivée, les déportés doivent parcourir sous les coups des SS les dix kilomètres séparant la station de chemin de fer du camp. Cette pratique se prolonge jusqu'en 1943, lorsque entre en service une gare à Buchenwald, construite d'abord pour les besoins des usines d'armement où travaillent les kommandos de déportés. Puis, les trains arrivent de toute l'Europe jusqu'à ce bout de quai, à l'orée de la forêt, à l'orée de l'enfer.

Jorge Semprún s'immobilise pour observer l'emplacement de la gare de Buchenwald rappelé par un panneau et matérialisé par un tronçon de traverses, conservées en l'état. Entre les rails rouillés, envahis par les herbes, poussent des fleurs bleues. Sur son visage, aucun tressaillement ne traduit l'émotion. C'est pourtant là, à ce terminus au bout de la nuit que s'est arrêté son convoi dans l'obscurité d'un matin hivernal, le 29 janvier 1944.

— Tu te souviens de ton arrivée ?

Il esquisse un étrange sourire qui pourrait signifier « cette question est stupide » ou bien « comment pourrais-je oublier ? ». Les deux sans doute.

— Oui, oui, je me souviens très bien. C'était une mise en scène wagnérienne, très réussie, digne de Leni Riefenstahl.

Il émet un rire bref, ambigu. Sans qu'il soit la peine de l'interroger, il se remémore avec une précision documentaire la descente du train, les cris des SS, les coups de crosse, les aboiements des chiens, les cadavres de ceux qui n'ont pas supporté le voyage, les projecteurs qui balaient le quai, les oriflammes nazies. Épuisés par deux jours de voyage, dans des wagons scellés, sans sommeil, sans alimentation à l'exception d'un semblant de soupe distribué à Trèves, dans une effarante promiscuité qui comprime ensemble les vivants et les morts, les déportés dès qu'ils émergent des wagons à bestiaux doivent se mettre à courir, pieds nus dans l'avenue des Aigles, une allée interminable, bordée de colonnes surmontées de l'emblème du volatile hitlérien. Les détenus l'ont appelée entre eux par dérision, *karachoweg*, mélange d'allemand et de russe qui signifie le « bon chemin ».

Jorge court comme les autres, sans pouvoir prêter assistance à ceux qui s'écroulent, à bout de forces, à bout de souffle, pauvres ombres que les gardes SS abattent aussitôt d'une balle dans la tête.

— Je me souviens très bien.

Dès la porte du camp que les SS et les chiens ne franchissent pas, le silence succède au vacarme. Jorge expose encore sur le ton froid et distant d'un commentateur, le rituel de l'accueil, les corps nus, tondus de la tête aux pieds comme des brebis, immergés dans un bain trouble et verdâtre de désinfectant. Et puis une longue course dans un tunnel glacial qui mène au magasin d'habillement où on lui jette un peu au hasard des loques disparates, haillons autrefois portés par des fantômes disparus, et des galoches à semelles de bois qui tiennent au pied par du fil de fer. Une chaîne de déshumanisation parfaitement orchestrée d'où émergent des silhouettes identiques, ahuries de constater leur mutation en quelques minutes d'homme pensant en bête apeurée. Plongé dans cette machine à broyer les consciences, le nouvel arrivant, déboussolé, tente de garder un semblant d'humanité.

Jorge Semprún, lui, sait pourquoi il est là. Cette conviction lui permet, face au néant, d'être.

— J'en ai parlé avec mon père. J'ai évoqué cette histoire de maquis. Il ne m'a rien dit. Après la guerre, j'apprendrai qu'il était dans la Résistance, qu'il planquait des camarades italiens et même des responsables du parti communiste. Il portait des messages aussi, une sorte d'agent de liaison. Mais il ne m'a rien dit. Il ne m'a pas expliqué ce qu'était la Résistance, le maquis. Il avait raison sans doute.

Dans la chambre de l'hôtel Rossia à Moscou, Montand poursuit sa confession intime que je ne cherche pas à interrompre. Dans ma tête, au fur et à mesure, je mémorise les phrases, les expressions si particulières du « parler Montand ».

— Alors je lui ai dit que je voulais foutre le camp de Marseille. Audiffred m'avait dégotté un contrat à l'ABC à Paris. C'était la meilleure façon d'échapper au STO, d'emmerder les salopards de la Milice : le mec apparaît en pleine lumière mais sous son nom de music-hall. Le STO recherchait Livi mais pas Montand. Il a été formidable, mon père. Il n'a pas essayé de me retenir. Il m'a dit : « Vas-y, petit. Je te donne six mois. Si tu n'as pas réussi, tu auras toujours ton couvert ici. » Il était vraiment formidable, papa.

Deux jours après son entrée dans le cercle de l'enfer, Jorge Semprún est allongé dans un châlit du block 62 du Petit Camp. Les nouveaux arrivants à Buchenwald, après le « comité d'accueil » et les formalités d'usage, sont transférés au Petit Camp. Situé en lisière du « Grand Camp », dont il est séparé par une clôture de barbelés, un ensemble de baraquements en bois forme un campement qui semble la cour des miracles. Des milliers de déportés, affaiblis, malades, invalides attendent dans ce sas de quarantaine leur destination future. Beaucoup des grabataires du Petit Camp y achèvent leur vie dans le dénuement, la souffrance et la détresse intime. Les chanceux accèderont au Grand Camp qui leur paraîtra, en comparaison, un paradis. D'autres partiront dans des camps satellites comme Ohrdruf et Dora, antichambres de la mort.

Dans le block 62 du Petit Camp, Semprún a récupéré une place sur la rangée supérieure, au bord du châlit. Il a renoncé à trouver le sommeil au milieu des râles des mourants, dans l'odeur pestilentielle des corps rongés par la dysenterie. Il lutte avec les punaises, les poux et la vermine qui infestent sa paillasse.

— Semprún !

Étonné qu'on l'interpelle par son vrai nom – ceux qui le connaissent l'appellent « Gérard », c'est son nom de guerre –, il penche la tête vers un type qui lui parle en espagnol. Jorge saute au bas du châlit. Il va comprendre après quelques minutes d'un jeu de piste verbal, de signes de reconnaissance, de recours au rituel codé, que l'homme qui l'apostrophe est un communiste espagnol. Tous deux avancent dans la travée centrale du baraquement au milieu de la cohue. L'arrivée de Jorge a été signalée par un FTP de l'Yonne qui l'a repéré. Après les vérifications d'usage, les références contrôlées, Jorge apprend que le parti le prend en charge. Le parti lui ouvre la porte de la survie. Telle est la première surprise du jeune Espagnol rouge de vingt ans, deux jours après son arrivée à Buchenwald. Au cœur de la machine SS, au centre de l'Allemagne nazie, les communistes ont construit une organisation souterraine qui noyaute l'administration SS.

Dans les premières années, les prisonniers de droit commun, violents et trafiquants exerçaient leur domination sur les autres détenus. À coups de rapines, de violences, de meurtres, les truands avaient établi leur royaume dans les bas-fonds du camp. Et puis les communistes allemands, les premiers politiques à être arrivés, les *triangles rouges*, avec leur sens de la discipline, de la solidarité, du sacrifice aussi, avaient combattu l'influence des droit commun jusqu'à les éliminer, à coups de couteau et de barre de fer, de bagarres dans les latrines. Après une impitoyable lutte souterraine, les détenus politiques ont réussi à contrôler l'administration intérieure et à placer leurs hommes à tous les postes clés. Quand Jorge Semprún débarque à Buchenwald, un comité clandestin international élargi aux résistants non communistes et à d'autres nationalités est en charge de la vie du camp. Il organise des activités culturelles, tente de promouvoir la solidarité dans la jungle concentrationnaire, s'efforce de limiter la répression, assure la protection des militants antifascistes.

Il tente d'éloigner l'homme du désespoir.

L'hôtel Palace a quelque peu usurpé son nom. Rue Blanche, en face d'un cabaret, La Dame Blanche, l'hôtel en question tient davantage du gourbi louche que du quatre étoiles. Le 17 février 1944, Yves Montand, arrivé à Paris le matin même par le train, pousse la porte de l'établissement. Dans une arrière-salle des messieurs aux mines patibulaires, Borsalino sur l'œil, tapent le carton dans l'attente de la recette de ces dames, qui arpentent le trottoir dehors. Le tenancier, M. Albert, un Grec jovial, prévenu de son arrivée, accueille le jeune Marseillais à bras ouverts, trop heureux d'héberger un fantaisiste qui se produit à l'ABC. Il conduit Montand dans une chambre sous les combles. L'artiste n'a pas eu le temps de vider sa modeste valise en carton dans une commode branlante qu'on cogne violemment à la porte.

— Papiers ! Contrôle !

Sur le seuil, deux colosses en uniforme qui portent une plaque de la Feldgendarmerie. Montand panique. Ivo Livi, le nom qui apparaît sur sa carte d'identité, est toujours recherché par le STO.

— Papiers !

M. Albert surgit à propos, une bouteille de cognac à la main, pour expliquer aux deux Allemands que le petit est son neveu monté à Paris pour faire l'artiste. Un petit verre ?

— *Gut, gut !*

La carrière parisienne d'Yves Montand a failli s'interrompre avant de commencer.

Il est devant le block 40. L'emplacement du block 40, pour être précis. Seul le rectangle de pierre au sol indique que s'élevait ici une baraque en ciment d'une cinquantaine de mètres de long, sur deux étages. De la main, Jorge montre un édifice imaginaire. Après le Petit Camp, il a été affecté dans ce block 40, là-haut au premier étage, à l'extrémité, aile C. J'essaie d'imaginer le jeune homme au crâne rasé dans la promiscuité de la baraque. Le septuagénaire aux cheveux blancs qui brillent dans le soleil de cette matinée de printemps évoque les châlits où il dormait tête bêche, pressé contre d'autres corps décharnés. Il leur fallait bouger en même temps quand les épaules ankylosées, les dos tordus ne supportaient plus la position initiale. Jorge insiste encore sur la toilette du matin, dans la cohue autour des lavabos rouges au mince filet d'eau jaunâtre. Règle numéro un de la survie, rituel indispensable à ses yeux pour rester un homme, garder sa dignité, ne pas sombrer.

Jorge se retourne et montre l'espace qui nous sépare du four crématoire.

— Là il y avait une baraque qui abritait la Schreibstube – le secrétariat –, la bibliothèque et l'Arbeitsstatistik. C'est là que je travaillais.

Jorge Semprún matricule 44099, seul Espagnol à parler allemand, est affecté au bureau des statistiques à la demande des communistes espagnols peu nombreux à Buchenwald qui souhaitaient y avoir un représentant. Une sacrée planque que cette baraque chauffée par un poêle où les déportés ne sont astreints qu'à des tâches administratives.

— J'étais un privilégié. Être communiste à Buchenwald signifiait être un privilégié.

Par une journée grise de la fin du mois de février 1944, alors que le camp, balayé par un vent glacial, est recouvert de neige, Jorge pousse la porte de la baraque qui abrite l'Arbeitsstatistik. Willi Seifert, le kapo, l'accueille. Seifert, pas encore trente ans, a déjà une longue vie militante derrière lui. Communiste depuis l'âge de douze ans, il a connu la lutte clandestine contre la Gestapo, l'arrestation, la torture, la prison, le camp. Il aura une plus longue carrière encore après Buchenwald. Dans l'Allemagne communiste, la RDA, Willi Seifert sera major général de la Volkspolizei. Chef de la police, en quelque sorte.

Fascinante destinée humaine.

En ce mois de février 1944, Willi Seifert est assis derrière son bureau de l'Arbeitsstatistik. Au-dessus de son triangle rouge qui signale sa qualité de « politique », une petite bande de même couleur indique : *Rückfälliger*, récidiviste. Seifert bénéficie d'une petite pièce à lui où il reçoit le détenu 44099. Il explique à Semprún quel est le rôle du bureau des statistiques où travaillent soixante-dix détenus. Il s'agit de tenir à jour, sur des fiches cartonnées, l'état exact des effectifs et bien entendu leur évolution, les entrants, les sortants. C'est dans cette pièce également que sont dressées les listes des kommandos de travail envoyés à l'extérieur du camp. Quand le commandement SS demande par exemple cinq cents détenus pour Dora, le bureau des statistiques établit la liste.

— *Verstanden !*

Semprún contemple l'emplacement de l'Arbeitsstatistik comme si la baraque était encore devant lui, avec ses murs en pierre, les petites fenêtres. Une inscription indique block 5.

— En dressant les listes des kommandos, tu envoyais les « élus » à la mort ?

Le visage de Jorge se crispe. La question l'agace. Il a dû répondre cent fois à cette objection : l'organisation clandestine à dominante communiste, en protégeant les siens, ne condamnait-elle pas les autres ?

— On essayait de sauver ceux qui luttaient, ceux qui se battaient, ici au cœur de la machine SS contre le nazisme. Si nous n'avions pas fait ces listes, des gars seraient partis quand même à Dora ou ailleurs en kommandos extérieurs. Cela n'aurait rien changé.

— Mais là, c'est vous qui choisissiez ceux qui allaient mourir.

— Non, on choisissait ceux qui allaient vivre !

— Ceux que vous mettiez sur les listes mouraient !

— C'était un choix de résistance.

— *Verstanden !* Les pieds sur son bureau, Seifert, goguenard démontre à Jorge Semprún sa chance insigne d'être affecté à cet endroit plutôt qu'à la carrière, le bagne épouvantable où les détenus se coltinent d'énormes pierres d'un point à l'autre sans raison apparente.

— Je crois que c'est la première fois que je reçois ici un étudiant en philosophie. D'habitude, les copains m'envoient des prolos !

Seifert s'amuse de l'origine sociale de ce rouge espagnol. Il n'y peut rien, Jorge de Semprún Maura, rejeton de l'aristocratie espagnole, s'il a « trahi » sa classe, s'il a pris les armes. Plutôt, il y peut beaucoup. Le choix de résistance est un choix de liberté. Un choix qui donne sens à sa vie, à toute sa vie. À quoi bon expliquer cet engagement à un « vieux » communiste allemand, plus fort en anathème qu'en dialectique ?

Pendant que Seifert parle, Jorge ne peut s'empêcher d'observer par la fenêtre, à quelques mètres, la cheminée du crématoire. Une fumée grise, noire en son centre où rougeoient encore des braises, s'en échappe et assombrit la brume blanchâtre de l'hiver. Seifert se retourne, suit le regard de Jorge.

— On s'en ira tous par là ! On s'en ira tous par la cheminée.

Seifert se lève et s'approche de la fenêtre sur laquelle il tape avec son index pour mieux appuyer son propos.

— Le crématoire, c'est nous qui l'avons construit ! C'était autre chose Buchenwald à cette époque. Aujourd'hui, c'est un sana !

Le bâtiment massif, surplombé par la cheminée, a résisté au temps. Les communistes allemands devaient être de bons bâtisseurs. Jorge fait quelque pas vers le crématoire, en contournant l'espace délimité par le rectangle en pierre où s'élevait la baraque de l'Arbeitsstatistik.

— Cette histoire de sana, Seifert la servait à tous les arrivants. Il voulait me signifier que j'arrivais à un moment où la lutte était finie. Eux avaient vécu le pire moment. Les vieux communistes allemands (vieux pour moi qui avais vingt ans) avaient construit le camp, s'étaient battus pour le contrôler. Ils étaient morts par milliers. Moi, je profitais de leur combat à mort, contre la mort.

Jorge avance à l'intérieur du crématoire, les deux fours immenses sont munis de six ouvertures béantes devant lesquelles sont posées des sortes de brancards métalliques qui servaient à enfourner les corps. Assailli sans doute par de sombres reflux de mémoire devant les bouches monstrueuses qui ont avalé des milliers de cadavres, il reste immobile, pétrifié dans les cendres de ses souvenirs.

9

L'ABC est le temple parisien du music-hall, la Comédie-Française de la chanson. Une salle de huit cents places, avec de belles colonnades, deux balcons et un promenoir. Le créateur du lieu, un Roumain du nom de Goldenberg, s'est transformé opportunément en Mitty Goldin pendant les années d'occupation. « C'est un honneur de passer à l'ABC », répète-t-il à tous ceux, Édith Piaf, Tino Rossi et Charles Trenet, qui ont fait leurs débuts sur cette grande scène.

Se produire à l'ABC constitue une consécration pour le jeune Marseillais inconnu de vingt-deux ans. Montand est inscrit en dernière position du programme en cette fin février 44. Chanteurs, acrobates, clowns se succèdent dans cette attraction dominée par la vedette de l'heure André Dassary, l'inoubliable interprète de « Maréchal nous voilà » !

Cela va être à son tour. Derrière le rideau, Montand, paralysé par le trac, observe Dassary qui frétille de sa voix de miel.

Quand ils reviendront les prisonniers,
Toutes les cloches de Paris se mettront à sonner.

La salle debout acclame longuement Dassary, l'idole des foules. Lui succéder sur scène est intrépide !

La speakerine annonce : Yves Montand. Dans sa longue veste à carreaux, tendance Zazou, le chanteur déboule et entonne une chanson que lui a écrite Charles Humel.

Moi j'm'en fous, je m'en contre-fous !

Tout en chantant, Montand jette des regards inquiets vers la salle où de nombreux spectateurs se lèvent, pressés d'aller attraper le dernier métro.

J'm'en fous, je m'en fous pourvu que ça biche, yeah !

Un pas de claquettes et il bondit en coulisses. Il tombe la veste, pose son chapeau de cow-boy sur la tête et rentre en scène les jambes arquées.

Comme à l'Alcazar cinq ans plus tôt, les spectateurs intrigués par ce grand type qui semble descendre de son cheval se rassoient.

Les cow-boys près du bivouac sont endormiiiiiis

La voix n'en finit pas de mourir.

Un long silence sans un murmure, sans un craquement et soudain un déferlement de mains qui applaudissent. Un véritable succès pour la vedette marseillaise qui enchaîne avec son troisième et dernier titre « Et il sortit son revolver ». Après le cow-boy des hautes plaines, le gangster dans la jungle des villes américaines. Nouveau triomphe !

Audiffred est ravi. Un succès sur la prestigieuse scène de l'ABC assure des contrats dans tous les music-halls de Paris, de l'Alhambra à Bobino. Ni le manager, ni son poulain ne perçoivent qu'une part de cet accueil délirant provient de la nature des chansons. Le cow-boy ou le gangster, c'est bien l'Amérique qui est sur scène, l'Amérique qui va débarquer. C'est l'allié qu'on applaudit.

L'occupant, lui, ne s'y trompe pas.

Dans la salle principale de l'Arbeitsstatistik, Jorge Semprún est installé à une grande table sur laquelle sont posées des boîtes métalliques. Il en sort des fiches de déportés qui portent en haut le numéro de matricule et transcrit dessus les évolutions. Il gomme les notations périmées, rajoute au crayon de nouvelles indications. En face de lui, est assis un camarade tchèque, Josef Frank. Cet homme, calme et pondéré, est un des responsables de l'organisation clandestine. Membre de l'aristocratie rouge, il est chargé par l'appareil clandestin de sélectionner des ouvriers qualifiés, militants confirmés, pour aller travailler dans les usines d'armement autour de Buchenwald, la Gustloff et la DAW. L'intention est double, préserver des camarades résistants en les affectant à des postes où les chances de survie sont plus grandes. Surtout, ces hommes sûrs pourront ralentir ou saboter la production, en salopant les carabines automatiques G-43. Certains parviennent même à faire sortir, pièce par pièce, malgré les fouilles, des armes qui sont soigneusement planquées. Josef Frank étudie donc attentivement les listes des nouveaux arrivants et les informations transmises par l'organisation clandestine qui signale dans tel ou tel block la présence d'un « profil » intéressant.

Bien que d'un naturel réservé, peu loquace, Frank, que ses codétenus surnomment affectueusement Pepikou, entretient de bonnes relations avec Jorge, son voisin de travail, assis en face de lui. Le jeune *Rotspanier* apprécie chez son aîné, en haut de la hiérarchie clandestine, la courtoisie et la gentillesse dont il fait montre avec chacun. Un état d'esprit rare dans l'univers du camp, fondé sur la violence, le rapport de force, la morgue autoritaire, même entre camarades.

Un matin, Daniel, un copain français du bureau, tailleur dans le civil, transmet à Jorge sur un minuscule bout de papier plié en quatre trois matricules, trois résistants membres des FTP qui viennent d'arriver au Petit Camp. Il faut les sauver, éviter qu'ils ne soient transférés dans des kommandos extérieurs trop durs.

— Le parti veut qu'ils restent au camp. Vois ce que tu peux faire.

Jorge retrouve dans les boîtes les trois fiches qui correspondent aux trois matricules. Sur les deux premières, il écrit au crayon, DIKAL (*Darf in kein anderes Lager*), ce qui signifie en allemand « ne doit pas être transféré dans un autre camp ». Sur la troisième fiche, pour varier, Semprún écrit DAKAK (*Darf auf kein Aussenkommando*), « ne doit être envoyé dans aucun kommando extérieur ». Ces trois hommes sont assurés de rester à Buchenwald. Il n'a évidemment pas le droit de porter ces mentions sur les fiches. Seule la Gestapo, lorsqu'elle veut garder des détenus sous la main, possède ce privilège. Ces trois petites annotations au crayon, si elles sont découvertes, enverront leur auteur se balancer au bout d'une corde de la potence érigée sur la place d'appel.

L'Arbeitsstatistik est la boîte noire de Buchenwald.

Nous sommes descendus en bas de la colline. Nous marchons au milieu des arbres qui ont poussé à l'emplacement du Petit Camp, vestibule de la mort, dépotoir des détresses humaines. Jorge m'indique l'emplacement du block 62 où il a atterri à son arrivée, aujourd'hui recouvert par une végétation luxuriante. Il ne reste aucune trace du block 62. Il raconte comment l'organisation clandestine l'a repéré et l'a sorti de ce mouroir. Et il enchaîne, en prévision de la question que je n'ai pas eu le temps de lui poser, comme souvent avec Jorge, prompt à devancer les objections et les interrogations avant qu'elles ne soient formulées.

— L'organisation communiste clandestine agissait pour que les membres du parti, les Résistants, soient préservés. Fallait-il occuper des parcelles de pouvoir, se faufiler dans les interstices de l'effroyable machine SS, sauver des vies en acceptant de condamner d'autres à mort ? La réponse est évidente. Il fallait. Ce n'est pas une morale pour l'éternité. C'est une morale issue des contingences, adaptée à ce moment. En temps normal, cette pratique aurait été intolérable. C'était la morale de Buchenwald. Il fallait résister, donc protéger les Résistants. Dans une société barbare, les règles de la civilisation ordinaire ne s'appliquent pas. Au camp s'affrontent les SS et les détenus, l'oppression et la résistance, la mort et la vie, le mal et le bien, la déshumanisation et la fraternité. Ne rien faire c'était accepter.

Le *Rotspanier* est un Résistant. Dans le cercle de l'inhumanité, le triangle rouge fonde la condition humaine.

Chanter en plein Paris sur des rythmes venus d'outre-Atlantique, alors que la musique de jazz est considérée par l'occupant comme décadente, n'échappe pas aux feuilles de chou de la collaboration. Audiffred montre à Montand *Le Petit Parisien* qui s'en prend à l'interprète des « Plaines du Far-West » sur un ton qui ne présage rien de bon : « Un débutant, Yves Montand, qui n'est pas d'ailleurs sans talent, se livre à un jeu déplacé. Ce ne sont que gangsters, policeman, chewing-gum qui sont proposés à notre imagination. Mais si on parlait un peu de leurs bombardiers ? »

Inconscient, le jeune homme quand il débite sur scène « Je vends des hot-dogs à Madison » ne pense pas une seconde que ces rimes peuvent être subversives. Lui, n'est sensible qu'au rythme jazzy venu d'Amérique. Aussi, il ne fait pas le fier quand il est convoqué deux jours après son premier passage sur la scène de l'ABC par la Propaganda Staffel. Le bureau de la censure a ses locaux sur les Champs-Élysées.

L'homme chargé de surveiller les spectacles de variétés de la capitale est un Canadien pronazi. Il fait la leçon au jeune interprète : le cow-boy, il ne faut plus le chanter, il est trop sympathique. Le gangster, il peut y aller, il donne une mauvaise image de l'Amérique. Et puis s'il pouvait éviter les « Hello boys » et forcer un peu sur les sonorités en *o*, afin de faire plus mexicain qu'américain. Rancho plutôt que ranch... La subversion tient à une voyelle. Montand écoute poliment les prescriptions du censeur en sachant qu'il continuera à chanter ce qui lui plaît. Ou plutôt ce qui plaît au public. En ce printemps 1944, l'occupant a d'autres soucis que les trépidations scéniques. Tout Paris attend le prochain débarquement des Américains, les vrais.

Après l'ABC, Montand enchaîne avec Bobino où il partage la scène avec un monstre sacré, Jules Berry, le diable des *Visiteurs du soir* où une jeune débutante tout à fait inconnue, Simone Signoret, fait de la figuration.

Dans les salles de spectacle, le point noir c'est l'éclairage. En ces temps de pénurie où les coupures d'électricité sont fréquentes, les théâtres qui le peuvent adoptent un toit ouvrant. Les artistes se produisent à la lumière naturelle. Ailleurs, on emploie des cyclistes pour pédaler et alimenter ainsi des dynamos qui fournissent une pâle lueur. C'est dans une semi-pénombre entre chien et loup, comme l'époque, que Montand promène sa longue silhouette sur les scènes qui l'accueillent. Paris n'est plus une fête depuis longtemps. Les officiers allemands qui appréciaient tant les mois précédents le gai Paris des cabarets et des filles faciles surveillent désormais leurs arrières. Les attentats se multiplient contre les forces d'occupation.

Montand remarque un soir en regagnant son hôtel, sur les murs, un rectangle de papier semblable à une tache de sang : l'Affiche rouge que la propagande allemande colle partout pour dénoncer les « terroristes » venus de l'étranger. Vingt-trois combattants de la MOI ont été fusillés le 21 février. Sur l'affiche apparaissent les visages de dix d'entre eux, les visages d'hommes jeunes, immigrés, photographiés avant leur exécution. Parmi eux, en haut de l'affiche, la figure de Thomas Elek, le poseur de bombe de la librairie allemande du boulevard Saint-Michel. Montand s'arrête un moment, prend le temps de regarder chaque visage de ces jeunes gens qui ont son âge. En dessous de l'affiche, en bas du mur des mains anonymes ont déposé un bouquet de fleurs.

Des violettes.

— C'est mon livre !

Le bâtiment de l'Effektenkammer a traversé le temps. Cette immense construction de trois étages, où les déportés recevaient à leur arrivée des pauvres frusques disparates, abrite au printemps 1995, un demi-siècle après la libération du camp, le musée de Buchenwald. Semprún déambule entre les vitrines qui présentent les souvenirs du camp : des photos, des restes de hardes, des chaussures, des gamelles, des triangles de tissu, rouge ou vert, des maquettes. Jorge avance, s'arrête un instant devant un objet, commente à voix basse. Soudain, il se précipite vers une vitrine où sont exposés quelques livres. Il me montre un gros volume à couverture rouge cartonnée, *La Logique* de Hegel, une édition allemande.

— C'est mon livre.

Dans l'enfer organisé de Buchenwald existait une bibliothèque de quatorze mille volumes, abritée dans la baraque de l'Arbeitsstatistik. Semprún n'avait que quelques pas à faire pour emprunter les livres qu'il souhaitait lire. Celui-là, il l'a gardé longtemps, lisant les nuits où il était requis à l'Arbeitsstatistik. De toute façon, peu de détenus lui disputaient *La Logique* de Hegel.

Jorge paraît tout heureux d'avoir retrouvé ce bouquin de philosophie qui lui a permis de s'évader dans la valse des concepts, loin du cloaque de Buchenwald.

La visite du musée se poursuit. L'ancien déporté, toujours impavide, indique l'endroit où avaient lieu les formalités administratives, après la tonte, la désinfection et la distribution de vêtements. Derrière une longue table, des détenus remplissaient les fiches des nouveaux arrivants. Ces hommes en civil portaient sur la poitrine le triangle rouge cousu sur la veste. Des politiques, allemands pour la plupart.

Semprún se retrouve face à l'un d'entre eux, âgé d'une quarantaine d'années, les cheveux grisonnants. Il porte sur Jorge un regard bleu, d'une infinie tristesse. L'homme demande des renseignements usuels d'identité, nom, prénom, lieu et date de naissance, nationalité qu'il transcrit sur une fiche où le matricule 44904 a déjà été apposé.

— Profession.

— Étudiant en philosophie.

— Ici, ce n'est pas une profession !

— Si, si, je suis étudiant en philosophie.

— À Buchenwald, il vaut mieux avoir un métier manuel.

L'homme aux yeux bleus, satisfait que Jorge lui réponde en allemand, propose des qualifications, électricien, mécanicien, maçon, menuisier ? Jorge secoue la tête. Il ne sait rien faire de ses dix doigts de jeune bourgeois madrilène choyé par des gouvernantes. Ou plutôt, le seul travail manuel qu'il connaît, c'est celui de terroriste, manier et démonter les armes, poser des explosifs, des mines, relier les cordons et les détonateurs. Mais il ne peut faire état de cette formation particulière. Le détenu au triangle rouge insiste une dernière fois : pour survivre à Buchenwald, il faut avoir une profession manuelle, être ouvrier spécialisé. Semprún, dans l'orgueil de ses vingt ans, dans l'ignorance de la mécanique concentrationnaire, persiste.

— Je suis étudiant en philosophie, rien d'autre.

Le type en face de lui a un geste de dépit. Il écrit quelque chose sur la fiche.

Au suivant.

Cinquante et un ans plus tard, dans une immense salle où sont gardées les archives du camp, Semprún s'amuse encore de l'aveuglement du jeune homme buté qu'il était. On extrait sa fiche d'arrivée rangée parmi des milliers d'autres : sous le chiffre 44904, Semprún Georges, *Polit. Span*, est inscrit comme *Stuckateur*, en date du 29 janvier 1944.

— Je n'ai pas compris ce qu'il voulait me dire, quelles épreuves il voulait m'éviter. Mais, en réalité, il n'a pas écrit *Student* sur la fiche, mais *Stuckateur*, travailleur sur plâtre. Je ne l'ai su que cinq décennies plus tard. Le triangle rouge au regard bleu m'a sans doute épargné de me retrouver dans un transport pour Dora. Les non-qualifiés partaient en priorité dans les transports extérieurs bien plus durs que Buchenwald.

Dora était une usine établie dans un tunnel pour éviter les bombardements alliés, où étaient construites les fusées V1 et V2. Dans le souterrain de Dora envahi par la poussière, sous les coups des gardes SS, la survie n'était que de quelques semaines.

Éviter Dora, c'était éviter la mort immédiate.

10

Il marche la nuit dans des rues sombres où les lampadaires sont masqués. Paris est vide, Paris est noir.

Audiffred, l'imprésario, peut être fier de son poulain. La montée aventureuse à Paris s'avère une marche triomphale. Les meilleurs cabarets de *Paris by night* ouvrent leurs portes à Montand. Il chante à l'Européen, au Baccara, à l'Alhambra, rue de Malte. Partout il régale son public de chansons qui swinguent, chargées d'onomatopées à la manière d'Armstrong qu'il vénère.

Le nom de Montand grandit sur les programmes. Chaque soir, sans jour de relâche, il court d'une scène à l'autre, de l'élégant Beaulieu, faubourg Saint-Honoré que les officiers allemands apprécient, à la Fête Foraine, plus populaire, près de la place Pigalle, sinistre sans les néons. Grande silhouette efflanquée, Montand arpente les rues d'un quartier à l'autre, sans ausweis, avec l'identité d'Ivo Livi, recherché par le STO. Pour se donner du courage, par insouciance ou inconscience, les deux peut-être, il sifflote dans l'obscurité des blues américains. Longeant les murs, comme un chat famélique, il se rassure en se disant qu'on ne tire pas sur un mec qui siffle à pleins poumons des airs de blues. Plusieurs fois, il échappe de justesse à une patrouille allemande en se jetant dans un hall d'immeuble.

Un soir, alors qu'il sort des Folies-Belleville, « le music-hall du rire et de la chanson », où il vient de se produire, il entend les coups de sifflet annonciateurs d'une rafle. Alors que les soldats allemands se déploient dans la rue de Belleville, il a juste le temps de se réfugier derrière la grille du théâtre que le propriétaire a baissée en toute hâte. À l'abri derrière le rideau métallique, il regarde les personnes embarquées dans les camions. Juste devant lui, un Feldgendarme gifle avec violence un homme qu'il est train de contrôler.

En trois mois, le Marseillais est à l'affiche de tous ces lieux malfamés fréquentés par un milieu qui a la permission de minuit et les moyens de s'offrir champagne et cognac. Les trafiquants de marché noir, accompagnés de demoiselles emperlousées, côtoient les voyous tortionnaires de la Carlingue, les truands « en affaires » avec l'occupant, des officiers de la Wehrmacht qui préfèrent se mettre en civil. En ce printemps 1944, l'uniforme vert-de-gris est devenu une cible.

Une nuit, alors qu'il approche de la place de l'Étoile, Montand entend des coups de feu. Quelques instants plus tard, il bute sur le cadavre encore chaud d'un soldat allemand qui baigne dans une mare de sang. Un peu de cervelle a éclaboussé le pavé. Montand s'arrête pour regarder, fasciné par ce cadavre, le premier qu'il voit de sa vie. L'homme est pieds nus. Ses agresseurs ont dérobé ses bottes.

L'étui du revolver est vide.

Jiří Žák entre dans la grande pièce de l'*Arbeitsstatistik*. C'est un jeune Tchèque calme qui travaille dans la pièce d'à côté, à la Schreibstube, le secrétariat du camp. Žák porte des lunettes d'acier qui amplifient son regard vif, acéré. Il s'assied à côté de Josef Frank, son compatriote et son supérieur. Il aperçoit Jorge assis en face de lui, le nez dans les boîtes de fiches et lui fait un petit signe amical de la main. Frank lève les yeux et à son tour esquisse un demi-sourire et un geste de connivence.

Derrière Žák et Frank, Jorge observe par la fenêtre l'immense place d'appel baignée d'un pâle soleil printanier. La voix grave de Zarah Leander, la star mythique du cinéma nazi, portée par les haut-parleurs du mirador central parvient, assourdie, jusqu'à eux.

So stelle ich mir die Liebe vor,
Ich bin nicht mehr allein

Jiří Žák goûte modérément les chansons sirupeuses de Zarah Leander, mais il a la passion du jazz. Il a rassemblé quelques fous d'Armstrong comme Yves Darriet, musicien professionnel ou Louis Markovitch, ancien chef d'orchestre du Lido de Paris. La troupe a récupéré dans le bâtiment de l'Effektenkammer où s'empilent tous les bagages des déportés, des instruments de musique, trompettes et saxos. L'ensemble de jazz de Jiří Žák répète en cachette des officiers SS qui n'auraient certainement pas toléré cette musique de « nègres ». L'organisation clandestine communiste n'aime pas ces sons décadents qui montrent à ses yeux la décrépitude du capitalisme. Mais les déportés de Buchenwald apprécient les jam-sessions qui se tiennent le dimanche après-midi dans la baraque où sont projetés des films. Et Jorge ne loupe jamais un spectacle clandestin de l'orchestre de jazz de son ami Jiří Žák. Surtout lorsque le trompettiste attaque « Stardust ».

Semprún rend son salut amical à Jiří Žák d'un geste discret de la main. À cet instant, Seiffert, le kapo de l'Arbeitsstatistik, entre en coup de vent dans la pièce. Il s'adresse à la cantonade aux présents qui lèvent la tête.

— Ce soir à six heures ici, ragoût de chien. Il y en aura pour tout le monde.

Cris, applaudissements, commentaires bruyants. Seifert regarde Jiří Žák.

— Toi, tu n'es pas de chez nous. Mais tu peux venir, je t'invite.

Žák secoue la tête.

— Je n'aime pas le chien.

Je vends des hot-dogs à Madison
Et à Great Central Park

Sur la scène du Moulin Rouge éclairée, grâce au toit ouvrant, par l'éclatante lumière d'août, Montand termine sa chanson. Du coin de l'œil, il surveille une jeune femme en robe blanche à fleurs bleues, assise dans la salle vide.

À la fin de la chanson, Montand gagne le bord de la scène. La spectatrice en robe blanche à fleurs bleues, Édith Piaf, se lève et s'approche. Elle dresse la tête vers la silhouette immense qui se penche vers elle. Le visage de Piaf arrive à peine aux chevilles du chanteur. Deux grands yeux bleus le regardent. Le verdict attendu tombe : « C'est très bien, bravo. »

Quelques jours auparavant, dans les derniers jours de juillet, Audiffred a annoncé à Montand que la « Môme » cherchait à la suite d'une défection de dernière minute quelqu'un pour sa première partie. Montand a accepté de passer une sorte d'audition devant celle qui est en train de devenir une grande vedette. Le débutant ne veut pas laisser filer l'occasion de s'accrocher à une telle locomotive.

Le spectacle débute le 5 août dans ce symbole du Paris nocturne qu'est le Moulin Rouge. Les Alliés ont débarqué depuis deux mois sur les côtes normandes. Ils ont longtemps piétiné dans le bocage devant Caen avant de bousculer la Wehrmacht et de réussir la percée d'Avranches dans les derniers jours de juillet. Les lourds chars de Patton roulent vers l'intérieur du pays. Pour les Parisiens, la libération n'est plus qu'une question de semaines.

Sur la scène du Moulin Rouge, le grand cow-boy semble un messager des Américains qui s'annoncent. Lors de la première représentation, à la fin de son tour de chant, les applaudissements jaillissent, nombreux et fournis. Piaf attend Montand dans les coulisses. Elle le félicite longuement, sincèrement, puis change de ton.

— Vous chantez avec un drôle d'accent. Vous êtes canadien ou quoi ?

Montand, qui a forcé sur les onomatopées yankees pour gommer son accent marseillais, marmonne qu'il a un père vaguement d'origine québécoise.

— Je vais vous dire une chose : pour l'instant, vous faites un énorme succès parce qu'on attend les Américains. Mais attention, cela ne durera pas ! Aujourd'hui, vous êtes un imitateur marseillais. Il faut que vous deveniez un interprète. Pour cela, vous avez besoin de bonnes chansons, vraiment françaises. Mais ne vous inquiétez pas, on vous les écrira !

Piaf lève ses yeux bleus vers le visage de Montand, déconcerté par cette douche écossaise, qui mêle compliments et critiques. En guise d'au revoir, Piaf agite sa main fine, pouce rentré, qui bat comme une aile d'oiseau.

— Ça va être à moi. On se retrouve après. On ira manger quelque chose.

Le « quelque chose » s'avère être un de ces gueuletons dont le jeune Marseillais de vingt-deux ans n'avait pas idée. Édith l'a entraîné sur la butte Montmartre dans un établissement de marché noir derrière le Moulin de la Galette. Nappes blanches, des couverts alignés en grand nombre que l'enfant de La Cabucelle regarde avec une certaine perplexité. Et puis, de l'entrecôte, des frites, du fromage, du vin qui lui semble un nectar de première.

Un repas de fête par ces temps de disette pour célébrer la rencontre professionnelle entre deux interprètes qui, par glissements progressifs, s'avère la collision amoureuse entre une femme et un homme.

Bientôt, Montand s'installe dans l'appartement de Piaf, avenue Marceau. Au réveil, après la première nuit passée ensemble, Piaf, comme étourdie, pose la main sur son front : « Mais qu'est-ce qui m'arrive à moi ? » Mais tout de suite, le métier écarte les sentiments. Elle entreprend de donner des conseils à son amant encore à moitié endormi sur le répertoire qu'il doit interpréter. Montand rétorque qu'il a une chanson prête. Elle veut qu'il la chante tout de suite sans attendre. Et voilà le grand escogriffe, en caleçon, qui interprète au pied du lit « Luna Park » en levant la jambe, esquissant les pas de danse et les mouvements des pieds.

Partout ailleurs je n'suis rien
À Luna Park je suis quelqu'un

Piaf, aux anges, bat des mains.

— Tu es fou ! N'attends pas, il faut que tu la chantes tout de suite.

Deux jours plus tard, Montand sautille sur scène.

Feledlele delele fleptogo

Le 17 août, le dernier convoi pour les camps de la mort quitte Compiègne, emportant deux mille deux cents déportés. Deux jours plus tard, il déverse sur le quai de la gare de Buchenwald son triste chargement, les ombres faméliques qui ont résisté au voyage. Parmi les arrivants qui s'engagent au pas de course sur le *karachoweg*, talonnés par les bergers allemands, hurlant à la mort, la silhouette fragile de Marcel Bloch, avionneur.

Les rayons du soleil tapent sur les vitres de la baraque de l'Arbeitsstatistik. Semprún, assis à sa place habituelle de la longue table des fichiers, lève les yeux. Il aperçoit la fumée blanche du crématoire à quelques mètres. Il échange un regard avec Josef Frank son vis-à-vis qui esquisse un rare sourire. Seifert, le kapo de l'Arbeitsstatistik entre dans la pièce. Il se dirige vers Jorge et lui tend quelques feuilles dactylographiées qui proviennent de la Gestapo du camp. C'est la liste des arrivants de la veille, une trentaine de noms numérotés. Seifert précise que la Politische Abteilung tient à les maintenir à l'isolement au block 17. Cette demande de la Gestapo du camp et le fait que plusieurs noms sont anglais convainquent Jorge que les nouveaux arrivants sont des responsables de la Résistance. Au milieu de la liste, un nom, Henri Frager, avec la mention architecte lui saute aux yeux. Il a le pressentiment qu'il s'agit de son chef de réseau « Paul » qu'il rencontrait avenue Niel et dont il avait appris, par une indiscrétion, qu'il se prénommait Henri. Il savait juste que le chef de Jean-Marie Action était architecte. Il n'a aucun moyen de vérifier son intuition. Les nouveaux arrivés confinés au block 17 sont qualifiés par la Gestapo du camp de : DIKAL (« Ne doit pas être envoyé dans un autre camp »). Ils sont gardés à la disposition du commandement SS qui peut à tout moment décider de leur exécution.

Montand frappe à une porte latérale de la Comédie-Française. Deux coups longs et quatre coups brefs. Le battant s'entrouvre. Il lâche le mot de passe.

Depuis le 19 août, Paris est en insurrection. Les gardiens de la paix sont en grève et se sont retranchés dans la Préfecture de police où ont été organisées deux ans plus tôt les rafles des juifs. Postiers, cheminots, toutes les professions cessent le travail. Un comité d'artistes a décidé en ces journées folles qui bruissent de mille rumeurs d'occuper la Comédie-Française. Madeleine Robinson, une amie de Piaf, lui a demandé d'envoyer des renforts pour monter la garde. Et voilà Montand, muni du précieux sésame, qui prend son tour. Il ignore qu'au même moment sur les toits du théâtre, un apprenti comédien, Gérard Philipe, fait le coup de feu. Montand entend des tirs sporadiques. Les défenseurs du « Français » ne disposent en tout et pour tout que de trois grenades et un fusil.

Des barricades surgissent dans Paris. Les Allemands se retranchent dans quelques places fortes. De violents combats ont lieu autour du Sénat, de la Préfecture, du Grand Palais qui prend feu.

Dans la soirée du 24, les premiers éléments blindés de la 2e DB du général Leclerc se faufilent dans

Paris et rejoignent les insurgés de l'Hôtel de Ville. Les cloches de Notre-Dame se mettent à sonner, imitées par tous les bourdons de Paris. Le lendemain de violents combats se déroulent autour des réduits où se sont retranchées les unités allemandes. La Wehrmacht commence à refluer.

Au 71 avenue Marceau, Montand est à la fenêtre de l'appartement de Piaf. Il observe la rue. Un camion de soldats allemands se range juste en dessous. Sur la ridelle, l'un des *feldgrau*, le genou en sang, geint. « *Raus* », hurle par la fenêtre Montand. Lorsque les années auront passé, il ne sera pas fier de ce cri spontané destiné à un pauvre soldat blessé. Un type avec un brassard FFI se penche à la fenêtre et aperçoit le camion. Il saisit une grenade et s'apprête à la dégoupiller. Piaf arrête son geste : « Ne fais pas le con ! Ils s'en vont. » Le camion redémarre.

Un peu plus tard, Montand et Piaf, à son bras, sortent dans la rue comme des milliers de Parisiens qui veulent participer aux combats ou en tout cas assister à la libération. Le couple remonte vers l'avenue Kléber où la fusillade est intense devant l'hôtel Majestic qui abrite le haut commandement militaire allemand en France. Montand et Piaf se mêlent à la foule, parmi les chars, les soldats de la 2e DB, les militaires américains, les FFI. Les balles sifflent aux oreilles des spectateurs. Au beau milieu de cette pagaille, un sergent hurle : « Couchez-vous, couchez-vous, nom de Dieu ! »

Après quatre ans d'occupation, personne n'a plus envie de se coucher. À quelques mètres de Montand, un blindé tire vers les toits où se sont réfugiés des snipers allemands ou des tireurs collabos. Le chanteur s'abrite derrière un arbre et serre Piaf contre lui. Un projectile entaille l'écorce au-dessus de sa tête. Il rentre la tête dans les épaules.

Après la reddition allemande, une marée humaine submerge les rues, les filles en robes à fleurs grimpent sur les chars, embrassent les soldats et donnent vie à ces images qui deviendront d'Épinal. Sur le moment, pour ceux qui les vivent et les animent, elles sont l'expression d'une liesse indescriptible.

À Buchenwald, la nouvelle de la libération de Paris a circulé rapidement de block en block. Jorge Semprún a entendu l'information sur une radio que l'organisation clandestine a récupérée, installée et cachée. Elle est le lien avec le monde extérieur. Il suffit de tourner le bouton pour connaître l'évolution des fronts militaires. Paris est libéré. Derrière les barbelés, c'est la joie, l'espoir fou que la fin du cauchemar approche. Une sorte d'allégresse communicative envahit les baraques. Les sourires reviennent sur les visages exténués, gris de fatigue. Le matin, lorsque les kommandos extérieurs partent au travail, ils se rassemblent sur l'esplanade pour l'interminable appel. D'habitude, pour affirmer leur légendaire indiscipline, pour montrer également le refus de l'ordre noir, les Français sont les moins bien alignés, les plus indisciplinés. Mais dans l'aube qui suit l'extraordinaire nouvelle, Jorge observe par la fenêtre de l'Arbeitsstatistik les déportés français qui montent à l'appel, impeccablement alignés, épaule contre épaule. Ils marchent au pas, le pas qui rapproche de leur libération. Le pas des combattants.

La veille, le 24 août, l'aviation alliée a bombardé Buchenwald. Plus exactement les avions américains ont cherché à atteindre l'usine d'armement de la Gustloff où sont construites les pièces des V2. Des bombes pulvérisent les bâtiments de la garnison SS extérieurs au camp. On relève des centaines de morts parmi les déportés et quatre-vingts chez les SS. L'arbre de Goethe, entre les cuisines et l'Effektenkammer, est atteint par une bombe au phosphore.

« Goethe Eiche » indique l'inscription dans la pierre. Toute une vie plus tard, Jorge est devant l'arbre de Goethe, ou plutôt devant une souche noircie. Je ne sais par quel cheminement étrange de sa mémoire, la vision de l'arbre légendaire, rescapé des bombes au phosphore des Alliés, entraîne Jorge à évoquer la scène de l'Allemand abattu dans l'Yonne.

À vrai dire, avant d'en arriver là, Jorge s'était mis à parler d'Henri Frager, son chef de réseau, à Jean-Marie Action, reclus après son arrivée dans le block

17 du Petit Camp. La quarantaine d'isolement terminée, vers la fin du mois d'octobre, Frager a été affecté dans la baraque 42.

Jorge se retourne et m'indique du bras, à quelque distance de l'arbre de Goethe devant lequel nous sommes, l'emplacement du 42. Quand Jorge a vu passer la note transmise par la Gestapo du camp qui signalait son transfert, le soir même, après l'appel, il se faufile jusqu'à la baraque 42 où dort celui qu'il appelait « Paul » dans la clandestinité. Dès qu'il se retrouve en sa présence, Jorge le reconnaît, malgré les cheveux coupés ras, les traits du visage exténués et les hardes insolites qu'il porte. L'homme sur son châlit se méfie. Il nie s'être jamais appelé « Paul ». Jorge doit évoquer les rendez-vous de l'avenue Niel devant les Magasins réunis, les voyages en Bourgogne, les copains de Jean-Marie Action, comme Michel Herr, Julien Bon. Soudain, la figure de l'homme s'éclaire :

— Vous êtes Gérard ?

— Je suis Gérard.

Les coups de sifflet annonçant le couvre-feu interrompent les retrouvailles de Paul et Gérard, Frager et Semprún dans la promiscuité malodorante et bruyante du block 42.

Les deux hommes se sont revus plusieurs fois, raconte Jorge, devant l'arbre de Goethe. Ils ont parlé de leur expérience de la Résistance, du corps à corps avec la torture, des camarades disparus, de la confrontation avec la mort. Ces discussions ont lieu parfois dans la baraque de l'Arbeitsstatistik, le dimanche quand personne n'y traîne, devant un verre d'une mélasse noire baptisée café par charité. C'est là que Jorge a raconté à Frager le soldat allemand qui chantait *La Paloma*, son premier mort, abattu de sa main à moins que ce soit celle de son ami Julien Bon. Julien, lui apprend Frager, s'est quelques mois plus tard tiré une balle dans la bouche pour échapper à l'arrestation et à la torture.

Lors d'une autre rencontre, Frager a montré à Jorge un homme chétif qui traversait la place d'appel. « C'est Marcel Bloch, le constructeur d'avions, il faut le protéger. » Semprún a alerté l'organisation clandestine qui a pris en charge Marcel Bloch en lui évitant les kommandos de la mort. Les communistes de Buchenwald ont sauvé le futur Marcel Dassault, avionneur.

Devant le chêne de Goethe qui a provoqué ses confidences, emboîtées les unes dans les autres comme des poupées russes, Jorge confie que pour Henri Frager, son chef, marqué DIKAL par la Gestapo du camp, il n'a rien pu faire. Les SS ont fusillé « Paul » après son refus obstiné d'être pendu. Un matin, le matricule 44904 a trouvé sur la table de l'Arbeitsstatistik la notification de la Gestapo du camp : *Entlassen*. « Libéré », formule choisie pour masquer l'exécution. C'est Semprún lui-même qui a effacé le nom de son ancien chef sur la fiche cartonnée. Le matricule était à nouveau disponible pour un autre déporté.

Devant le tronc rabougri de l'arbre de Goethe, Semprún reste un long moment silencieux dans les brumes de sa mémoire, en compagnie sans doute de « Paul », de Julien et des autres. Lui, il est encore là, toute une vie plus tard. Il est un revenant. Il a traversé la mort. Il a été traversé par elle. Il est revenu du voyage transformé. Autre.

Il est le même et un autre.

11

Paris est un grand bal. Les Français après la traversée des années noires reprennent le goût de vivre. Dans le tourbillon de la libération, on danse au rythme des flonflons qui bercent les bals musette. Ou bien, on se tortille au son des clarinettes et des saxos que les soldats américains manient avec dextérité. Jazz et java, la France semble une immense piste de danse. Oubliées les lâches compromissions, occultées les terribles trahisons. Le peuple, derrière sa figure de proue, le général de Gaulle, qui offre sa bénédiction, se rachète de son passif accommodement avec l'occupant. Les Résistants étaient quelques centaines de milliers, les voilà quarante millions. Les combattants du jour d'après, brassards FFI en évidence, martyrisent à coups de tondeuse des jeunes femmes sommairement accusées de collaboration horizontale. Les véritables héros ont disparu, fusillés ou déportés. Ceux qui ont traversé la nuit continuent le combat sous l'uniforme. La guerre n'est pas finie.

Montand participe à la joie collective, même s'il ne s'y mêle pas vraiment. Pour cet adepte du travail, perfectionniste inlassable, répéter devient une obsession. Avec Piaf, comme à leur premier matin, les deux artistes débutent leur journée par les exercices de vocalise. Les deux tourtereaux habitent désormais rue Richelieu, un modeste hôtel qui abrite leurs duos chantés. Piaf est un professeur exigeant, Montand un élève jamais satisfait qui ne rechigne pas à retourner au charbon. À ce diamant mal dégrossi, Édith donne des cours accélérés de maintien, de diction. Elle a senti tout de suite les immenses potentialités de l'interprète. Elle est épatée par sa présence animale sur scène, un charisme exceptionnel qui électrise les auditoires. En lui apprenant le métier, elle lui fait gagner quelques années. Avec ses paroliers, elle fournit pour enrichir le répertoire des textes comme *La Grande cité*, *Mais qu'est-ce que j'ai à tant l'aimer*. Les paroles semblent couler de ses lèvres lorsqu'à l'aube elle fredonne : « Elle a des yeux, c'est merveilleux, et puis des mains pour mes matins. »

Des mots qui font jaser. Jazzer ?

L'apprenti retient tout, apprend à une vitesse stupéfiante la manière enseignée par Piaf de prononcer les mots, d'articuler chaque syllabe, de la porter jusqu'au spectateur du dernier rang. Montand, malgré le succès, reste un anxieux pathologique, un timide maladif. Dans le sillage de Piaf, il fréquente un monde d'artistes ou d'écrivains brillants qui le complexent. Il perçoit qu'il ne pourra devenir une grande vedette tant qu'il fera une faute par mot, ignorera la syntaxe, méconnaîtra les classiques. « Il faut que tu intéresses aussi bien le petit peuple que Sacha Guitry ou Cocteau », lui répète Édith Piaf, amie des deux écrivains, qui n'ont pas manqué durant la guerre d'occupation. Montand se jette dans la lecture avec la volonté farouche de s'élever, de comprendre. Il lit des poèmes, plus accessibles que les romans, dont la forme est proche de la chanson, s'entiche de Verlaine. Bientôt, il découvre Prévert.

« *Dans le fond, la seule chose qui compte au monde pour moi, c'est toi et ton amour. Le reste je m'en fous, même de chanter quand on pense au peu de gens qui comprennent.* » Montand repose le mot griffonné de la main de Piaf dans le tiroir de la commode où il garde les messages d'Édith, rédigés en vitesse lorsqu'elle est en tournée. Sa main fouille dans la liasse, sort au hasard, une feuille aux lignes tremblées. « *Yves… Yves… Je t'aime à en crever. Tu es toute ma vie, je suis à toi, ma peau, mon cœur, mon âme. Tout à toi. Quoi qu'il arrive, je t'AIME. Moi toute petite devant toi.* » Il referme le tiroir.

Montand traverse cette période où l'histoire se casse en deux, enfermé dans la bulle rose de la passion amoureuse, isolé dans le carcan d'un métier contraignant. Il ne se désintéresse pas de l'actualité, lit *Combat* de Camus ou *Franc-Tireur*. Il suit l'avancée de l'Armée rouge, sur le front de l'Est, la bataille des Ardennes, la libération d'Auschwitz. Mais seul compte pour lui la scène, le geste qu'il va improviser, l'ordre des chansons, la rime qui traîne sur ses lèvres.

Sa vie est engloutie dans la discipline du travail.

Au rez-de-chaussée du block 40, un groupe d'Espagnols en armes attend le signal. L'armement est hétéroclite. Quelques fusils, des grenades. Les armes ont été récupérées lors du bombardement des usines Gustloff. Lors de l'évacuation des déportés blessés, des carabines ont été planquées sous les corps que les brancardiers membres de l'organisation clandestine ont transportés jusqu'à l'infirmerie. D'autres armes ont été sorties, ces derniers mois, en pièces détachées, des carabines semi-automatiques G-43. L'armement est resté caché sous un tas de charbon du block 50. En ce 11 avril, les troupes de choc ont été armées. Au milieu des Espagnols du block 40, Jorge Semprún tire, jusqu'à s'en brûler les doigts, sur son mégot de *machorka*, l'herbe russe. Il attend les ordres. Chacun sait ce qu'il a à faire, le parcours à accomplir, l'objectif à atteindre. Tout a été planifié, discuté, répété.

Depuis janvier 1945, la population enfermée à Buchenwald a changé. Les arrivées massives des déportés juifs évacués d'Auschwitz ont transformé le Petit Camp en un mouroir surpeuplé. Jorge a vu surgir des cortèges d'ombres, rescapées des marches de la mort, serrées les unes contre les autres sous les flocons de neige, dans un silence qu'on pouvait qualifier à juste titre de silence de mort. Puis quelques semaines plus tard, Berlin donna l'ordre d'évacuer Buchenwald. Des milliers de détenus, entassés dans le Petit Camp sont transférés vers d'autres camps. Un convoi parti de Buchenwald erre sur les voies bombardées au milieu du chaos de l'effondrement du Reich. Quand il arrive à Dachau, les wagons du train de la mort ne contiennent plus que des cadavres qu'une neige tardive recouvre d'un linceul blanc.

Depuis plusieurs jours, le commandement nazi a ordonné la fermeture du crématoire afin que la fumée grise chargée de braises rouges n'alerte pas les avions de reconnaissance aérienne. Les morts s'entassent en piles dantesques le long des baraques. L'odeur des cadavres en décomposition imprègne les allées, les vêtements. Des rumeurs confuses, contradictoires, alimentent la psychose à Buchenwald. Les SS ont renoncé à faire l'appel sur la grande place. Plus personne ne sort en kommandos de travail. Les gardes ont été renforcées sur les miradors, sur la tour de contrôle au-dessus du portail. L'organisation clandestine redoute un massacre de dernière minute. Des lance-flammes ont été livrés aux unités SS en nombre suffisant pour faire cramer le camp et ceux qui y sont. Sur la radio clandestine, un appel est lancé au général Patton dont les chars foncent sur les routes de Thuringe. Il a répondu de tenir bon. Au loin, on entend la canonnade qui se rapproche.

Un souffle printanier bouscule ses mèches blanches qui retombent sur le front. Sur ce versant de la colline de l'Ettersberg, le vent souffle toute l'année, bourrasques d'éternité, glaciales l'hiver, tièdes l'été, accompagnées dans les quatre saisons par le bruissement sourd des arbres qui s'agitent dans la forêt de hêtres. *Buchenwald.* Cinquante ans après, Jorge Semprún contemple la vaste étendue du camp. Il se tourne vers l'imposant portail surmonté de la tour de contrôle. Les aiguilles de la grosse horloge sont restées bloquées sur 15 h 15, l'instant de la libération.

— C'était le symbole même du pouvoir SS. De là-haut, le sous-officier de garde avait vue sur tout le camp. Il pouvait abattre quiconque s'approchait de la clôture en barbelés. Le 11 avril, nous sommes montés à l'assaut de ce symbole. J'étais là-bas au block 40.

La sirène de la tour de contrôle a mugi le 11 avril 1945 vers 13 heures par coups brefs répétés, lancinants. Par haut-parleur, le commandement SS a ordonné à ses troupes en noir d'évacuer le camp. Seuls quelques gardes armés sont restés sur le mirador central.

Vers 15 heures, Pedro Kaliarkik, le responsable militaire, surgit dans l'allée entre les blocks suivi par des déportés en armes. Pedro Kaliarkik, qui ne s'appelle pas ainsi, est un Slovaque, ancien des Brigades internationales, un vétéran de la lutte clandestine. Il commande la première vague d'assaut des combattants les plus aguerris auxquels on a confié les rares armes automatiques. Jorge fait partie de la deuxième vague. Pedro lance des ordres brefs d'une voix rauque.

— *Grupos, a formar !*

Quand l'ordre jaillit, Semprún saute par la fenêtre de la baraque et part derrière les autres au pas de course vers l'entrée du camp. Les premiers groupes d'assaut de l'organisation militaire occupent déjà l'entrée. Il aperçoit Pedro juché sur la tour de contrôle. Le drapeau blanc est hissé sur le portail. Les haut-parleurs du camp sont aux mains des détenus en armes. Les SS n'ont pas offert de résistance. L'organisation clandestine prend le contrôle du camp et donne ses consignes qui retentissent par les haut-parleurs de baraques en baraques. L'écho de la Liberté.

Les insurgés poursuivent leur course jusqu'aux casernes de SS, abandonnées par leurs occupants. Les armureries sont dévalisées. Les carabines automatiques, les fusils circulent de mains en mains. Jorge hérite d'un *panzerfaust*, un bazooka. Des groupes se lancent à la poursuite des SS qui fuient dans la forêt. Ils sont quelques centaines, gesticulant et heureux, respirant l'ivresse insensée d'avoir survécu. Portées par le rêve fou de la liberté, les cohortes armées en haillons rayés pourchassent les SS qui voulaient les rejeter hors du cercle de l'humanité.

Dans la lumière tombante du soir, une Jeep de l'armée américaine débouche par la route de Weimar. Elle précède une colonne de chars. Des cris, des chants, des applaudissements jaillissent. Les soldats de l'armée Patton qui ont vu pourtant depuis des mois un cortège d'horreurs et de misère, découvrent ces hordes de fantômes amaigris, le crâne rasé, la peau tirée et grise sur des os proéminents, les yeux dévastés qui ont vu l'au-delà. Les figurants de l'armée des ombres lisent, dans le regard épouvanté de leurs libérateurs, l'effroi que leur aspect provoque. Étranges soldats en loques disparates, faméliques. Silhouettes chancelantes, mais en armes ! L'apport militaire des révoltés de Buchenwald n'a pas changé le cours de la guerre. Mais leur victoire morale est immense. En agrippant la crosse de leurs fusils, ils retrouvent leur dignité d'homme.

Le lendemain de la libération de Buchenwald, les généraux Eisenhower, Bradley et Patton arrivent au camp d'Ohrdruf, une annexe située à une soixantaine de kilomètres de Buchenwald, découvert quelques jours plus tôt par une avant-garde de l'armée américaine. Des milliers de cadavres jonchent le sol, l'odeur de décomposition est épouvantable. Patton, blafard sous son casque, a les tripes retournées. Le commandant en chef des armées alliées, Eisenhower, le visage livide, tient à tout voir dans les moindres détails. Pour les chefs militaires américains, la découverte d'Ohrdruf constitue un traumatisme et une révélation. Ils n'ignoraient pas l'existence des camps. Ils n'avaient pas pensé l'impensable, imaginé l'inimaginable. Entre savoir et voir, le gouffre est immense.

Dans le camp d'Ohrdruf, les généraux américains ne peuvent plus détourner le regard de l'abomination. Devant eux, les portes de l'enfer se sont ouvertes. Dwight Eisenhower laisse échapper : « On nous dit que le soldat américain ne sait pas pourquoi il se bat. Maintenant au moins, il saura contre qui il se bat. » Il ordonne à toutes les unités américaines du secteur de venir à Ohrdruf. Puis, il convoque les correspondants de guerre, les caméras, les photographes. Grâce à son initiative, le monde effaré découvre l'étendue de la barbarie nazie. À la une des journaux, dans les pages des magazines, sur les écrans des cinémas, des images insupportables surgissent. Les fantômes décharnés, les monceaux de cadavres entassés comme des morceaux de boucherie, les visages saisis dans la mort avec le rictus de l'épouvante, démontrent de manière implacable que cette guerre a été celle du combat entre ange et démon.

Du moins, à l'instant, le croit-on.

Un bulldozer pousse des cadavres dans une immense fosse du camp de Bergen-Belsen. Le soldat britannique qui conduit l'engin a noué un foulard devant sa bouche. Dans la salle du cinéma qui projette ces images tournées à l'ouverture des camps, un silence absolu, glacé s'installe. Montand et Édith Piaf assis côte à côte regardent, pétrifiés d'horreur, presque incrédules. Sur l'écran défilent maintenant des monceaux de cadavres, entassés dans la cour du crématoire de Buchenwald, des hommes réduits à leur squelette, couchés à même le sol, un train à Dachau empli de morts, les yeux ouverts sur le néant. Images muettes, sautillantes, grisâtres, déversées sur l'écran jusqu'à la nausée.

Montand sort de la salle en courant. Il suffoque. À côté de lui, Piaf sanglote. Il pointe son doigt sur la croix qu'elle porte toujours autour du cou.

— Il est où ton dieu ? Comment peut-il accepter cette monstruosité ? Comment peux-tu croire à un Dieu tout-puissant, à un Dieu de bonté qui tolère le mal ?

Il hurle sur le trottoir, le visage congestionné, déformé par la colère. Celui de Piaf est inondé de larmes.

— Qu'a-t-il fait ton Dieu pour empêcher ça ? Qu'a-t-il fait ?

— Et les hommes ? Qu'ont-ils fait les hommes ? rétorque Édith.

Montand est d'autant plus violent que la question pourrait être une introspection. Qu'a-t-il fait, lui, enfermé dans sa bulle, préoccupé de lui-même, obsédé par sa réussite, obnubilé par la volonté farouche d'échapper à la misère ?

— Je ne savais pas qu'à deux voyelles près j'avais droit à un aller sans retour pour Auschwitz. Cette idée m'a poursuivi pendant des années. Pourquoi n'ai-je rien vu, rien senti ? J'étais indifférent par ignorance. Tu comprends pourquoi je suis passé à côté de l'essentiel.

Quarante-cinq ans plus tard, dans la chambre de l'hôtel Rossia, à Moscou, Montand se souvient des images insupportables qu'il a découvertes avec Piaf dans un cinéma des grands boulevards en mai 1945. Il se reproche de n'avoir rien su pendant la guerre du martyre des juifs, il se reproche de ne rien avoir fait pour chercher à savoir. Dans la nuit moscovite, il confie que la révélation des camps nazis a agi sur lui comme un coup de massue. À partir de ce moment, il n'a plus voulu être ce jeune homme indifférent au monde. Il date de ce jour de mai 1945, devant les images de l'épouvante, son obsession de l'engagement aux côtés des victimes. Sa volonté de ne plus passer à côté de l'essentiel.

Jorge Semprún observe des habitants de Weimar rassemblés devant le crématoire. Des vieux claudicants, des femmes un mouchoir sur le nez, des jeunes garçons atones qui contemplent les cendres refroidies de cadavres partis par la cheminée et les corps à demi calcinés enfournés dans les ouvertures noires. C'est Patton qui a ordonné cette visite obligatoire pour les habitants de Weimar. Jorge les a vus descendre des camions encadrés par des solides Noirs-Américains en uniforme de la 3e armée. Des opérateurs de l'armée filment la scène.

Les civils allemands défilent devant les amoncellements de corps figés dans une raideur macabre, le regard mort grand ouvert sur l'abîme de l'éternité. Ils regardent sans avoir l'air de comprendre qui sont ces hommes décharnés au visage émacié, osseux où brillent des yeux d'outre-vie, des fantômes en haillons rayés qui, telles des figures de Giacometti, avancent à pas comptés, hésitants. Des silhouettes à la démarche d'automates. Des survivants.

Un lieutenant de l'armée américaine fait le guide. Il s'appelle Walter Rosenfeld. C'est un juif berlinois dont la famille a fui le nazisme en 1933 et qui s'est engagé dans l'armée des États-Unis pour combattre le mal. Devant les femmes qui se tordent les doigts avec une once de théâtralité, inondent leurs mouchoirs de leurs larmes, le lieutenant Rosenberg énonce avec froideur les chiffres des morts. L'officier explique le fonctionnement du camp de la mort, du crématoire dont la fumée se voit de loin. Depuis les fermes environnantes, les paysans sont aux premières loges. Ils ont vue sur la cheminée. Les habitants de Weimar secouent la tête, mouvement réflexe devant l'horreur ou geste de déni ? Le lieutenant américain, inflexible, l'index pointé dans sa démonstration accusatrice, plonge de manière implacable les habitants de Weimar dans la réalité sordide de leur complicité. Ils ont vécu des années dans ce berceau de la culture et de musique allemande à quelques kilomètres de l'usine de mort. Ils ont vu arriver les trains de déportés. Ils ont entendu les récits des soldats en permission éclusant des bières dans les bars de la ville. Comment pouvaient-ils ignorer que cette cheminée crachait de la fumée humaine.

— Ils savaient ?

La rumeur légère du vent dans les arbres trouble à peine la quiétude de la scène champêtre. Jorge Semprún se tient à la lisière du camp, le regard tourné en direction de la plaine de Thuringe en contrebas, vers le paisible village d'Hottelstedt. Une fumée grise s'échappe de la cheminée d'une ferme et se fond dans le bleu du ciel. Il vient de relater, un demi-siècle après, la visite des civils allemands comme si elle s'était déroulée la veille, tant sa mémoire est précise, visuelle. Il raconte avec des mots mais ce sont des images qui s'échappent de ses lèvres. Les pleurs des femmes, les regards craintifs des vieux murés dans la honte, la sévérité intransigeante du visage de l'officier américain.

— Ils ne pouvaient pas ne pas savoir.

La photo en noir et blanc surgit entre les pages d'un magazine que Montand feuillette avec distraction. Une vieille femme est assise sur un baluchon. Elle porte un fichu noué sur la tête. En face d'elle, un officier nazi la force à tourner le visage avec sa cravache enfoncée dans la joue. Montand tressaille d'indignation. À côté une autre photo, également prise lors de l'évacuation du ghetto de Varsovie. Un jeune garçon en culottes courtes, une étoile jaune cousue sur sa veste, lève les mains devant un soldat allemand qui le menace avec une arme. Ce cliché, l'artiste le découpe et le range dans son portefeuille. Pendant des années, il portera l'enfant du ghetto sur son cœur afin de se rappeler sans cesse qu'il a continué de vivre au bord de l'abîme.

Cette culpabilité ne le quittera jamais.

Le soleil luit sur la colline de l'Ettersberg. Jorge est assis devant la baraque 40 avec Pedro Kaliarkik, celui-là même qui a dirigé le groupe parti à l'assaut du mirador principal, quelques jours plus tôt. Jorge porte une vareuse informe. Une mitraillette allemande dont il est assez fier pend à son cou. Il a récupéré dans le magasin d'habillement de la caserne SS une paire de bottes en cuir, malheureusement un peu justes pour sa pointure. En revanche, elles vont parfaitement aux pieds de Pedro. Ses bottes à lui, qui proviennent du même endroit, sont parfaitement adaptées aux pieds de Jorge. Les deux hommes échangent leurs trophées. C'est chaussé des belles bottes en cuir souple de Pedro Kaliarkik que, deux jours plus tard, le détenu 44904 saute dans un camion pour rentrer en France. Les adieux avec Pedro sont brefs.

— *Salud, suerte, hasta la vista !*

Presque vingt ans plus tard, à l'automne 1964, Jorge Semprún est invité chez des amis à Paris boulevard Voltaire. Il entre dans la pièce et il reconnaît immédiatement Pedro son camarade de Buchenwald. Pedro Kaliarkik lui révèle qu'il s'appelle en réalité Ladislav Holdos. Après Buchenwald, il est rentré chez lui en Slovaquie où il est devenu un des dirigeants du parti communiste. Et puis, en 1951, il est arrêté et accusé de faire partie d'un « groupe de nationalistes bourgeois » chargé d'un travail d'espionnage et de sabotage. Jugé, condamné à la prison, il est libéré suite à la vague de déstalinisation. Holdos raconte cet itinéraire à son copain de camp. Ils n'ont pas le loisir d'évoquer l'échange de bottes dans Buchenwald libéré, les quelques jours de liberté retrouvée, conquise. Ils ont, dix-neuf ans après, perdu leurs illusions et leur innocence. Un homme écoute attentivement le récit de Holdos, ce soir-là dans l'appartement du boulevard Voltaire. Jorge l'a également reconnu au premier regard. Il a eu l'occasion de croiser Artur London, en 1945. Tous les deux rentraient de déportation. London, que tout le monde appelait de son nom de guerre « Gérard » avait été le chef prestigieux de la MOI, à laquelle Jorge avait appartenu comme simple fantassin. Gérard, c'était également le surnom dont on l'avait affublé dans le maquis de l'Yonne en hommage à London. Après Holdos, London s'est mis à son tour à relater ce qui lui était arrivé dans la Tchécoslovaquie communiste. Un récit terrible et terrifiant au cours duquel l'ancien responsable de la MOI, l'ancien résistant, l'ancien déporté à Mauthausen, l'ancien vice-ministre des Affaires étrangères avait retracé d'une voix égale comment il avait été brisé par la police politique communiste. Devant Jorge Semprún, oppressé par la noirceur de l'histoire, Gérard avait décortiqué le mécanisme des aveux, démontré pourquoi les innocents s'accusaient des pires crimes.

« *Oublie-moi vite et reste le grand bonhomme que tu es. Tu es malgré tous tes défauts un type extraordinaire et merveilleux. Je signe pour la dernière fois Pupuce.* » Montand ouvre le tiroir où s'empilent les messages de Piaf. Sur le paquet, il laisse tomber la lettre qu'il vient de recevoir, la lettre de rupture.

Soudain, au retour d'une tournée en Alsace, Édith Piaf ne veut plus voir Montand. La violence de la séparation surprend le chanteur qui ne s'y attendait pas. Pendant plusieurs semaines, il reste sonné, au fond d'un trou noir, accablé par un long chagrin. Il lui faudra des années pour se remettre de la fin abrupte de ce premier amour.

Nous remontons à pas lents vers le portail de Buchenwald. Un vent printanier agite les arbres qui ont poussé à l'emplacement ancien du Petit Camp. Les effluves des hêtres parviennent jusqu'à nous. Jorge parle de son copain Pedro dont il a découvert presque vingt ans plus tard le vrai nom de Holdos, et son tragique destin, similairc à celui de millions d'autres croyants crucifiés sur l'autel de l'Église rouge. Puis, soudain, il s'est refermé dans l'abîme de ses pensées, hermétique à mes questions. Parvenu en haut du camp, il se retourne pour contempler encore une fois la vaste étendue aujourd'hui déserte, couverte il y a un demi-siècle de blocks. Il regarde l'esplanade vide et il voit le grouillement du camp d'hier, les dizaines de baraques alignées, les milliers de bagnards en hardes rayées qui montent à l'appel en rangs serrés tandis que dans les haut-parleurs retentit la voix rauque de Zarah Leander : « *Schön war die Zeit da wir uns so geliebt.* »

— C'était le lieu du mal absolu ici.
— C'était aussi le lieu du bien absolu !

La réplique de Jorge a jailli, vive, définitive.

— Dans le camp, l'homme est cette bête capable de tout pour survivre, voler, tuer. Mais dans le camp, l'homme est également cet être de bonté capable de tout partager, jusqu'à son dernier morceau de pain pour sauver un camarade. L'individualisme bestial de la jungle cohabite avec la solidarité, le partage. C'est ici à Buchenwald que j'ai découvert la fraternité. Elle m'a marqué à jamais.

Dès l'arrivée, il avait été sauvé par un communiste allemand inconnu au regard bleu et triste qui l'avait inscrit comme stuckateur. Deux jours plus tard, l'organisation clandestine l'avait pris en charge. Pendant dix-huit mois, il avait vécu entouré de regards fraternels. Même lorsqu'il partageait l'angoisse noire de la mort, lorsqu'il serrait la main d'un mourant, et que celui-ci répondait d'une légère pression des doigts, lorsqu'il récitait à mi-voix des vers de Baudelaire à un gisant, il sentait monter en lui un élan d'infinie humanité envers celui qui s'en allait, un imperceptible sourire dessiné sur les lèvres, le regard reconnaissant. Le regard fraternel. Derrière les barbelés, l'humanité combat l'horreur. Quand l'histoire galope, l'abject côtoie le sublime.

Et la fraternité s'oppose au mal absolu.

12

Sur les routes tortueuses de l'arrière-pays niçois, une Citroën Traction 11 chevaux progresse avec la lenteur d'un hanneton. La chaleur en cette fin du mois d'août 1949 est accablante. Les fenêtres de la voiture sont ouvertes pour rafraîchir l'air brûlant. Montand affalé sur la vaste banquette arrière est vêtu d'un short et d'une chemisette à carreaux largement échancrée. Il fredonne « Les Feuilles mortes » de son ami Jacques Prévert.

Nous vivions tous les deux ensemble
Toi qui m'aimais, moi qui t'aimais

Assis à l'avant, sur le siège du passager, Henri Crolla l'accompagne à la guitare comme il accompagne le chanteur dans la vie depuis deux ans. Rejeton d'une famille napolitaine qui a fui le fascisme, Crolla a grandi dans l'entre-deux-guerres, entouré de la musique que pratique toute la famille, regroupée dans la « zone » du côté de la porte d'Italie. Pas loin des baraques des « ritals » campent les « manouches ». Django Reinhardt loge dans une roulotte avec sa nombreuse famille à deux pas des Crolla. Django prend sous sa houlette le jeune Henri qui, doué d'une agilité stupéfiante de la main gauche, devient tellement virtuose à la guitare qu'on l'appelle « Mille-pattes ». Crolla apprend le son Django et joue devant les terrasses des cafés. Il se fait remarquer près du Flore par la bande à Prévert qu'il intègre et en devient tout jeune la mascotte. Pendant la guerre, Henri et Django jouent ensemble dans les cabarets. À la Libération, « Riton » est abonné au Petit Schubert, une cave minuscule du boulevard Montparnasse à côté de La Closerie des Lilas. C'est Prévert qui envoie Crolla à Montand. Entre les deux « ritals » immigrés, le coup de foudre est immédiat.

Dans la Citroën qui grimpe vers Saint-Paul-de-Vence, Montand fredonne tandis que « Mille-pattes » fait courir ses doigts sur la guitare. Crolla, de petite taille, la calvitie précoce, possède le physique, les cheveux en moins, et la drôlerie de Chico Marx. Il amuse Montand et parvient par moments à lui faire oublier son angoisse perpétuelle.

Au volant de la 11 chevaux le troisième larron, Bob Castella, conduit la voiture avec sa placidité coutumière. Bobby, comme l'appelle Montand, est un phénoménal pianiste de jazz, capable de tout jouer avec une fausse nonchalance et une vraie virtuosité. La première fois que Bob Castella a rendu visite à Montand, celui-ci, d'un ton comminatoire, lui a lancé : « Jouez-moi donc quelque chose ! » Bob esquisse quelques notes de *Rhapsody in Blue*. Subjugué, Montand l'arrête tout de suite. L'examen a été bref. Et concluant.

Depuis cette rencontre en 1947, les deux hommes forment un couple indestructible. Castella, d'origine napolitaine comme Crolla, joue auprès de Montand, outre celui de pianiste, tous les rôles, conseiller, comptable, majordome, secrétaire, chauffeur. Ami surtout.

Après sa rupture avec Édith Piaf, Montand a mené une existence solitaire, accentuée par son obsession du travail. Avec ses musiciens ritals, il reconstitue une famille. Dans l'appartement où Montand s'est installé, le trio répète toute la journée en un « bœuf » permanent.

Surgi à la Libération sur la scène du music-hall, Montand a incarné l'ouvrier, acteur de l'histoire, qui reconstruit le pays en ruines, retrousse ses manches, réclame du pain et des roses. Montand est le prolo chantant qui sourit aux lendemains, se balade sur « Les Grands Boulevards » et s'amuse à « Luna Park ». Pour les foules qui vont l'applaudir, il est l'âme d'une époque qui combat et espère. Montand colle à son temps.

À la fin des années quarante, Montand est devenu une des grandes vedettes de la chanson. La presse l'encense, le public l'admire. Mais l'interprète ne veut pas se laisser enfermer dans le personnage du petit gars sorti de la misère qui pousse la complainte des pauvres gens. Il aime varier son répertoire, passer d'une mélodie d'amour à une chanson-sketch, de la romance à la poésie. Montand chante les vers des poètes sur des airs de jazz, accompagné par de fabuleux musiciens.

Dans la Traction Citroën qui grimpe la route en lacets vers Saint-Paul-de-Vence, il fredonne inlassablement « Les Feuilles mortes » parce qu'il n'arrive pas à imposer la chanson sur scène. Les spectateurs renâclent devant les vers de Prévert, trop tristes peut-être. Montand s'accroche, accompagné par les doigts d'or de Crolla et les hochements de tête de Castella qui pianote sur le volant. « Les Feuilles mortes » sont au programme de la tournée qu'il a entreprise : Nice le 20 août, Cannes le 21. Et sur la scène du théâtre de l'Étoile en novembre.

Dès que j'ai poussé la porte du Flore, j'ai repéré les cheveux blancs de Jorge qui s'était assis dans un coin de la salle. Endroit stratégique qui lui permettait de surveiller l'entrée et même par le jeu des miroirs de voir tous les consommateurs. Vieille astuce de clandestin.

Nous étions revenus de Weimar depuis plusieurs jours. En m'installant en face de lui, j'imaginais derrière la figure du vieil homme de soixante-douze ans, le visage du revenant de 1945, le cheveu ras, la figure émaciée, les yeux noirs obsédés par la mort, entrouverts désormais sur la vie. Le Flore était son ancre, au centre du village de Saint-Germain-des-Prés, juste à côté des Deux Magots, en face de la brasserie Lipp. Il n'avait en cet été 1945, premier été après le camp, que quelques pas à faire pour se retrouver au Montana, refuge des journalistes communistes de l'hebdomadaire *Action*, dans lequel il publiait parfois des articles. Dans cet antre en sous-sol, les discussions duraient jusqu'à l'aube et le monde, l'alcool aidant, était refait plusieurs fois. Parfois, Jorge poussait l'expédition jusqu'au Petit Schubert, boulevard du Montparnasse, où un orchestre de jazz faisait swinguer les danseuses graciles dont Jorge admirait la silhouette. Le guitariste que tout le monde appelait Riton montrait une « dextérité » exceptionnelle de sa main gauche dont les doigts valsaient sur les cordes.

Le village autour de son « caillou », le clocher de l'église, était fréquenté par des paroissiens de différentes « familles », littéraires, artistiques, politiques. La bande à Prévert côtoyait la famille sartrienne, les compagnons de route du parti communiste se dévergondaient en compagnie d'artistes libertaires, sifflaient en douce du whisky et portaient des toasts au génial « petit père des peuples ».

Dans les semaines qui suivent son retour, Semprún à la croisée de ces tribus germanopratines se sent chez lui au Flore où tout le monde finit toujours par passer. Il lui suffit de rester assis un certain temps devant un café, à cette même place peut-être qu'il occupe cinq décennies plus tard, pour apercevoir la fine fleur de l'intelligentsia ou les figures romanesques qui hantent boîtes de nuit et écrans des salles obscures. Jorge repère la belle bonde aperçue en 1942, avant la Résistance, avant le maquis, avant le camp, Simone Kaminker qui a pris le nom de sa mère depuis que son nom grimpe sur les affiches de cinéma. Simone Signoret, toujours accompagnée d'une joyeuse bande, échange avec Jorge trois mots d'une voix profonde qui semble sortir de son cerveau. Il s'en souvient encore, exactement un demi-siècle plus tard, sur la banquette en moleskine.

Il ne l'avouera jamais. Semprún n'est pas homme à s'épancher sur ses tourments intimes. Mais à son retour de déportation, il traverse un trou noir, une véritable crise d'angoisse. Parfois, au milieu de la rue, il s'arrête, saisi par une absence qui le soustrait à la réalité. Il ne sait plus où il est. Il ne sait plus où il en est. À d'autres moments, un souvenir lancinant de Buchenwald ravivé par une image, un son, une odeur le transperce. La nuit, secoué par les cauchemars, imprégné par les images du camp qui dansent la farandole sur ses paupières, il se réveille en sursaut, trempé de sueur. Il croit entendre des ordres en allemand. Ses camarades morts hantent ses rêves.

Sont-ce bien des rêves ? Le sentiment qu'une part de lui, restée sur la colline de l'Ettersberg, ne reviendra jamais, accentue son anxiété.

À l'automne 1945, il quitte Paris pour échapper à ses démons et se réfugie chez sa sœur Maribel qui a loué une maison à Locarno en Suisse. Là, sur le bord du lac, il tente de transcrire sur le papier son expérience du camp. Incapable du travail de deuil que nécessite l'écriture, il ne parvient pas à mettre des mots sur les maux, à dire l'indicible. Chaque ligne couchée sur le papier blanc le replonge dans la noirceur de l'abîme, dans la spirale dépressive. Il pressent que l'aboutissement de ce travail le conduit au suicide. À moins que l'impossibilité pratique à trouver une forme littéraire qui dépasse le simple témoignage, mène à un échec insupportable pour son orgueil d'écrivain en devenir. Le revenant est convaincu en effet que raconter le vécu ne suffit pas. Il aspire à inventer un mode de narration qui recrée la réalité, l'aide à paraître réelle, permette à la vérité d'être vraisemblable. À Locarno, il range les pages noircies dans une chemise cartonnée. Il oubliera ces feuilles dans une valise, volontairement. Le revenant choisit une cure d'amnésie. L'oubli est le prix de la vie. Entre écrire et vivre, il fait son choix. Depuis l'adolescence, le projet qui fonde sa vie est de devenir écrivain. En renonçant à écrire, il renonce à être lui-même. Il devient un autre pour continuer à vivre.

La politique se substitue à l'écriture.

— Écrire signifiait refuser de vivre. Ne pas écrire signifiait refuser d'être.

Après être sortis du Flore, nous descendons la rue Saint-Benoît. Commentant le choix crucial de Locarno au début de 1946, je risque cette phrase lapidaire dont je ne suis pas peu fier.

Jorge éclate de rire, un rire franc, coutumier chez lui, qui épanouit son visage.

— La formule est un peu tranchée, mais elle n'est pas fausse.

Il regarde l'immeuble du 5 de la rue Saint-Benoît devant lequel nous sommes parvenus et qui évoque chez lui d'autres souvenirs de cette époque. Il répète à mi-voix comme s'il jaugeait ces mots que, peut-être, il regrettait de ne pas avoir énoncés en premier : « Écrire signifiait refuser de vivre. Ne pas écrire signifiait refuser d'être. »

— Elle est même vraie !

L'auberge de La Colombe d'Or s'ouvre sur la place principale de Saint-Paul-de-Vence. Une grande bâtisse aux murs ocre qui pourrait rappeler la Toscane, ainsi que le paysage vallonné, planté de cyprès que l'on découvre depuis la superbe terrasse. Pas étonnant que le lieu attire les peintres. Picasso, venu en voisin, Braque, Chagall, Miró y ont leurs ronds de serviette. Prévert qui possède une maison à quelques pas, se sent comme chez lui à La Colombe.

Bob Castella a garé la Traction sur la place. Montand est parti se reposer. Il a hérité d'une chambre de l'annexe au bout de la terrasse, réservée aux invités de marque. Il n'en ressort qu'au dîner servi dans la vaste salle à manger. Montand attablé avec ses deux acolytes, Castella et Crolla, picore dans le chariot d'entrées, une multitude de petits plats emplis d'*antipasti*. Au milieu du repas, Jacques Prévert entre dans la salle. Il est accompagné d'une jeune femme, très belle, dont la longue chevelure blonde ondoie dans la lumière. Elle est habillée en gitane, avec une jupe à fleurs froufroutante et un caraco rouge noué par-devant. Crolla hèle les nouveaux arrivants. Les hommes se connaissent. Henri présente la « gitane » qu'il a connue au Flore pendant la guerre.

— Ma copine Simone !

— Comment tu vas, mon Riton ?

Montand remarque qu'elle a les pieds nus, avant de voir les yeux d'opale, à dominante violette, qui l'observent avec curiosité. Les lèvres rouges dessinent un sourire d'été.

— J'ai beaucoup d'admiration pour vous !

Il bafouille quelques mots.

Après le dîner, Bob s'installe au piano et attaque les premières mesures de « My solitude ». Le groupe se resserre autour de l'instrument afin de mieux admirer le ballet des mains de Castella sur les touches. Lorsqu'il a fini, Simone demande à Montand de chanter. Il se fait prier un moment. Puis il attaque, en honneur de Prévert, *Les enfants qui s'aiment.*

Les enfants qui s'aiment
S'embrassent debout contre les portes de la nuit

Tandis qu'il chante, appuyé au piano, il regarde cette magnifique jeune femme. Il se souvient qu'il l'a aperçue quelques mois plus tôt alors qu'il passait, accompagné par Crolla à la guitare, chez Carrère, un club de jazz près des Champs-Élysées. Elle était venue avec son mari Yves Allégret saluer à la fin du spectacle son copain Riton. Les yeux d'opale ne le quittent pas.

Après le récital improvisé dans la salle à manger de La Colombe, tout le monde se retrouve devant un verre. Montand et Simone échangent quelques banalités et des regards qui se veulent désinvoltes, pourtant chargés d'une émotion naissante, nourrie d'un trouble réciproque. Montand montre la bouche de Simone qu'il dessine avec son doigt dans l'air.

— C'est dommage de peindre une bouche pareille.

La bouche sourit, écarlate.

Le lendemain matin, Montand et ses musiciens descendent à Nice répéter au théâtre de Verdure où ils doivent se produire le soir. Mais ils remontent déjeuner à La Colombe avec Prévert. Simone se joint à la tablée au bord de la terrasse qui domine la vallée. Montand porte un maillot et un short, tenue négligée qu'il déteste mais imposée par la chaleur estivale. L'échange de banalités et de regards troubles se poursuit. À la fin du repas, les convives s'éclipsent. Simone reste. Avec Montand, ils boivent du vin blanc, presque transparent. Les paroles se raréfient. Il lui prend le poignet.

— Vous avez les attaches très fines !

Elle sourit, charmée. Montand se lève.

— Simone, je suis désolé de vous abandonner, il faut que j'aille faire la sieste. Je chante ce soir.

— J'ai une petite maison dans le village. Vous pouvez vous reposer chez moi !

Il la suit dans la maison.

Des robinets de baignoire tarabiscotés, hors d'usage, fixés au mur sur lequel se devine encore l'empreinte d'une baignoire. Chaque matin, Jorge Semprún, dès qu'il lève la tête de ses papiers, observe par la béance d'une porte arrachée, les robinets rococos abandonnés à leur sort, inutiles vestiges d'une luxueuse salle de bains.

Il travaille à la section espagnole de l'Unesco où il traduit des documents. L'organisation culturelle internationale s'est installée après la guerre dans le bâtiment de l'hôtel Majestic qui abritait pendant les années noires le haut commandement militaire allemand. Les anciennes chambres ont été aménagées à la va-vite en bureaux. Les salles de bains, transformées en pièces de rangement, témoignent de la fonction ancienne des lieux.

Chaque matin, il s'assied à son bureau face à l'ouverture entre l'ancienne chambre et la salle de bains. Son regard se pose sur les robinets. Il imagine à quoi servaient les baignoires dans cet endroit pendant la guerre. Les images d'une autre baignoire reviennent, celle du siège de la Gestapo, à Auxerre, où les bourreaux le plongeaient à mi-corps, suffocant, la tête immergée dans l'eau souillée.

Son travail à l'Unesco n'est qu'un maigre gagne-pain. L'occupation principale de Jorge en cette année 1950 est la politique. L'expérience du camp a renforcé son durcissement idéologique, a accéléré sa « stalinisation » au sens propre puisque Staline en russe signifie « acier ». Plus que jamais, Jorge Semprún se sent rouge espagnol.

Trois jours après son retour de déportation, il s'est précipité au local du parti communiste espagnol. Il a rempli un formulaire d'inscription, la fameuse « bio », pour biographie, en insistant sur ses connaissances manuelles, technique du déraillement, maniement du plastic, usage des armes. Jorge veut aller se battre en Espagne les armes à la main. Quelques foyers de guérilla ont surgi après 1945, en Galice, en Aragon, animés par des maquisards communistes qui ne comprenaient pas qu'après la chute de Mussolini et Hitler, Franco continue d'exercer sa dictature.

Le parti espagnol a jugé le jeune homme de vingt et un ans pas assez aguerri pour la vie de maquis malgré son passage dans la Résistance, les sabotages dans l'Yonne, la déportation.

Quelques mois plus tard, après son retour de Suisse, après l'abandon de toute velléité d'écrire sur le camp, Jorge s'est jeté dans l'engagement politique comme dans une thérapie. Agir est une manière de s'arracher à l'angoisse. Faute d'écriture, reste le militantisme. À Buchenwald, le jeune bourgeois sans famille avait goûté à la fraternité communiste qui l'avait sauvé. Il souhaite perpétuer cet élan chaleureux, entrer en communion dans la grande famille des camarades. Être au parti signifie la fin de la solitude. Jorge sacrifie son indépendance d'esprit à l'esprit de parti.

Par un de ces hasards sempruniens qui n'appartiennent qu'à lui, le local du parti communiste espagnol à cette époque se trouve avenue Kléber, juste en face du siège de l'Unesco. Ainsi, Semprún peut changer sa casquette de traducteur pour celle de militant en quelques pas. À « Kléber », lieu chargé de mystère, les communistes espagnols organisent la lutte contre Franco. Jorge y rencontre Dolores Ibárruri, dirigeante historique du PCE, la Pasionaria qu'il écoutait à la radio pendant la bataille de Madrid. Il approche cette divinité de la mythologie stalinienne. En mémoire de sa première rencontre, il écrit un poème à sa gloire

Ton sourire Dolores
J'en garde souvenir.

Jeune militant, Semprún participe au culte de la personnalité qui touche tous les partis communistes. Il était un intellectuel révolutionnaire qui avait tiré les conséquences pratiques de ses lectures théoriques. Hegel et Lukács l'avaient conduit au maniement de la Sten dans les maquis de Bourgogne.

Au fil des ans, par un processus de glaciation idéologique banal à cette époque, Semprún devient un intellectuel stalinien qui, dans sa prose et ses vers, montre qu'il est un clerc de l'Église communiste. Chez lui, comme sous bien d'autres plumes trempées dans l'encre rouge, est à l'œuvre le complexe des origines sociales. Il bat sa coulpe bourgeoise, expie le péché originel d'être né avec une cuillère d'argent dans la bouche.

« *D'une classe vaincue, je suis le fils.* » Ainsi débute un poème écrit par le jeune Semprún âgé de vingt-cinq ans. Rejoindre le mouvement communiste permet de renier sa classe. De renaître.

Je voudrais dire ce que représenta pour moi
le fait de naître à la joie,
de naître à l'horizon et à la voix
de l'avenir, de venir au monde une nouvelle fois,
à ce jour neuf que le parti fait se lever sur les toits.

Dans la presse du parti, les articles écrits par Jorge Semprún sont imprégnés de religiosité communiste. Il rédige des articles coulés dans le marbre de l'orthodoxie dans *Nuestra Bandera*, la revue éditée par le PCE, ou *Mundo Obrero*, le journal du parti. Il écrit dans la ligne, forcément juste, tracée par la Pasionaria et Santiago Carrillo, son second, l'homme qui sélectionne les cadres destinés à la clandestinité en Espagne.

Le renversement de Franco ne passe plus par une hypothétique lutte armée, vouée à l'échec mais par la construction d'un vaste mouvement populaire qui culminera par la grève générale pacifique, la *Gé Enne*

Pé dans le jargon du parti, agitée comme un spectre qui précipitera l'effondrement du régime franquiste, déjà à l'agonie. Jorge, convaincu de la pertinence de cette orientation, piaffe d'impatience de la mettre en application dans l'illégalité de l'autre côté des Pyrénées. Il doit pour cela donner des gages de sa fidélité politique, et même poétique, comme dans ce *Canto a Dolores Ibárruri.*

La porte s'ouvrit. Tu entras. D'un élan commun,
nous nous levâmes et tu vins serrer les mains, souriante.
Et c'est alors qu'éclata le printemps.

Il n'éprouve aucune difficulté à prouver sa bonne foi. Il a la foi.

13

La colombe de la paix dessinée par Picasso, les ailes déployées, agrandie sur un immense panneau, couvre tout le fond de la scène. Au-dessus du volatile, une inscription « Théâtre des hostilités » est barrée d'un énorme « Relâche ». Une idée de Prévert.

Sur le côté de la scène, Montand et Signoret attendent dans les coulisses. Un orateur lance dans le micro une harangue contre les États-Unis, fauteurs de guerre, qui ont enclenché le conflit en Corée et menacent la paix du monde. Une ovation s'élève de la salle. Le responsable communiste annonce « notre camarade Yves Montand ». Le rideau se lève découvrant les musiciens déjà en place, Bob Castella au piano, Henri Crolla à la guitare, Paraboschi à la batterie, Soudieux à la contrebasse.

Montand fait son entrée. Bob attaque les premières notes, l'orchestre suit.

Fleur au fusil tambour battant il va
Il a vingt ans un cœur d'amant qui bat

En pleine guerre d'Indochine, baptisée la « sale guerre » par la presse communiste, les refrains de « Quand un soldat » font leur effet sur le public militant. Dès que Francis Lemarque lui a apporté ces paroles, Montand a voulu les chanter tant elles lui plaisaient. La chanson est interdite à la radio. Certains soirs, en tournée, Montand doit faire le coup de poing avec des militaires qui veulent l'empêcher d'interpréter les couplets antimilitaristes.

En ce début des années cinquante, le monde vit dans la hantise de la guerre nucléaire qui détruirait la planète. À l'initiative du Kremlin, un texte pacifiste et humaniste est lancé contre la bombe atomique, baptisé « appel de Stockholm », qui reçoit des millions de signatures dont une pléiade de célébrités internationales. Le déclenchement de la guerre de Corée attise encore les craintes d'un conflit mondial qui serait, à l'âge de l'atome, le dernier. Montand et Simone signent l'appel de Stockholm comme beaucoup d'artistes, d'écrivains, de peintres.

À partir de ce moment, entrés dans la mouvance des « compagnons de route », Signoret et son mari battent les estrades du Mouvement de la Paix, qui à leurs yeux ne se confond pas avec le parti communiste. Mais pour tout le monde, le prolo chantant est devenu le chanteur rouge. La frontière est mince entre le militantisme et le compagnonnage. Montand, communiste de naissance, de cœur et d'éducation, adhère pleinement à la vision proposée par la liturgie communiste : dans un monde divisé en deux blocs antagoniques, il faut choisir son camp. La neutralité entre la belliqueuse Amérique, fauteuse de guerre, et la pacifique Russie communiste n'est plus de mise. Cette logique, celle du combat entre le Bien et le Mal, entre l'Est et l'Ouest domine la génération qui a eu vingt ans au moment de Stalingrad. Pour Montand et ses amis, il est impossible d'être contre le peuple russe qui s'est sacrifié par millions dans la guerre contre le nazisme.

Sur les estrades de la paix, devant les usines, dans les salles emplies de militants, Montand chante, heureux d'apporter sa voix au camp du progrès, qui se bat pour un monde meilleur et espère dans les lendemains.

La chanson s'achève. L'ovation gronde, la salle se lève pour acclamer le « camarade » Montand.

Il tient *L'Humanité* entre ses mains. Le journal tremble parce que ses mains tressaillent. Jorge attrape sa tasse et avale une gorgée de café, qu'il trouve amer. Il est assis au Flore, il lit le journal communiste et il sent une boule qui oppresse sa poitrine. L'article qu'il est en train de lire relate les audiences du procès Slansky qui se tiennent en ce mois de novembre 1952 à Prague. Rudolf Slansky est le secrétaire général du parti communiste tchèque. Enfin était, jusqu'à son arrestation un an plus tôt. Il est accusé dans la meilleure – la pire – tradition stalinienne de trahison, d'espionnage, de sionisme, de tout ce que les imaginatifs services secrets soviétiques ont pu inventer. À côté de lui, sur le banc des accusés, figure Josef Frank.

C'est en lisant ce nom que la main de Semprún s'est mise à trembler. Josef Frank, son compagnon de déportation, son camarade assis en face de lui à la longue table de l'Arbeitsstatistik, cet homme calme et courtois, surnommé « Pepikou » chez lequel, derrière la carapace militante du communiste endurci, il devinait les signes d'une grande humanité. Le compte rendu du procès que Jorge, assis au Flore, est en train de lire dans *L'Humanité*, la poitrine dans un étau, rapporte précisément la déclaration de Josef Frank devant le tribunal. Frank, devenu après guerre le secrétaire général adjoint du parti communiste tchèque, a reconnu qu'au camp de Buchenwald, il a été un agent de la Gestapo.

— À l'instant où je lisais l'article de *L'Humanité*, j'ai su que c'était faux. C'était impossible. Josef Frank appartenait comme moi à l'organisation clandestine du camp. S'il avait été un agent de la Gestapo, je n'aurais pas survécu. J'aurais fini pendu au croc de boucher du bunker ou au bout de la corde de la potence.

Il arrête de lire, les lignes du journal dansent devant ses yeux. Un frisson étrange parcourt son échine. Il sait que Josef Frank est innocent des crimes dont il s'accuse. Il n'ose entrevoir au bout de quel calvaire, de quelles tortures physiques et psychiques, ce communiste à l'ancienne, dur au combat, a consenti à avouer des crimes imaginaires. Il comprend que le procès de Prague est truqué, qu'il est une œuvre de fiction des services soviétiques. C'est la première brèche dans le mur de granit. Il pressent que tout ce qu'il croit, qui donne sens à sa vie, est basé sur le mensonge.

Aussitôt, il repousse cette idée.

— Josef Frank était innocent et je me suis tu. Je n'ai fait part à personne de ma conviction. Je n'ai proclamé nulle part que les accusations contre Frank n'avaient aucun sens. J'ai gardé cette certitude en moi, pour moi. Sans doute si j'avais confié ne seraient-ce que des doutes, j'aurais été exclu du parti. J'ai choisi de rester au parti.

J'ai choisi le mensonge de la culpabilité contre la vérité de l'innocence.

La « roulotte », une ancienne librairie étirée entre la place Dauphine et le quai des Orfèvres, est le refuge de Montand et Signoret entre deux tournages, entre deux tournées. L'endroit est exigu, une longue pièce en rez-de-chaussée, une chambre en duplex et un sous-sol dont Montand a fait son lieu de répétition. Là, il s'astreint à la barre, fait ses exercices de gymnastique quotidiens, répète inlassablement ses pas de danse, ses mouvements de canne. À l'automne 1952, il se remet de l'interminable tournage du *Salaire de la peur*, interrompu par la pluie, les inondations.

Un jour de la fin novembre, assis dans le canapé clair devant la baie vitrée munie de barreaux qui donne sur la Seine, il lit dans *L'Humanité* le compte rendu du procès Slansky qui s'achève à Prague. Sur les quatorze inculpés, onze sont condamnés à mort. Montand garde en mémoire le trouble de son père Giovanni au moment des procès de Moscou, avant la guerre. Le chanteur juge bien longue la liste de ces renégats qui, de communistes authentiques, sont devenus des agents de l'impérialisme, des traîtres à la cause. Il s'en ouvre à Simone qui partage son sentiment. Mais voilà, ces inculpés ont avoué. Pourquoi des innocents avoueraient-ils ?

Le téléphone sonne. Au bout du fil, un journaliste du *Figaro* demande à Montand ce qu'il pense du verdict de Prague. Il se souvient d'une phrase de Paul Éluard prononcée au moment d'un autre procès stalinien en 1949, celui du Hongrois Laszló Rajk. Pressé d'intervenir par André Breton, son ancien complice en surréalisme, Éluard avait répondu : « J'ai trop à faire avec les innocents qui clament leur innocence pour m'occuper de coupables qui clament leur culpabilité. » Trois ans plus tard, au journaliste du *Figaro*, Montand répète la phrase du poète.

Dans le box des accusés à Prague se trouve Artur London, vice-ministre des Affaires étrangères. Dix-sept ans plus tard, Montand sera London dans le film *L'Aveu*, écrit par Semprún et réalisé par Costa-Gavras. Il s'emparera du rôle avec une rage expiatoire, qui ne se comprend que par l'approbation tacite de 1952.

La porte s'ouvre. Un soldat en uniforme, une chapka sur la tête, tire Montand/London par le bras. Il avance en trébuchant, effrayant de maigreur. Les yeux disparaissent derrière des lunettes de soudeur cerclées d'acier. Des hommes habillés en civil, portant des manteaux de cuir et des chapeaux noirs, l'encadrent. Le groupe est parvenu à l'orée d'un bois. Les branches d'arbre frémissent. Les oiseaux chantent. Un soldat en uniforme passe une corde autour du cou de Montand, et tire dessus. Un officier hurle : « Salaud de trotskiste. » On le fait grimper sur une caisse branlante. Du bout du pied, il tâte le rebord. Un homme tend la corde. Montand attend la mort. Le temps est suspendu. Soudain, sans un mot, des mains écartent le nœud coulant, le font passer au-dessus de sa tête. On entraîne le prisonnier, titubant, soutenu par deux gardiens.

— Coupez.

Il enlève les lunettes. Le soleil éblouit ses yeux fiévreux.

— Ça allait ?

— J'ai cru à Staline de façon religieuse. Chez moi au-dessus du lit de ma mère, il y avait le crucifix et le portrait de Staline. Au nom de la fidélité, on acceptait l'inacceptable. L'esprit de parti annulait tout esprit critique. Dans ce monde coupé en deux, la crainte de faire le jeu de l'Amérique refoulait le moindre doute. Toujours ce satané « il ne faut pas apporter de l'eau au moulin de l'adversaire ». Honnêtement, je ne savais pas que le procès de Prague était truqué de A à Z. Mais j'éprouvais une gêne que j'ai balayée. Notre réflexe pavlovien c'était de donner raison au parti qui avait toujours raison.

Trente-huit ans après le procès de Prague, dans la suite de l'hôtel Rossia, Yves Montand venu à Moscou présenter *L'Aveu* poursuit son interminable face-à-face avec lui-même, ou plutôt entre ce qu'il fut et ce qu'il est devenu, entre ses croyances d'hier et ses doutes d'aujourd'hui. Entre le compagnon de route et le compagnon de doute. Il répète en boucle, afin de se convaincre encore, des phrases qu'il a déjà prononcées dans d'autres lieux, dans d'autres circonstances. Mais sa voix empreinte d'une gravité spontanée, sans fard ni apprêt, donne à cette confession nocturne, dans l'atmosphère lugubre du palace stalinien, une puissance lourde d'émotion. Il s'est trompé, il a été trompé. Il ne cesse d'accomplir avec une rage obsessionnelle un travail de deuil sur les illusions perdues, jamais fini, toujours recommencé. Tandis qu'il marche d'un mur à l'autre, comme un prisonnier dans sa cellule, je l'écoute, j'objecte, j'approuve. Mais c'est à lui qu'il parle. À lui seul.

— Cet aveuglement relevait de la foi. La raison n'y pouvait rien.

L'exécution a eu lieu le 3 décembre 1952, à 3 heures du matin dans la prison de Pankrác à Prague. La potence avait été conçue de façon à ce que la corde étrangle les condamnés au lieu de leur rompre le cou. Ils ont ainsi agonisé plusieurs minutes. Puis, les onze condamnés à mort du procès Slansky ont été incinérés. La camionnette qui emportait leurs cendres a été immobilisée par les congères sur une petite route des environs de Prague. Les bourreaux ont répandu alors les cendres froides sur le givre glacé des bas-côtés. Ainsi s'envolèrent, dans les tourbillons de neige, les restes de Rudolf Slansky et de ses camarades. Ainsi disparurent, dans la blancheur de l'éternité, les poussières grises de Josef Frank, résistant, déporté, camarade de Jorge Semprún à Buchenwald.

14

— Passeport, s'il vous plaît, Monsieur !

Semprún tend le document au douanier espagnol qui compare la photo avec le visage avenant de cet homme jeune, habillé avec une certaine distinction.

— Merci, Monsieur Grador, dit le fonctionnaire en rendant le passeport à Jorge.

Le voyageur hoche la tête en guise de salut. Il se renfonce dans son coin et regarde par la fenêtre le paysage catalan qui défile. Depuis la fuite en septembre 1936 de la famille Semprún sur le chalutier, il n'a pas revu son pays. Pour son premier voyage de clandestin, l'appareil du parti communiste ne lui a curieusement pas fourni de faux papiers. Il a fallu qu'il se débrouille par lui-même. Un ami très proche lui a donné son passeport sur lequel le spécialiste du parti a changé la photo, en faisant sauter les rivets.

Le train roule vers Barcelone, première étape de ce périple clandestin, préparé par Santiago Carrillo et la direction du PCE, qui doit mener le commis-voyageur de la révolution en trois semaines de Barcelone à San Sebastián, en passant par Valence, Séville, Madrid, Salamanque et même les îles Canaries. Programme irréaliste. Qu'importe, Semprún/Grador éprouve une véritable exaltation à accomplir cette mission. Elle marque non seulement le retour au pays, mais également le retour à la vie.

Depuis des années, il rêvait de rentrer dans son pays natal, de participer à la lutte illégale. Il a, pour cela, donné suffisamment de gages de sa soumission idéologique, de sa fidélité politique. Trois mois plus tôt, en mars 1953, Semprún avait de son propre chef écrit un poème à la gloire du « petit père des peuples » qui venait de disparaître.

Notre père est mort, notre camarade à tous,
Notre Chef est mort, notre Maître à tous.

Le poème lu salle Pleyel, lors d'une soirée à la mémoire de Staline, devant des milliers de réfugiés espagnols, reflète l'encéphalogramme idéologique du jeune militant de trente ans. Le croyant chante les cantiques.

Roulent à présent les tambours du silence.
Notre Staline est mort, camarades.
Serrons les rangs en silence.

Jorge Semprún serre les rangs.

Carrillo a considéré que ce fils de la bonne bourgeoisie madrilène était l'homme idéal pour prendre des contacts exploratoires avec les milieux intellectuels et artistiques. Élégant, distingué, cultivé, capable de séduire les écrivains et penseurs de la péninsule en froid avec le régime franquiste, Semprún se présente donc sous l'identité de Jacques Grador, un Français hispaniste, passionné par les problèmes de la culture espagnole. Pour cette doublure sur mesure, il a la carrure.

Dès son arrivée à Barcelone, qu'il ne connaît que par la lecture de *L'Espoir*, Jorge file sur les Ramblas qu'il remonte jusqu'à la place de Catalogne. À la terrasse du Navarra, sur le paseo de Gracia, il déguste sa première gorgée de bière avec le plaisir de l'exilé de retour au pays et avec le détachement jubilatoire du clandestin contemplant le monde qu'il va subvertir.

Le voyage initiatique se poursuit par Madrid. Dès sa valise posée dans une modeste pension de famille calle Santa Cruz de Marcenado, Jorge dévale la Gran Vía jusqu'à la place de Cybèle. Le quartier du Retiro n'a pas connu de grand changement. Il reconnaît sans peine les avenues, les maisons mais il se sent étranger dans son propre pays. Le décor lui paraît familier et en même temps lointain. Dans le Madrid de son enfance, il ressent de manière plus aiguë, déchirante, le sentiment d'exil.

Son pas pressé le mène comme en pilotage automatique jusqu'à la calle Alfonso XI. Arrivé en bas de l'immeuble du 12, il contemple les balcons du dernier étage, ceux de l'appartement familial de sa prime jeunesse. Dix-sept années ont passé depuis le départ en juillet 1936. Une sourde émotion étreint Jorge planté au bord du trottoir, le cœur saccagé tourné vers l'enfance, les yeux humides braqués vers le haut.

Il est seul dans la nuit de Madrid.

— Tu es revenu là, en bas, rôder sous les fenêtres de ton enfance.

Nous sommes sur le balcon de l'appartement familial, en septembre 1995. Jorge vient d'évoquer ce premier retour à Madrid, la course sur la Gran Vía, le pèlerinage rue Alfonso XI. Jorge se penche, indique un endroit en bas.

— Je suis resté longtemps à ce coin de rue à regarder les fenêtres du quatrième étage.

Les confidences s'arrêtent là.

Dès son arrivée dans la capitale, Jacques Grador prend contact avec Vicente Aleixandre, poète ami de Lorca, un monument des lettres espagnoles qui malgré ses idées de gauche ne s'est pas exilé après la guerre civile. Pendant quelques heures, Grador, Français hispanisant, écoute Aleixandre parler poésie et politique. Semprún s'efforce de conserver un léger accent français. Au moment de prendre congé, le futur Prix Nobel de littérature le félicite pour son aisance en castillan. Il dédicace un de ses livres à « Jacques Grador, en souvenir de notre premier et amical bavardage ». La couverture fonctionne !

La première incursion de Jorge Semprún en Espagne se conclut à San Sebastián. Il y rencontre le poète Gabriel Celaya et recrute un jeune étudiant, Enrique Múgica, qu'il retrouvera trente-quatre ans plus tard autour de la table du conseil des ministres du gouvernement espagnol. Pendant son séjour à San Sebastián, les journaux espagnols font les gros titres sur des émeutes à Berlin-Est.

Deux jours auparavant, le 16 juin 1953, une insurrection ouvrière a éclaté dans le secteur soviétique de la capitale allemande. Les travailleurs du bâtiment qui construisent les immeubles de la Stalinallee réclament des augmentations de salaire. En quelques heures, le mouvement de protestation s'étend à toutes les villes de l'Allemagne communiste. Dans la zone orientale de Berlin, des dizaines de milliers de manifestants s'en prennent aux symboles du pouvoir. Les chars de l'Armée rouge interviennent et noient l'insurrection dans le sang, au prix d'un grand nombre de victimes, de centaines de morts, de milliers d'arrestations. La répression laisse les Occidentaux indifférents. Le mouvement communiste crie au complot fasciste fomenté par d'anciens hitlériens qui veulent abattre le régime de la RDA. À San Sebastián, Jorge Semprún le clandestin communiste ne met pas en doute cette explication officielle. Il ignore qu'un des chefs de la police chargé de ramener l'ordre dans Berlin-Est insurgé est son ancien chef au bureau de l'Arbeitsstatistik à Buchenwald, le kapo Willi Seifert.

Avant de rentrer en France, Semprún, encore Grador pour quelques heures, apprend à la radio que les époux Rosenberg vont être exécutés le lendemain matin, 19 juin, à l'aube.

Montand et Simone sont assis dans l'enceinte du vélodrome d'Hiver. Un des virages a été transformé en tribune. Montand regarde les gigantesques portraits d'Ethel et Julius Rosenberg qui occupent le fond sous une banderole qui affirme « Sauvons les Rosenberg ». Le parti communiste a pris l'initiative de ce rassemblement alors que le monde entier attend l'exécution.

Ethel et Julius Rosenberg ont été accusés d'espionnage au profit de l'URSS et en particulier d'avoir divulgué des « secrets atomiques ». Alors que les Rosenberg clament leur innocence, ils sont jugés coupables et condamnés à la peine capitale en juin 1951. Dès lors, un grand mouvement de solidarité se développe aux États-Unis et en Europe pour demander leur libération. Le pape Pie XII réclame la grâce au bénéfice du doute. En France, un comité de défense des Rosenberg est créé sous l'impulsion du PCF. L'intelligentsia, bien au-delà de l'influence communiste, se mobilise. Albert Camus, Roger Nimier, Gaston Gallimard et beaucoup d'autres demandent l'élargissement des condamnés.

Dans la soirée du 18 juin, au vélodrome d'Hiver, le cinéaste Henri Clouzot, les écrivains Maurice Druon, Louis Martin-Chauffier prennent la parole devant une assistance fervente où figurent de nombreux intellectuels et artistes. Quand on annonce à la tribune qu'Yves Montand est dans la salle, une immense ovation s'élève.

Le lendemain à l'aube, dans la prison de Sing Sing, les Rosenberg grillent sur la chaise électrique. Une houle d'émotion secoue le monde. L'Amérique est rejetée dans l'opprobre. Sartre crie : « L'Amérique a la rage. » Muets devant la répression des ouvriers de Berlin-Est, complices silencieux des bourreaux staliniens des procès de Prague et d'ailleurs, les compagnons de route du communisme font preuve d'une indignation hémiplégique. Montand comme les autres.

Il ne se le pardonnera pas.

Jorge Semprún, fasciné, observe avec quelle dextérité le spécialiste des faux papiers au parti espagnol fabrique des cartes d'identité. Artiste de formation,

Domingo Malagón est un « cordonnier » de génie, ainsi qu'on appelle, dans le jargon clandestin, le faussaire. Jorge le regarde manier les encres, les cires, les tampons secs, les cartons plastifiés, les brûleurs, les poinçons. Quand il s'empare d'un passeport vierge, trop neuf pour ne pas éveiller le soupçon, il le malaxe, le patine jusqu'à obtenir un objet qui a « vécu ». Les documents fournis sont insoupçonnables, plus vrais que les véritables. Jorge assimile les gestes du faussaire. Il s'en souviendra, plus tard, dans une autre vie, lorsque l'écriture se sera substituée à l'engagement.

Montand commence à découper sa photo sur le passeport, en faisant bien attention à ne pas faire sauter les attaches métalliques qui la fixent, autour desquelles restera une minuscule auréole de papier photographique, non identifiable. Il fait cette opération lentement, soigneusement mais son esprit est ailleurs. Son regard est vague, dans le vague. Il fait brûler dans un cendrier les petits bouts de papier de sa photo découpée. Il regarde la petite flamme, des bribes de vers lui reviennent dans une mémoire automatique. Il fait un geste large comme s'il déclamait devant une assemblée.

Montand : « Et les soirs au balcon, voilés de vapeurs roses. »

Semprún n'est pas mécontent d'avoir glissé ce vers de Baudelaire dans le scénario de *La Guerre est finie*.

Avant chaque mission, Semprún se rend à l'atelier du « fabricant », dans le quartier Montparnasse et reçoit son nom qui varie au fil des mois : Salignac, Larrea, Sánchez qui sera son appellation de clandestin la plus fréquente. C'est sous ce nom de Federico Sánchez qu'il se présente à ses contacts, qu'il faut séduire, convaincre, entraîner, recruter.

Jorge adore le jeu de la clandestinité, même s'il sait qu'il peut être un jeu dangereux. Dans les rues de Madrid, pullulent les gardes civils, inquiétants dans leur uniforme, cape et tricorne. Les contrôles de police sont fréquents, les patrouilles militaires et les barrages sont lot commun. La police, baptisée « brigade sociale », traque les militants communistes. Semprún excelle à changer d'identité, à passer d'une langue à l'autre. Si on l'interpellait par son vrai nom dans la rue, il ne se retournerait même pas.

Quel policier espagnol irait imaginer que sous l'apparence de ce dandy, tiré à quatre épingles, affable et courtois, se cache un dangereux propagandiste professionnel ? L'aristo qui donne ses rendez-vous dans des restaurants des beaux quartiers recrute, insoupçonnable, pour le parti communiste. Il lui arrive d'aller voir des corridas, dans les gradins les plus en vue et s'est même retrouvé, à une occasion, assis pas très loin de la loge de Franco. Pas une seule fois on ne vérifie son identité.

Il se sent intouchable. S'il a survécu à la déportation, au camp, il est immortel. Il a payé sa part au destin funeste. Tout lui est arrivé. Il ne peut plus rien lui arriver.

Semprún est doué pour la clandestinité. C'est un métier qu'il exerce avec joie. Les pseudonymes varient mais sous les noms d'emprunt, Jorge garde, lui, son identité de résistant, de combattant. Vivre sous une fausse identité lui permet d'atteindre la vraie. Il est toujours *Rotspanier*. La clandestinité, ce n'est pas seulement l'aventure chaque jour recommencée, le plaisir de jouer un personnage de roman, le sentiment intense d'être à part, différent du commun des mortels, d'appartenir à une forme de chevalerie.

La clandestinité est, bien davantage encore, l'affirmation d'une liberté, la réalisation d'un destin personnel, le moyen d'affirmer un engagement existentiel, le choix de la résistance.

La clandestinité, c'est son identité.

Il loge dans de petits hôtels ou des chambres chez l'habitant à la périphérie de Madrid. Les journées de « travail » commencent par un rituel bien établi. Devant le miroir, Jorge se rase méticuleusement en regardant cet homme qui n'est pas tout à fait lui, son double. Tandis que la lame trace son sillon dans la mousse, le professionnel de la clandestinité se récite tous ses rendez-vous de la journée et même des prochains jours. Pas question évidemment de noter quoi que ce soit sur un papier. Alors en se rasant, il se récite le plus long poème qu'il a jamais appris, avec des listes de noms, de pseudos, des coins de rue, des bibliothèques, des bars, des parcs, des musées.

Ensuite commence une longue déambulation dans les rues de Madrid, de bistro en café, de parc en jardin. Il observe, clandestin dans son propre pays, les gens dans la rue qui lui paraissent tristes et fatigués. Les vêtements semblent d'une grisaille uniforme assortie à leur teint blafard. Le clandestin prend soin de changer de tenue plusieurs fois par jour. Lorsqu'il a trois ou quatre rendez-vous à la suite, il s'efforce d'enfiler une autre veste ou une autre chemise pour changer son apparence.

Il passe des heures dans les cafés, écoute les conversations, réapprend les intonations et les accents toniques de cette langue natale qu'il n'a pas pratiquée à l'oral depuis dix-sept ans. Au début, lorsqu'il entre dans un restaurant, il est terrifié à l'idée que sa parole le trahisse. Il ne sait plus comment passer une commande, laisser un pourboire.

Un lundi matin qu'il prend un petit noir au café Inglés, sur la place San Bernardo, son voisin de comptoir lui demande ce qu'il pense du match joué la veille par le Real Madrid. Sánchez ignore tout des exploits des hommes en blanc, et même le nom de Di Stéfano. Toute la ville vibre des dribbles et des déboulés de l'avant-centre argentin, naturalisé espagnol, surnommé par ses supporters « la flèche blonde ». Un silence glacial se répand dans le café. Les regards suspicieux se tournent vers cet Espagnol qui ne s'intéresse pas au Real, qui ne connaît pas le nom d'un des plus grands footballeurs de l'histoire. Semprún sent que les visages se ferment, qu'il devient suspect. Pris en flagrant délit d'ignorance footballistique, il comprend qu'il ne peut se désintéresser du ballon rond. En quelque temps, il devient un expert. Mieux, un véritable passionné.

Il envoie des rapports à Paris que Carrillo lit avec attention :

« L'ambiance n'a jamais été plus chaleureuse. Je suis sans cesse invité à gauche à droite par tous les amis. Tout cela me plaît beaucoup et je pense que je vais bien m'amuser pendant ce séjour », écrit Federico Sánchez au printemps 1954.

Dans la clandestinité, il retrouve la fraternité de la Résistance et du camp. Quand les portes s'ouvrent pour l'accueillir, pour une heure ou une nuit, il prend plaisir à ces rencontres avec les militants dont le dévouement confine à l'abnégation. Semprún aime la fraternité communiste. Soleil de la face d'ombre.

Derrière un interstice du rideau, Montand observe la salle du théâtre de l'Étoile. Quelques minutes avant son tour de chant, il vient renifler l'atmosphère, constater si les invités du jour sont bien installés. Le soir de la première, le 5 octobre 1953, tout Paris est là au parterre pour applaudir l'étoile de L'Étoile. Il vérifie que Simone occupe bien sa place habituelle au centre du dixième rang. Ce rituel l'aide à conjurer l'affreux trac qui lui tord le ventre. Depuis ses débuts, il n'a jamais réussi à éliminer l'angoisse qui, dès la fin de l'après-midi, l'étreint. L'artiste reste immobile quelques minutes derrière le rideau, puis, il regagne sa loge où il ne tolère personne. Il jette un regard sur le programme qui s'ouvre sur un poème de son ami Prévert :

Le rideau rouge se lève devant un rideau noir
Devant ce rideau noir Yves Montand

Il observe dans la glace entourée d'ampoules son visage blafard, il sent dans la prunelle l'inquiétude qui lui donne un air égaré. De la main, il remet une mèche en place, salue le mec en face de lui qui, à la fois, lui ressemble et lui échappe. C'est bien lui qui va, dans une poignée de minutes, affronter la salle, en un corps à corps d'une trentaine de chansons, des « Feuilles mortes » à « C'est si bon ».

Il approche de la scène. Il entend l'orchestre qui derrière le rideau de tulle règle les instruments.

Montand surgit des coulisses, s'approche du micro et attaque « La ballade de Paris ».

Tant de poètes ont écrit
Des couplets des refrains
Sur Paris
Que je n'sais plus quoi chanter
Pour vanter ta beauté

Près de deux heures de one-man-show qui se concluent ce soir comme tous les soirs par une ovation interminable. Le public ne veut pas quitter la salle et en redemande encore et encore. Prévu pour durer trois semaines, le spectacle Montand tient l'affiche à L'Étoile pendant six mois. On vient de toute la France, par autocars spéciaux. On arrive du monde entier. Kirk Douglas et Gary Cooper, de passage à Paris, applaudissent l'interprète du « Petit cireur de Broadway ».

L'artiste a savamment dosé son show entre chansons populaires, poèmes de l'ami Jacques ou d'Apollinaire, des sketches comiques et des chansons engagées. Ce sont ces dernières qui donnent le ton du récital. Montand exprime son époque à travers les textes qu'il interprète. Pendant ce spectacle de L'Étoile, il flotte dans la salle un parfum de magie, de connivence avec le public qui vient retrouver, dans les chansons de Montand, un climat fusionnel qui est celui d'une période où c'est si bon de se serrer les coudes et de brandir le poing.

Montand est de son temps. Mon… temps

Le 45-tours tourne sur l'électrophone et la voix de Montand envahit l'appartement.

Semprún écoute la voix de cuivre qui se fait si caressante pour susurrer le texte de Prévert mis en musique par Henri Crolla. Il regarde la pochette du disque dessinée par Jean Effel. Un couple de dos sur les quais de la Seine contemple Notre-Dame et la tour Eiffel. Un immense soleil brille dans l'azur. En bas sur le parapet, une affiche annonce « Récital Yves Montand, Théâtre de l'Étoile ».

Jorge se laisse envahir par les intonations intimes, si tendres.

Sanguine, joli fruit
Soleil de nuit.

Semprún, ou plutôt Federico Sánchez, est hébergé chez un couple ami qui ignore son identité réelle. Ricardo Muñoz Suay milite depuis sa jeunesse au parti communiste. Il a connu les geôles franquistes. Il a fondé avec les cinéastes Luis García Berlanga et Juan Antonio Bardem une société de production cinématographique, l'UNINCI, tolérée par le régime. Quand Jorge Semprún a sonné lors de son premier voyage à sa porte, au 94 rue Don Ramón de la Cruz, à Madrid, Ricardo était assistant réalisateur sur *Bienvenue M. Marshall* de Bardem. Une satire de la société espagnole traditionnelle déguisée derrière une bonne dose d'ironie et d'humour. Grâce à son métier, Ricardo voyage beaucoup. Il se rend fréquemment à Paris d'où il rapporte les disques de Montand.

Le domicile de Ricardo Muñoz Suay et de sa femme Nieves constitue, en ses débuts de la clandestinité madrilène, un des rares refuges sûrs sur lesquels compte Federico Sánchez. Il sait qu'il peut arriver à n'importe quelle heure du jour et de la nuit. Les camarades sont là pour l'accueillir, acceptant d'avance les risques qu'ils encourent. L'appartement joint l'agréable à l'utile. Spacieux, il offre un confort très supérieur aux petites pensions de famille fréquentées d'ordinaire par le clandestin.

Sur le toit de l'immeuble a été construite une piscine que Jorge n'utilise pas, sans doute en souvenir de la suffocation dans la baignoire à Auxerre. Ou de l'immersion brutale dans l'immense cuve emplie de désinfectant à son arrivée à Buchenwald. En revanche, de la terrasse-piscine où se dresse la statue blanche d'un volatile qui pourrait être avec beaucoup d'imagination une colombe, il bénéficie d'une vue imprenable sur Madrid.

Souvent, lorsque Ricardo est en déplacement professionnel, c'est sa femme Nieves Arrazola qui accueille Jorge. Formidable cuisinière qui prépare des paellas inoubliables, occasion de longues discussions, Nieves est une militante chevronnée, qui a fait de la prison pour ses activités antifranquistes. Elle a une fine connaissance de la société espagnole. Jorge tient compte de ses analyses globales comme de ses petits conseils. Au début, le clandestin Semprún arpentait les rues de Madrid avec aux pieds des chaussures françaises. Un détail qu'un bon flic espagnol aurait pu remarquer. Nieves conseille à Jorge de s'acheter des godillots espagnols. Il obtempère. Elle a raison, bien sûr.

Le siège de la maison de production UNINCI de Ricardo Muñoz Suay qui produira *Viridiana* de Buñuel sert également de lieu de rendez-vous pour les réunions qui nécessitent plus de temps. Semprún, alias Salignac, alias Sánchez, alias Larrea, alias bien d'autres encore, s'installe peu à peu dans la vie clandestine.

Une vie qu'il aime.

15

— Je ne vivrai que si je fais des aveux.

John Proctor, les mains entravées, est assis dans sa cellule. Sa femme, Elizabeth, le visage inondé de larmes, a, elle aussi, les poignets enchaînés. Les deux époux, face à face, joignent leurs mains attachées dans une ultime étreinte.

Le rideau tombe sur la scène du théâtre Sarah-Bernhardt où Simone Signoret et Yves Montand interprètent la pièce d'Arthur Miller *Les Sorcières de Salem* depuis décembre 1954. Lorsqu'ils ont reçu *The Crucible*, Montand et Signoret ignoraient jusqu'au nom de Miller. Ils ont lu le drame en une nuit, tout de suite enthousiastes et décidés à le jouer. La pièce s'inspire d'une histoire vraie – un procès en sorcellerie dans la ville de Salem, Massachusetts, en 1692. La petite communauté, sous l'égide du clergé protestant puritain, est le théâtre d'un drame où les différends politiques et religieux entre habitants et les tensions sexuelles inavouables se règlent hypocritement en convoquant le diable et la sorcellerie.

Montand et Signoret, qui viennent de participer à la campagne visant à arracher les Rosenberg à la chaise électrique, sont frappés par le parallèle des situations. À trois siècles d'intervalle, les États-Unis sont de nouveau en proie au fanatisme, à la délation, à l'hystérie collective et à des peurs irrationnelles. Simone cherche la vérité de son personnage en lisant les lettres de prison d'Ethel Rosenberg. Les spectateurs remarquent que la scène de l'adieu final au cours de laquelle Proctor/Montand étreint sa femme, les mains enchaînées, reproduit la photographie, reprise par la presse mondiale des Rosenberg avant leur exécution. À la tragédie de John Proctor pendu pour avoir refusé d'avouer des crimes imaginaires, se superpose et se confond de manière transparente la tragédie de Julius et Ethel Rosenberg.

Montand, qui maîtrise la scène mais ignore tout de l'art théâtral, travaille avec le metteur en scène Raymond Rouleau, aussi perfectionniste que lui. *Les Sorcières* remporte un succès phénoménal. La critique salue la qualité de la pièce, de l'adaptation, s'enthousiasme pour la mise en scène de Rouleau, la beauté des décors. Les acteurs sont loués pour leur prestation. Montand, novice sur les planches, est couvert de lauriers : « On attendait un acteur, on trouve un homme. »

La pièce se joue pendant des mois. *Les Sorcières de Salem* rencontre un accueil enflammé, parce que la pièce de Miller s'inscrit dans le climat général de « chasse aux sorcières » qui empoisonne l'Amérique. Depuis des années, la commission des activités antiaméricaines enquête dans les milieux du cinéma sur l'influence communiste. Comédiens, scénaristes, réalisateurs sont convoqués devant cette instance et sont sommés de donner des noms de « rouges » qui sont aussitôt portés sur la liste noire. L'inquisition sous les sunlights ressemble fort à celle menée quatre siècles plus tôt à Salem. Une psychose collective s'est emparée de l'Amérique inquiète, en proie à ses démons. Simone et Montand constatent que des amis proches sont proscrits, contraints à l'exil. Jules Dassin, John Berry, Joseph Losey fuient les États-Unis. Grande est leur indignation lorsqu'ils voient des cinéastes qu'ils admirent, comme Elia Kazan, se soumettre et donner des noms.

Cette Amérique du maccarthysme ne fait que renforcer la conviction des compagnons de route du communisme qu'ils sont sur la bonne voie, qu'ils ont choisi le bon côté. Pour Montand et Signoret, jouer *Les Sorcières* est un acte politique.

La double vie s'installe. Lorsque Sánchez le clandestin revient en France après de longues missions en

Espagne de plusieurs semaines, voire plusieurs mois, il redevient Semprún. À Paris, le militant retrouve le cercle des amis, sa compagne Colette Leloup, monteuse de cinéma, rencontrée dans la mouvance communiste de Saint-Germain-des-Prés. Il mène alors l'existence d'un intellectuel engagé. Un soir, lors d'un de ses passages à Paris, Jorge Semprún vient au théâtre Sarah-Bernhardt voir *Les Sorcières.* Il est ému par l'amour désespéré qui luit dans le regard perdu de la jeune femme croisée dix ans plus tôt au Flore. Le charisme dégagé par Montand, barbu, les cheveux courts coiffés en bol, impressionne Jorge qui n'a jamais vu l'interprète sur une scène.

Lorsque Federico Sánchez (ou un autre de ses pseudonymes) repart pour l'Espagne, il bénéficie de l'efficacité organisationnelle du PCE. L'appareil clandestin s'est professionnalisé. Ou bien Carrillo a estimé que Semprún avait suffisamment fait ses preuves au cours de ses premiers voyages pour bénéficier de l'aide logistique.

Souvent, il prend le train de nuit et arrive tôt le matin à Bayonne. Devant la gare un « chauffeur » l'attend dans une Peugeot 203 grise, parfois une 403. La voiture traverse le pont sur l'Adour, longe la place avec les massifs de fleurs et le kiosque à musique, imprégnés dans sa mémoire. À chaque fois, il se remémore l'arrivée en 1936 de la famille Semprún sur le port, l'accueil hostile des Français, le poing brandi de rage et de défi du *Rotspanier* qu'il est toujours. Pour d'autres voyages, Sánchez descend par le train de nuit à Hendaye. Il franchit à pied les postes de douane et de police français, puis espagnols. De l'autre côté de la frontière, une voiture l'attend pour le conduire jusqu'à Madrid. Et la noria des rendez-vous reprend. Les contacts à nouer, les relations à entretenir, les sympathisants à voir, l'organisation à construire.

Au fil des mois, Sánchez accroît le cercle des familiers sur lequel il peut compter pour se déplacer, se loger. Domingo Gonzáles Lucas est un soutien fidèle. Héritier d'une lignée de matadors, Domingo, torero lui-même, est le frère aîné du célèbre Luis Miguel Dominguín, qui est une véritable idole en Espagne. Domingo, depuis longtemps membre du parti communiste espagnol, abrite chez lui Agustín Larrea (pseudonyme choisi par Jorge en honneur de Juan Larrea, poète espagnol qu'il admire). « Larrea » occupe la chambre du fils de la famille. Une cachette, munie d'une fausse cloison, peut accueillir le « planqué » en cas d'alerte. Elle n'a jamais servi.

L'appartement de Domingo est un refuge sûr à une époque où Semprún ne dispose que de peu d'adresses. De la terrasse, « Larrea » observe le terrain vague qui s'étend devant lui. À cet emplacement s'élevait la caserne de la Montana, prise d'assaut le 19 juillet 1936 par les milices ouvrières en réplique au coup de force de Franco. Un peu plus loin, à portée de regard, le parc de Campo del Moro, où passait à l'automne 1936 la ligne de front entre rebelles franquistes et défenseurs républicains de Madrid.

— Mon ami Agustín Larrea, sociologue !

C'est dans cette maison, au 12 de la rue Ferraz, derrière la plaza de España que Domingo présente Jorge à son jeune frère, Luis Dominguín, auréolé de sa gloire de matador et de la pléiade d'actrices qu'il a séduites, d'Ava Gardner à Rita Hayworth. Dominguín, qui connaît les opinions de son frère aîné, se doute que cet étudiant attardé en sociologie a d'autres occupations dans l'existence qu'un hypothétique doctorat. Habitué au jeu d'esquive et au maniement de cape, le torero feint avec une parfaite urbanité de croire à cette identité. Luis Dominguín a le sens de l'à-propos. À Franco, qui lui demandait au cours d'une chasse : « Alors, Luis Miguel, vous avez un communiste dans la famille ? », il répondit : « Excellence, dans la famille, nous sommes tous communistes. »

Le célèbre torero est ami avec Hemingway, qui se flatte d'être un connaisseur en tauromachie. Luis Miguel Dominguín n'hésite pas à lui donner un coup de cape : « Ernesto, comparé aux Américains, tu t'y connais en tauromachie. Mais comparé à un aficionado espagnol, tu n'y connais rien. »

C'est par Domingo Dominguín que Jorge Semprún, alias Larrea, fait la connaissance d'Hemingway. D'emblée, l'écrivain se méfie de cette tête nouvelle.

— Vous n'êtes pas journaliste au moins ?

— Non, je suis sociologue. J'espère obtenir une chaire à l'université de Madrid.

À la moue dubitative d'Hemingway, Larrea comprend que les sociologues n'ont pas plus la cote que les journalistes auprès de l'écrivain.

— Vous connaissez la définition de la sociologie par Bergamín ?

Hemingway avale une rasade de vin rouge et secoue la tête en signe de dénégation.

— Une science vague sans domicile connu !

L'écrivain éclate de rire. Puis soudain sérieux, plonge dans ses souvenirs.

— J'ai connu Bergamín pendant la guerre civile. On se voyait à l'hôtel Florida. Malraux était là. Les bombes qui tombaient sur la Gran Vía interrompaient nos discussions.

Un souffle épique passe sur la tablée.

L'hiver est froid dans les Abruzzes, région centrale de l'Italie traversée par la chaîne des Apennins. Dans les villages perdus de montagne, coupés du monde par la neige, la vie est rude. Les loups sortent de leurs tanières pour attaquer le bétail. Les *lupari*, chasseurs de loups, vont de bourg en bourg proposer leurs services. Telle est la toile de fond tissée par le réalisateur Giuseppe De Santis pour *Hommes et Loups*, le film qu'il a décidé de tourner dans cette région austère. Montand a accepté avec entrain la proposition du réalisateur de *Riz amer*. La coloration néoréaliste de ce drame montagnard n'est pas pour lui déplaire. Il est ravi de donner la réplique à Silvana Mangano, dans cette histoire où la mince intrigue amoureuse sert de prétexte pour décrire les difficiles conditions d'existence dans les villages des Abruzzes. En arrivant sur le lieu de tournage, Montand est un peu déçu d'apprendre que la chasse aux loups au cœur du scénario n'existe plus depuis longtemps. Les adeptes du réalisme trichent un peu avec la réalité.

À l'image du réalisateur, ou du scénariste Tonino Guerra, une bonne partie de l'équipe du film est communiste. Chaque soir ou presque, au dîner, la conversation prend un tour politique. Montand participe, avec ce qui lui reste d'italien, à des échanges enflammés. Dans ce village isolé parviennent les échos du séisme qui commence à ébranler le monde communiste.

Dans la nuit du 24 au 25 février 1956, Nikita Khrouchtchev a prononcé un discours à huis clos où il dénonce les crimes de Staline devant les délégués du XXe Congrès assommés par les révélations. Togliatti, le dirigeant du parti italien qui a eu connaissance à Moscou de la teneur du rapport secret, a décidé d'en faire connaître le contenu aux militants communistes de son pays. Les révélations du « rapport Khrouchtchev » suscitent dans le plus puissant parti communiste occidental un véritable tremblement de terre, qui secoue jusqu'aux coins reculés des Abruzzes.

Voilà comment Montand, grâce aux camarades italiens, est rapidement informé de la réalité des crimes commis par « le petit père des peuples ». Peu à peu, il comprend que les méfaits du régime soviétique dénoncés par Albert Camus, David Rousset et *Le Figaro* sont tragiquement vrais. Les critiques et les accusations qui le troublaient en son for intérieur et qu'il refoulait violemment sont bien réelles.

Federico Sánchez est assis sur un banc de pierre de la rue Serrano. À côté de lui, il a posé un paquet enveloppé dans du papier d'emballage. Il allume une cigarette afin de sentir la chaleur intime de la fumée avalée. Cette journée de mars 1956 est fraîche. Federico regarde les passants qui déambulent dans ce quartier chic de Salamanque. Un homme s'approche et se penche vers lui.

— Ça fait longtemps que le trolleybus est passé ?

— Il n'y a plus de trolleybus !

Sánchez se lève, attrape le paquet et se met en mouvement. L'autre le suit. Les deux camarades marchent un moment côte à côte, sans un mot, comme deux promeneurs qui ont tout leur temps. À un carrefour, l'homme prend le paquet des mains de Sánchez.

— Bonne chance !

— Bonne chance !

Il s'éloigne, le colis sous le bras. Sánchez observe la rue, le temps nécessaire pour vérifier que tout est normal. Le paquet anonyme contient des milliers de tracts destinés au milieu universitaire qui reproduisent un texte rédigé par Jorge dans un style « stalino-grandiloquent ».

Le travail clandestin entrepris depuis deux ans porte ses fruits. Semprún a réussi à constituer un réseau d'étudiants, d'intellectuels, d'artistes, d'écrivains ou de cinéastes. La direction du parti communiste mise sur le milieu estudiantin, plaque sensible de la société espagnole. À l'automne précédent, Federico Sánchez a publié dans le journal du parti *Mundo Obrero* un long article qui théorisait le travail des communistes dans les cercles intellectuels. L'université forme un terreau fertile où le clandestin Sánchez plante les petites graines de la contestation. Avec ses grandes capacités de séduction, son talent pédagogique, la force de ses convictions, Semprún parvient à faire surgir une organisation de quelques dizaines, puis quelques centaines de militants, capables de faire bouger les facultés, d'agiter le milieu culturel.

En février, des désordres secouent la vieille université franquiste. Les fils de bonne famille descendent dans la rue. Des étudiants autrefois suffisamment dociles pour aller manifester, le bras levé, en faveur du caudillo, se dressent contre le régime autoritaire et policier. Quelques professeurs, qui ont accédé à l'université après la guerre, partagent cet esprit rebelle.

Le tract écrit par Sánchez, qui circule d'amphithéâtre en salle de cours, est un appel à la grève générale des universités pour les 12 et 13 avril 1956. Ces jours-là, des milliers d'étudiants protestent aux cris de « À bas Franco ». Federico Sánchez peut être fier de lui. Il a réussi à susciter la première véritable contestation du régime issu de la guerre civile.

Au cœur même de Madrid.

À son retour des Abruzzes, Montand retrouve Simone qui, elle, revient du tournage au Mexique de *La Mort en ce jardin* réalisé par Luis Buñuel. Il lui relate les conversations des camarades italiens, leurs doutes, leurs états d'âme. Il cite, de mémoire, ce dialogue, signe d'un immense désarroi, entre deux militants communistes, techniciens sur le plateau d'*Hommes et Loups*.

— Ma vie est foutue ! L'idéal auquel j'ai consacré ma vie est défiguré !

— Nous devons assumer la vérité ! Moi je peux aller sur la place Saint-Pierre et dire au pape : Vous aviez raison.

— C'est ça ! Il faut que nous acceptions comme des vérités ce que nous prenions pour des mensonges de nos adversaires.

— Gramsci l'a dit : seule la vérité est révolutionnaire !

Le parti communiste français n'est pas pressé de reconnaître les abus du « culte de la personnalité ». Jacques Duclos, numéro deux du PCF présent au XXe Congrès à Moscou et parfaitement informé de la teneur du rapport Khrouchtchev, fait acclamer à son retour, par les militants parisiens, le nom de Staline. Lorsque le 6 juin *Le Monde* publie le fameux document, le doute n'est plus permis. La source connue de la fuite est le département d'État américain. Il n'en faut pas plus pour que la direction communiste argue que la main de la CIA est derrière cette manipulation. Pour *L'Humanité*, il s'agit d'un texte « attribué » au camarade Khrouchtchev.

Malgré cette désinformation, Montand ne doute pas de la véracité du document publié par *Le Monde*. Il correspond d'ailleurs à ce qu'il a entendu dans les Abruzzes, en plus fouillé, plus accablant encore. L'ampleur des crimes de Staline l'effare.

À la Roulotte, les discussions se prolongent fort tard, chaque soir. Julien Livi, le frère aîné, apporte à la table du dîner le point de vue orthodoxe. Avec sa femme Elvire et son fils Jean-Louis, il est venu, à la demande de Simone et Montand, s'installer place Dauphine où ils logent dans un petit appartement sous les toits. La famille italienne ainsi reconstituée vit au rythme des engueulades politiques.

Julien Livi est la conscience politique de Montand. Le grand frère, permanent communiste, responsable de la CGT, n'est pas du genre à remettre en cause la ligne de la direction du PCF. Au début, il a contesté la véracité du rapport Khrouchtchev. Puis, avec honnêteté, il l'a étudié crayon en main. Il est sorti de sa lecture désemparé, retourné, convaincu de la réalité des crimes staliniens. Pour Julien comme pour des millions de militants dévoués, apprendre de la bouche du premier des communistes que Staline était un criminel constitue un profond traumatisme, un insupportable désaveu. Quand Julien Livi était prisonnier pendant la guerre en Allemagne, il criait « Staline » avec ses codétenus, pour se donner du cœur au ventre dans les moments de découragement.

À la Roulotte, un soir, il a les larmes aux yeux quand il évoque le moment où, au cours d'un voyage en URSS, il a aperçu Staline de loin, dans sa loge au Bolchoï. Un Dieu vivant, dégringolé du piédestal où l'avait hissé la foi aveugle.

Accablé par le rapport Khrouchtchev, Montand trouve dans l'existence même du document des raisons d'espérer. Si l'héritier de Staline au Kremlin a le courage de s'attaquer à la statue du Commandeur, n'est-ce pas la preuve que le système est capable de s'amender, de se corriger ? Simone en doute. Montand cherche à la convaincre.

— Tu te rends compte, Khrouchtchev, il en a une paire comme ça pour se lancer là-dedans.

Certes de graves erreurs ont été commises, des « manquements à la légalité socialiste », selon l'euphémisme officiel, ont défiguré le paradis. Mais le comédien estime qu'il ne faut pas jeter le bébé avec l'eau rouge du bain. Le communisme, idéal des travailleurs, jeunesse du monde, peut se réformer de l'intérieur. L'utopie révolutionnaire débarrassée de ses scories meurtrières, il veut y croire.

Ils sont des millions comme lui, en Italie, en France, en Espagne.

Le soleil de l'aube teinte la place d'une nuance rosée. Federico Sánchez regarde sans la voir l'eau qui jaillit de la fontaine, les lions de pierre autour de la déesse Cybèle. Il observe l'esplanade déserte à cette heure matinale. Il est au bord du trottoir, devant l'édifice de la Banque d'Espagne, la gitane à la bouche qu'il fume à se brûler les lèvres – vieille habitude prise au camp de tirer sur le mégot de *machorka* jusqu'au bout, au-delà du bout –, encore hébété par la nuit blanche, saoulé par les heures de discussion dans une petite salle enfumée.

Autour de la table recouverte de canettes de bière, de cendriers débordants, de mégots, étaient rassemblés tous les responsables de l'appareil clandestin de Madrid. Quelques jours auparavant, *Le Monde* a publié le rapport Khrouchtchev. Comme dans les autres partis communistes, l'émotion due aux révélations a provoqué une secousse montée des profondeurs. Sánchez a pris le temps d'organiser une réunion clandestine dans de bonnes conditions de sécurité. Devant ces hommes de l'ombre qui risquent leurs vies depuis des années au nom de l'idéal communiste, qui pour les plus anciens ont participé à la guerre civile, Federico Sánchez, sans aucune consigne de la direction en exil à Paris, a pris longuement la parole.

Dans une atmosphère tendue par le sentiment de vivre un moment crucial, il a fait part de son intime conviction. Le document publié par *Le Monde* n'est pas un rapport « attribué au camarade Khrouchtchev ». C'est le rapport du camarade Khrouchtchev. Federico Sánchez dit la vérité, en tout cas une part de la vérité. Il dénonce des crimes réels, des procès truqués, des assassinats de masse commis contre des communistes au nom du communisme. Les échanges se sont prolongés jusqu'à ce que la lumière du jour éclaire les fenêtres masquées par de lourds rideaux sombres. À l'assistance oppressée, Sánchez a imposé son analyse : c'est une force de reconnaître ses faiblesses. Les communistes ont le devoir de s'emparer de cette macabre vérité, y compris si elle remet en cause leur croyance, leur engagement et le sens de leur vie. Les militants doivent en tirer toutes les leçons, même les plus implacables.

Place de Cybèle, Jorge écoute encore un instant le frémissement de l'eau qui jaillit de la fontaine. Après un dernier regard circulaire, il se met en marche vers sa planque. Saisi par la révélation d'une vérité trop longtemps refoulée, il sait que durant cette nuit de printemps, il a pris une décision qui engage l'avenir. Une décision qui marque une vie d'une pierre blanche. Ou rouge.

Raymond Rouleau remet en place le foulard blanc qui encadre la chevelure de Simone Signoret. Le metteur en scène s'énerve d'un faux pli dans le tissu. Dans les studios de l'UEFA à Berlin, Simone Signoret et Montand tournent, à l'été 1956, la version cinématographique des *Sorcières de Salem*. Aussi méticuleux sur un plateau que sur une scène, Rouleau fait répéter ses comédiens. Il dirige de la voix et du geste. « Regarde-moi, respire profondément. » Montand, barbu, les yeux brillants, suit les directives : « Regarde maintenant vers la fenêtre. Tu la vois. Lève le regard. Vas-y. »

Montand avance d'un pas, puis d'un autre. Son visage froid et immobile est illuminé de l'intérieur par une passion brûlante.

— Tu as voulu me voir avant de mourir ?

La voix de Simone est comme un murmure et les larmes inondent son visage.

— Je ne vais pas mourir, John… Je suis enceinte…

— Enceinte, alors oui, tu vivras… Et ça ne te gêne pas de me demander de mourir ? C'est pour cela que tu es venue, n'est-ce pas ?

— Mais je suis venue pour te supplier de vivre…

— Je ne vivrai que si je fais des aveux !

Il lui montre les aveux qu'il vient d'écrire.

— Je suis ta femme et je ne veux pas que tu meures ! Tu es le meilleur des hommes, John… Et c'est pour ça qu'il faut que tu vives…

— Le meilleur… C'est que le genre humain tout entier va passer à la broche…

En cette fin de mois d'août 1956, Federico Sánchez se trouve à Berlin. Plus exactement, au bord d'un petit lac, au milieu des bois dans les environs de la capitale est-allemande. L'école des cadres Edgar-André du parti communiste allemand a été prêtée au parti frère espagnol. Edgar André, Sánchez ne l'ignore pas, était un dirigeant communiste arrêté par la Gestapo et exécuté en 1936. Le premier régiment de la XIe Brigade internationale prit son nom pendant la guerre d'Espagne. Les communistes espagnols présents dans l'école des cadres Edgar-André, vingt ans plus tard, sont-ils sensibles à l'attention ?

Les membres de la direction du parti espagnol sont là pour débattre du bilan de l'année 1956, qui n'est pas achevée et réserve encore quelques surprises de taille. Sánchez prend la parole afin de tirer les leçons des mouvements étudiants du printemps qui n'étaient pas spontanés. « Ils sont le fruit de près d'un an et demi d'activités », se félicite-t-il.

La direction du parti approuve l'orientation « pro-rapport Khrouchtchev » qui a été impulsée par Jorge Semprún dans la réunion nocturne de Madrid. Santiago Carrillo prend acte du XXe Congrès et dénonce les dangers du « culte de la personnalité ». À l'issue de cette réunion de l'aréopage communiste espagnol, Federico Sánchez est élu à la direction suprême, le comité exécutif du PCE. À trente-trois ans, quelle ascension foudroyante ! Le voilà au sommet du parti, aux côtés de Carrillo et de Dolores Ibárruri, la Pasionaria dont la voix a marqué son enfance.

Le dernier soir, une fête est organisée dans les locaux sinistres de l'école des cadres. Les hôtes allemands ne regardent pas à la dépense. On dîne au champagne pour accompagner les mets les plus fins. Puis un orchestre lance la musique. La soirée est ouverte au personnel (essentiellement féminin) de l'école. Federico Sánchez danse avec une jeune femme de ménage, au corps souple et aux yeux bleus. Il lui parle dans un allemand parfait dont elle s'étonne. Federico explique qu'il a eu l'occasion de parler sa langue pendant dix-huit mois à Buchenwald. Elle s'étonne encore plus. Mais à la deuxième danse, elle se serre contre son cavalier et pose sa tête sur son épaule. Jorge s'imagine que son charme castillan exerce ses ravages et ne s'en étonne pas. Il y est habitué. La jeune femme aux yeux bleus murmure à l'oreille de Sánchez qu'elle désire connaître Paris. Ne peut-il pas l'aider à passer à l'Ouest ?

L'orgueil masculin de Jorge en prend un coup. Sa conscience politique se trouble. Les Allemands de l'Est ne pensent-ils qu'à fuir ?

16

Les chars soviétiques avancent dans une avenue de Budapest. Les blindés tirent au canon sur des insurgés cachés derrière des barricades ou réfugiés dans des immeubles dont les façades sont criblées d'impacts de balles. La chaussée défoncée est jonchée de débris, de pavés, de carcasses de voitures carbonisées, de corps disloqués.

Dans un bistro parisien, le poste de télévision allumé retransmet des images de la répression de l'insurrection hongroise. Assis au comptoir, Montand, Simone et Gérard Philipe, hébétés, regardent sans un mot les blindés marqués de l'étoile rouge qui massacrent les ouvriers hongrois. À quelques pas, dans les studios Francœur, le couple vedette achève de tourner les dernières séquences d'intérieur des *Sorcières de Salem.* Ils ont donné rendez-vous pour déjeuner à Gérard Philipe qui, lui, réalise sur un plateau voisin *Till l'espiègle.*

Simone chuchote à mi-voix.

— On ne peut pas dire que c'est un petit soulèvement. C'est une véritable guerre civile.

— C'est une véritable révolution, corrige Gérard Philipe.

Depuis une dizaine de jours, la fièvre révolutionnaire s'est emparée de Budapest. Les démocraties qu'on appelle « populaires » sont touchées par l'onde de choc du rapport Khrouchtchev. La mobilisation du peuple a imposé en Pologne une certaine libéralisation du régime et la mise à l'écart des vieux staliniens. En Hongrie, les étudiants et les intellectuels descendent dans la rue à la fin du mois d'octobre. Ils réclament l'évacuation des troupes soviétiques présentes depuis 1945, des élections générales et libres, la liberté de la presse. La statue de Staline, haute de sept mètres, est sciée à la base au chalumeau par des ouvriers métallurgistes. Les manifestants investissent le siège de la radio qui est incendié.

En quelques jours, la révolte se transforme en insurrection contre le pouvoir communiste. Des membres de la police politique, coupable des pires exactions, sont exécutés. Les dirigeants du Kremlin, qui ne veulent pas laisser se creuser la moindre fissure dans leur glacis européen, décident d'écraser le mouvement. Les chars entrent dans la ville et ouvrent le feu sur tout ce qui bouge. Les ouvriers insurgés combattent pour l'honneur. Les victimes se comptent par milliers. Les images de la bataille de rue provoquent une émotion considérable dans les pays occidentaux. L'opinion prend fait et cause pour les Hongrois mitraillés. Le parti communiste, fidèle à Moscou, approuve l'intervention de l'Armée rouge.

Dans le bistro de la rue Francœur, les compagnons de route sont désemparés et désespérés. Montand et Signoret regardent les immeubles éventrés, la canonnade des blindés, les francs-tireurs insurgés qui courent sous les balles avant d'être fauchés. Gérard Philipe ne dit rien, silencieux, accablé. Il se tourne vers Montand.

— Quand dois-tu partir pour ta tournée à Moscou ?

— Dans quelques jours en principe. Je ne sais pas quoi faire. Cela fait des mois que j'ai signé pour cette tournée. Mais je ne veux pas cautionner cette saloperie.

Soudain, Gérard Philipe attrape Montand et Simone par le cou et feint de les étrangler tout en leur susurrant doucement à l'oreille : « Vous allez être heureux en URSS, heureux comme ça. » D'un coup, il frappe leurs crânes l'un contre l'autre.

— Gérard a raison, tu ne peux pas aller chanter à Moscou alors que Budapest agonise. Ce n'est pas possible…

— Je suis paumé. Complètement paumé !

Gérard Philipe, meurtri depuis longtemps dans ses convictions, entreprend de raconter à Montand et Simone la tournée qu'il a effectuée avec le TNP en Pologne l'année précédente. Il relate ce qu'il a vu, la misère de la population, la présence policière, les erreurs de la direction communiste. Il parle sans colère, avec infiniment de tristesse. Montand ne doute pas de la véracité des faits rapportés par Gérard Philipe, qui incarne à ses yeux l'honnêteté même. Les deux hommes se connaissent bien. Ils se sont retrouvés plus d'une fois sur les estrades du Mouvement de la Paix, Montand chantant, Philipe récitant des textes. Les deux couples se fréquentent, se voient lorsque la vie professionnelle le permet.

Montand écoute son ami. Il entend la litanie des plaies du communisme et en même temps, il n'arrive pas à les accepter comme autant de vérités. Il assimile toujours le parti communiste à la classe ouvrière. Il a le sentiment confus qu'accepter le discours critique de Gérard Philipe, c'est nier ses origines, c'est rejeter le milieu d'où il vient, c'est condamner son père.

Plus il écoute Gérard Philipe, plus il doute, plus il s'enferme dans ses certitudes de croyant. Montand est déchiré entre une vérité qu'il refuse et l'attachement indéfectible à son père, à la « famille ».

— Je pourrais raconter toute ma vie à partir du Prado. Le temps de l'enfance dans les années trente, l'époque de la clandestinité dans les années cinquante, les années quatre-vingt quand je suis ministre de la Culture.

Nous déambulons à travers les salles du musée et des siècles de peinture. Jorge, comme un guide, commente chaque toile, analyse les œuvres de Goya, de Rubens, du Greco. Nous nous arrêtons devant le tableau des fusillés du *3 mai 1808* où Goya a peint l'exécution de quarante-trois Espagnols par les soldats de Napoléon. Nous regardons en silence le visage de ces hommes qui vont mourir, éclairés de biais par la lumière jaune de la lanterne, allégorie poignante de toutes les victimes broyées par le rouleau compresseur de l'histoire. À cet instant, la conversation, purement picturale jusque-là, prend un nouveau cours et s'oriente par une analogie naturelle vers les massacres du XXe siècle. Les crimes de Staline, les procès truqués de Moscou, l'horreur gigantesque du Goulag ont fait irruption dans les longues salles aseptisées du Prado. Nous regardons encore les tableaux mais Jorge a cessé de les commenter. Une fois encore, nous plongeons dans les sinuosités d'un parcours secoué par les tremblements du siècle.

— Pourquoi le rapport Khrouchtchev n'a pas été pour toi l'occasion d'une rupture avec l'engagement communiste ?

— Si j'avais été français, 56 aurait été la date de rupture. Je suis resté communiste à cause de la lutte clandestine que je menais ici en Espagne.

Elle avait un sens, elle était utile, j'avais le sentiment que nous avancions, bref, que ce combat n'était pas douteux. Cela n'excluait pas les interrogations, les incertitudes. À partir du XXe Congrès, j'ai réprimé en moi des remises en cause, des critiques sur la société soviétique et la stratégie de l'URSS. J'ai eu des introspections fondamentales sur le but final, sur l'idéal que nous poursuivions. Avec le procès Slansky et les aveux de mon camarade Josef Frank, une première goutte d'acide, aussitôt refoulée, avait perforé le coffre-fort de mes certitudes. Lorsque j'ai lu le rapport Khrouchtchev dans *Le Monde*, j'ai su que tout était vrai et je l'ai dit dans une réunion clandestine des cadres communistes de Madrid. J'ai assumé la réalité révélée par le XXe Congrès.

Mais n'oublie pas qu'à cette époque, j'étais encore englué dans l'idée que si le système avait été dévoyé par Staline, trahi dans une certaine mesure, il pouvait être amendé. Je croyais encore qu'il était possible de corriger les erreurs, de revenir aux sources de l'utopie. Il m'a fallu bien du temps pour rompre avec cette illusion, pour comprendre que la machine n'avait pas dérapé, que c'était le cœur du système lui-même qui était gangrené. J'ai perdu beaucoup d'années parce que j'étais engagé dans la lutte clandestine. Le jour où j'ai constaté que la lutte en Espagne n'était plus efficace, la rupture est devenue inévitable.

Nous sommes parvenus dans la salle 12 du Prado devant *Les Ménines*, la célèbre toile de Vélasquez. En quelques mots, Jorge Semprún explique l'énigme fascinante du tableau où Diego Vélasquez se représente lui-même en train de travailler à une œuvre qu'on ne voit pas. Le peintre, le pinceau à la main, porte son regard en ce lieu même où nous, spectateurs, nous sommes. À cet endroit, se trouvent également les modèles invisibles qui posent pour le peintre. On les aperçoit dans un miroir à l'arrière-plan qui réfléchit les images de la reine et du roi.

— Quand j'étais clandestin j'ai passé des dizaines d'heures devant cette toile à réfléchir à son énigme, à comprendre la signification de ce jeu de miroir infini. Mais je joignais l'utile au plaisir. Entre deux rendez-vous, pour faire une pause, pour tuer le temps, le Prado était un refuge pour moi. Sans doute, dans cet éternel retour, les souvenirs d'enfance, des visites le dimanche guidées par mon père contribuaient à cette aimantation. Le musée en ces années de franquisme était désert. Dans ces immenses salles vides, il était facile de repérer d'éventuelles filatures. Certaines salles étaient de bons postes d'observation. *Les Ménines* ne se trouvaient pas dans cette pièce assez vaste où nous sommes. À l'époque, le tableau de Vélasquez était exposé dans une salle qui lui était réservée. Il trônait seul, isolé, afin qu'on l'admire davantage. Une énorme glace était accrochée juste à droite de la toile. Une manière sans doute, dans l'esprit du conservateur qui en avait eu l'idée, de prolonger le jeu de miroir du tableau lui-même. Cette glace présentait pour moi un autre avantage. Elle me permettait de surveiller mes arrières, de repérer toute présence suspecte. Voilà pourquoi *Les Ménines* ont été d'une certaine manière le centre de ma vie de clandestin.

Je dirais même la métaphore d'une vie en trompe l'œil.

Étonné, il regarde la grande salle du théâtre Tchaïkovski qu'il ne semble pas reconnaître. Il demande au guide qui nous accompagne si elle a toujours été dans cet état. Elle n'a pas changé. Un orchestre répète sur l'immense scène en demi-lune où en 1956, trente-quatre ans plus tôt, Montand a chanté devant des parterres de Moscovites enthousiastes. Du menton, il m'indique sur le côté gauche quand on est face à la scène une loge, dissimulée aux regards.

— Ils étaient là. J'ai repéré Khrouchtchev et les autres quand j'ai interprété *Une demoiselle sur une balançoire* qui m'obligeait à lever haut la tête d'un côté, puis de l'autre. À chaque fois que je regardais à droite, je les voyais un peu en retrait. À la fin, ils se sont levés pour applaudir.

Après le spectacle, alors que le chanteur, encore en peignoir, s'éponge la figure avec une serviette, on frappe à la porte de sa loge. Simone ouvre.

— Les camarades du Politburo souhaiteraient vous voir.

— Très bien, dites-leur de venir dans ma loge…

— Un souper a été préparé, les camarades ne veulent pas vous déranger. Ils attendront le temps nécessaire.

À la suite de notre guide, nous empruntons des couloirs obscurs. Montand veut absolument retrouver le lieu où s'est déroulé le dîner avec Khrouchtchev et ses acolytes. On ouvre des portes, on traverse des salles désertes, peintes en jaune d'œuf. Il secoue la tête. Il ne s'y retrouve pas. Soudain, il s'immobilise à l'entrée d'une pièce. Son regard fait le tour de l'endroit.

— C'est là.

Il hoche la tête, le doigt posé sur la bouche, comme s'il demandait le silence. Au milieu de la salle, une table recouverte d'une nappe jaune, quelques chaises. Montand s'approche. Il pose sa main, les doigts écartés, sur un des côtés.

— Khrouchtchev était là, Molotov là, puis – il hésite un instant – Boulganine, Mikoïan.

Il amorce un mouvement autour de la table en désignant les places de chacun :

— Moi, Simone, Malenkov, Nadia l'interprète. Au milieu un cochon de lait rôti, des tonnes de victuailles, de viandes, de charcuterie, une montagne de caviar, du vin, du cognac.

Khrouchtchev s'avance vers le couple, baise cérémonieusement la main de Simone, serre vigoureusement celle de Montand.

— Alors comment va Giovanni ?

— Tu te rends compte, Khrouchtchev qui demande des nouvelles de mon père. Il s'était renseigné, le mec. Et puis ça a démarré tout de suite. Mikoïan a attaqué sur Budapest.

— Alors, Monsieur Montand, les fascistes vous ont finalement laissé partir ?!

— Ce ne sont pas les fascistes qui m'empêchaient de partir, c'est ce qui s'est passé à Budapest. Ça n'est pas facile de venir chez vous, en ce moment, vous savez ?!

Nadia, l'interprète, traduit, à toute vitesse, malgré la peur qui se lit dans ses yeux.

Plus tard, ce jour même de la visite au théâtre Tchaïkovski, elle nous a invités chez elle, dans un de ces appartements fonctionnels construits dans les HLM améliorées réservées à la basse nomenklatura.

Nadia parle un français parfait, avec juste ce qu'il faut d'un charmant accent russe. En 1956, elle n'avait pas quitté Montand et Simone d'une semelle. Le chanteur est heureux de la retrouver, tant d'années après. Au cours du déjeuner dans la petite salle à manger chargée de bibelots et de souvenirs, Montand et Nadia évoquent les grands moments du voyage d'autrefois. L'épisode du dîner avec Khrouchtchev et les membres du Politburo reste le souvenir le plus saillant de l'interprète. Trente-quatre ans plus tard, elle reconnaît qu'elle a eu ce soir-là, au théâtre Tchaïkovski, la peur de sa vie, hésitant parfois à traduire les propos de Montand tant elle les trouvait rudes. Elle en sourit aujourd'hui, mais à l'époque, pendant des nuits, elle a tremblé en attendant l'aube. C'est surtout Molotov qui lui fichait la frousse avec ses yeux fixes, inquiétants, qui ne lâchaient pas Khrouchtchev une seconde.

D'un geste affectueux, Montand lui prend la main et la serre avec chaleur. Il ne se rendait pas compte qu'avec le cochon rôti, il faisait avaler aux dirigeants communistes d'énormes couleuvres.

Molotov a le regard figé derrière ses lorgnons. Khrouchtchev plaisante :

— Les Hongrois, on les a remis au pas, on a rétabli l'ordre, et on leur enverra autant de conseillers que nécessaire !

Simone Signoret, à son tour, intervient d'une voix douce.

— Comment vous avez pu faire ça ? L'intervention de l'Armée rouge à Budapest, c'est incompréhensible pour nous !

— Il n'y a donc pas que les fascistes pour être contre l'intervention ?

Simone, sans se départir de son calme :

— Non, Monsieur Khrouchtchev, les communistes aussi ont été troublés, comme notre ami Claude Roy. Et les compagnons de route, comme vous dites : Vercors, Gérard Philipe. Eux aussi ont été bouleversés de voir les chars qui avaient vaincu Hitler, écraser les ouvriers hongrois.

— Ils ne comprennent pas qu'à Budapest, nous avons sauvé le socialisme de la contre-révolution.

Montand sourit en relatant ce dîner incroyable au cours duquel deux artistes français ont tenu la dragée haute aux dignitaires du Kremlin. Il hoche la tête, plongé dans ses souvenirs qu'il restitue sans hésitation. Il joue chaque personnage à tour de rôle, comme si c'était une pièce de théâtre. Il imite Khrouchtchev, roule des yeux, prend un accent russe. Il mime le mutisme de la momie Molotov, qui fut dans la garde rapprochée de Staline et qui a vu défiler dans ses lorgnons de maître d'école les noirceurs du siècle rouge.

— Mais Tito aussi, vous l'avez pris autrefois pour un contre-révolutionnaire et un traître.

— C'est une erreur du passé.

— Il n'y a donc pas d'erreur possible du présent ?

— Monsieur Montand. Pour comprendre ce qui s'est passé en Hongrie, il faut remonter à Staline. Il a liquidé des millions de personnes. Toute la vieille garde bolchevique a été éliminée dans des procès truqués où les aveux étaient extorqués par la violence. Vous savez, Monsieur Montand, ça n'a pas été facile pour moi de faire mon rapport devant le XXe Congrès, de reconnaître tous les manquements à la démocratie socialiste. Nous avons vécu sous la terreur ici.

Khrouchtchev ponctue ses propos en martelant la table à coups de poing. Les coupelles de caviar vibrent. Les autres membres du Politburo hochent la tête en cadence. Montand et Simone sont effrayés par les propos que traduit Nadia d'une voix blanche, elle aussi assommée par ce qu'elle entend. Le couple vedette ne quitte pas des yeux Khrouchtchev. Celui-ci s'interrompt.

— Pourquoi me regardez-vous comme cela ? Vous vous demandez : et vous, Monsieur Khrouchtchev, qu'est-ce que vous faisiez durant cette période ? Rien, je ne faisais rien. Pourquoi ? Parce que j'avais peur, Monsieur Montand. Quand j'allais voir Staline, je ne savais pas si je ressortirais vivant de sa datcha.

— Vous savez, Monsieur Khrouchtchev, il ne faudrait pas considérer ma présence en URSS comme une caution envers la répression que subit la Hongrie, même si, en France, ma décision a été interprétée de cette manière.

— Merci de votre franchise. Décidément, mes amis, vous êtes trop sentimentaux.

— Si nous venons chez vous, c'est effectivement pour des raisons sentimentales. Si, dans les pays occidentaux, des gens comme nous, qui vivons confortablement, se tournent vers le communisme, c'est bien pour des raisons sentimentales. Je viens de La Cabucelle, un quartier pauvre de Marseille, et pourtant je n'ai pas à me plaindre de la vie à l'Ouest. J'ai tout ce qu'il me faut, je possède une belle maison à la campagne, je chante ce que je veux. Notre sympathie pour le communisme vient des mouvements du cœur dans lesquels n'entre aucun intérêt personnel.

Les heures ont passé. Khrouchtchev brandit son verre de cognac arménien et porte un toast :

— J'ai eu beaucoup de plaisir à parler avec vous, à affronter des points de vue différents dans un cadre aussi amical.

Montand se lève pour répondre.

— Je ne suis pas un spécialiste des toasts. Je veux simplement vous remercier de nous avoir permis, à ma femme et à moi, de dire des choses que nous n'aurions jamais dites en public. J'ai hésité à venir en

URSS, mais je suis sûr, maintenant, d'avoir eu raison, car j'ai eu le privilège de pouvoir parler librement avec vous. Je n'ai pas été entièrement convaincu par vos arguments. J'espère que les nôtres vous ont appris quelque chose. Merci d'être venus m'écouter chanter. Je lève mon verre au peuple soviétique et à la paix.

Montand est assis à la place qu'occupait Mikoïan trente-quatre ans plus tôt. Il se dresse, feint de brandir un verre inexistant.

— Mikoïan s'est levé et il a dit : « À la Pravda. » Simone s'est levée à son tour et a dit : « À la Pravda, Pravda la vraie ! Pas le journal. » Ils se sont marrés poliment. La blague était aussi vieille que la révolution d'Octobre.

Montand regarde la table en silence, comme s'il était encore face à Khrouchtchev.

— C'était une grande soirée, une belle soirée. On a pu dire ce qu'on pensait vraiment sans nous censurer. Et Khrouchtchev a raconté toutes ces horreurs devant ses collègues du Politburo. Ça veut dire qu'il les mouillait aussi. Nous avons eu notre petit XXe Congrès pour nous. À lui seul, ce dîner justifiait le voyage !

Montand quitte la pièce. De nouveau, des couloirs longs comme des coursives de transatlantique, une enfilade de salles petites ou grandes et nous nous retrouvons derrière l'immense scène. L'orchestre répète toujours. Montand écoute, l'air attendri, tout en contemplant l'auditoire, les trois mille cinq cents places qui grimpent jusqu'au plafond. Se revoit-il sur cette même scène, sautillant en chantant les « Grands Boulevards » ? Il semble se recueillir, immergé dans les souvenirs. Puis, le couvercle de la mémoire se referme. Il est de nouveau là, à Moscou en juin 1990.

— À mon retour d'URSS, je reprends possession de moi-même. J'ai perdu mes certitudes. Je garde mes convictions. Je continue d'espérer. Je ne crois plus.

17

Semprún lève la tête vers la magnifique verrière en rotonde de l'hôtel Palace qui surplombe le bar où nous avons pris place en cette soirée de l'automne 1995. Il venait là, quarante ans plus tôt, communiste et clandestin, fidèle à sa conduite de dandy révolutionnaire. Ce n'est pas dans ces lieux huppés fréquentés par la haute bourgeoisie madrilène, soutien de Franco, qu'on s'aviserait de chercher le responsable du centre clandestin qui coordonne l'activité communiste, un homme poursuivi par toutes les polices du caudillo. Je tente de l'imaginer à partir de quelques photos prises à cette époque, installé sous la coupole de verre qui laisse tomber la lumière sur la chevelure brune, abondante, soigneusement brossée en arrière, les yeux noirs, vifs, surveillant l'air de rien les alentours, par exemple, ce type en costume gris là-bas assis au bar devant un cognac, ou celui-là qui tient un journal qu'il ne lit pas. Les murs sont recouverts d'élégantes boiseries, les fauteuils confortables revêtus d'un beau tissu à rayures dans les tons verts, plus britanniques qu'ibériques. L'ensemble de bon goût fleure le pub anglais.

Caméléon, Federico Sánchez possède le talent de se fondre dans le paysage, d'être à sa place au milieu de ceux qu'il combat. Le Semprún de l'ombre est dans la lumière un comédien qui joue le jeu. Double je.

— Je fréquentais le bar du Palace à la fin des années cinquante. Souvent je venais avec Domingo Dominguín qui, sans être aussi célèbre que son frère Luis Miguel, bénéficiait d'une grande sympathie. Il serrait des mains, saluait tout le monde. Il était une attraction. Parfois on retrouvait au bar une autre attraction, le vieil Hemingway barbu, assis devant un verre de rhum, les yeux tristes, où déjà la mort rôdait. Pour lui, j'étais toujours Larrea, un sociologue. C'est comme cela qu'il me présentait aux curieux qui venaient le saluer, en ajoutant la définition de Bergamín que je lui avais donnée, à notre première rencontre : « La sociologie, une science vague, sans domicile connu. » Il en riait.

Un jour, au bar du Palace, un individu s'approche de la table où sont installés les trois hommes. Domingo présente Semprún sous son nom d'emprunt, Larrea. L'homme salue, échange quelques mots avec Hemingway et s'éloigne. Domingo révèle au clandestin que l'homme est un commissaire de police, par ailleurs amateur de corridas. « Larrea » et Domingo échangent un regard complice, amusé, qui n'échappe pas à Hemingway. L'écrivain qui doute de l'identité de ce sociologue devine-t-il la vraie nature de Jorge ? Sent-il, caché derrière l'apparence de l'universitaire, un personnage de roman intrigant qui titille son imagination ? Hemingway choisit ce moment pour raconter une anecdote qui prend sens à la lueur de ce qu'il croit comprendre de la véritable occupation de Larrea.

La première fois qu'Hemingway est revenu en Espagne, le policier à la frontière regarde le passeport d'Hemingway et lui glisse, souriant : « Vous vous appelez comme cet Américain qui était avec les rouges pendant la guerre. » Hemingway récupère son passeport et répond impassible : « Je m'appelle comme cet Américain qui était avec les rouges parce que je suis cet Américain qui était avec les rouges. » Domingo et Larrea éclatent de rire. L'écrivain ne rit pas. Il regarde Jorge et ce dernier croit discerner un léger battement de paupière, un clin d'œil complice.

— Vous êtes retourné au Gaylord's ?

Hemingway lui lance un regard aigu, interrogateur et secoue la tête négativement. Pendant la guerre civile, il fréquentait le bar de l'hôtel Gaylord's qu'il a dépeint dans *Pour qui sonne le glas.* Avec le Florida, sur la Gran Vía, c'était un lieu de rencontre où se croisaient officiers républicains, correspondants de guerre, agents soviétiques.

— Je ne pouvais pas lui dire que j'avais passé mon enfance à deux pas du Gaylord's qui s'élevait au 3 de la rue Alfonso XI à côté de l'appartement de mes parents. Clandestinité oblige.

— Tu as eu l'impression qu'il avait deviné qui tu étais ?

— Je ne sais pas. S'il se doutait que j'étais un rouge espagnol clandestin, cette histoire de passeport à la frontière était le moyen de m'envoyer un signal. Dire « j'étais avec les rouges » c'était chercher une connivence avec moi.

Mais j'ai peut-être rêvé. J'ai cru voir un clin d'œil là où il n'y avait qu'un banal battement de paupière. Cette scène s'est-elle passée ce jour-là au Palace ? Ou bien lors d'une autre rencontre au restaurant El Callejon ? L'ai-je imaginée, reconstituée à partir de divers échanges antérieurs ? N'est-ce pas le rôle du romancier d'inventer le réel ?

Jorge, qui aime tant jongler avec les noms, les pseudonymes, les faux papiers, badine avec sa mémoire, pourtant toujours fidèle. Il s'amuse à brouiller les pistes. Il feint de confondre des instants différents qui sont pourtant parfaitement classés dans le coffre de ses souvenirs. Il joue avec les pages de sa vie, comme si elle était un roman dont il voudrait garder la clé.

Dans le bar du Palace, plusieurs vies après, Semprún regarde vers une table en coin comme si le fantôme d'Hemingway y était assis, sirotant son brandy. Il lève la tête vers la magnifique verrière de l'hôtel Palace.

— Cela n'a pas bougé. Tout est immuable et pourtant tout change.

Par les baies vitrées, la vue plonge sur le pont qui enjambe l'East River au niveau de la 59e Rue. Au sommet de l'immeuble en belles pierres blanches du 444 East 57th Street, tout près de Sutton Place, l'appartement qu'occupent Arthur Miller et Marilyn Monroe, à Manhattan, bénéficie d'un splendide panorama. Dans la vaste salle à manger lumineuse, les murs entièrement blancs sont agrémentés de quelques marines de Braque. Autour de la table, le dramaturge et la star reçoivent à dîner Simone Signoret et Montand. En cet automne 1959, le chanteur présente un show à Broadway, qui remporte un phénoménal succès. La presse new-yorkaise ne tarit pas d'éloges sur le *latin lover* qui a conquis l'Amérique en vingt-trois chansons. Le soir de la première, devant un parterre d'étoiles, Marilyn a susurré au chanteur : « Vous êtes formidable, vous chantez avec votre corps. »

La cuisinière apporte un plat de pâtes pour faire honneur à Montand qui apprécie le geste.

— On va voir si elles sont aussi bonnes que celles de la mamma !

— Tu es né en Italie ?

Arthur Miller parle d'une voix douce en détachant ses mots afin que Montand, dont l'anglais est rudimentaire, comprenne. Montand baragouine, aidé par Simone qui complète ou corrige.

— Dans un petit village de Toscane. Mon père était communiste. Il a été obligé de fuir le fascisme et il est parti pour la France à pied. Il est arrivé à Marseille. Il voulait émigrer aux États-Unis. Mais le consulat américain ne lui a pas donné de visa. Il est resté à Marseille et ma mère l'a rejoint avec les trois enfants. C'est pour ça que je ne suis pas devenu Sinatra !

Miller a un petit sourire. Marilyn éclate de rire.

— On l'a échappé belle ! Un seul suffit !

Montand goûte les pâtes. Il lève le pouce.

— Wonderful !

Les convives tournent les spaghettis autour de la fourchette en silence. Court moment de dégustation qu'Arthur Miller interrompt.

— J'aurais bien aimé vous voir à Paris sur scène tous les deux dans *Les Sorcières.* On m'a dit que vous étiez formidables.

— C'est ta pièce qui était formidable, répond

Simone. Si je me souviens bien, tu as été empêché de venir.

— Le département d'État m'interdisait de quitter le pays. Je n'avais pas de passeport. Plus tard, j'ai été convoqué par la commission des activités antiaméricaines. Le président de la commission avait une pile comme ça devant lui et il s'est mis à énumérer toutes les pétitions que j'avais signées depuis vingt ans.

— Cela a dû te faire rire ?

— Non, j'étais triste. Tout cela avait été inutile. La commission voulait absolument que j'avoue des penchants pour le communisme que j'avais abandonnés depuis longtemps. Je considère les communistes américains comme une secte qui aurait pu prêcher en haut de l'Himalaya tant ils ont peu de chose à voir avec la réalité de ce pays.

— Pourtant, le FBI les a pourchassés ?

— C'était une sale époque. Il fallait se montrer solidaire de gens qu'on désavouait. C'était une question de morale. Ils voulaient que je leur donne des noms de rouges. Évidemment, j'ai refusé. J'ai subi des pressions terribles. Et là, Marilyn a été formidable.

Il se tourne vers sa femme, lui prend la main et l'embrasse.

— Quand je suis passé devant la commission, on venait de se marier. Marilyn était poursuivie jour et nuit par une meute de journalistes. Elle m'a soutenu tout le temps. Même quand le patron de la Fox l'a menacée de ruiner sa carrière. Elle a été sublime. Elle lui a répondu : « Détruisez-moi, nous irons au Danemark. » C'était la fin du maccarthysme. Cinq ans plus tôt, j'allais en prison. Aujourd'hui c'est la détente. Vous avez vu que Khrouchtchev est venu ici en voyage officiel le mois dernier.

— Nous l'avons rencontré à Moscou il y a trois ans quand Montand chantait là-bas. Il est venu un soir au théâtre avec d'autres dignitaires du Kremlin. On a passé toute la nuit à discuter avec lui.

Montand en roulant les « r » et les yeux imite Khrouchtchev. « C'était incroyable, incroyable ! » Même Miller, toujours sérieux comme un *clergyman*, se déride.

— Un grand comédien et je m'y connais, ajoute Simone. Pendant des heures, il nous a débité les crimes de Staline, les procès de Moscou, les déportations, les exécutions. On y a perdu nos dernières illusions sur l'avenir radieux.

— C'est vrai ! reprend Montand. Ce voyage m'a ouvert les yeux. Cela a été difficile pour moi de quitter la famille. Je suis né là-dedans. Mon père et mon frère sont communistes. Le fascisme en Italie, la misère à Marseille, la fraternité des combats, il faut du temps pour s'en sortir, pour comprendre.

Arthur Miller approuve en hochant la tête. La connivence s'établit autour de la table, profonde, bâtie sur un parcours commun, nourrie de rêves déçus, de chimères envolées, de mirages dissipés.

— Moi, j'ai suivi un peu le même chemin, reprend Miller. J'ai cru à une époque, quand j'avais vingt ans, que l'espoir de l'humanité était dans le communisme. C'était une certitude morale. Pour se dresser contre le fascisme, il fallait être rouge. Foutaises. J'ai vu la réalité en voyageant dans ces pays communistes. J'en suis revenu désespéré. Là-bas, l'individu n'existe pas.

— C'est pour cela que je ne chante plus sur scène « C'est à l'aube ».

Marilyn, restée silencieuse jusque-là, interroge :

— *C'est à l'aube* ? Qu'est-ce que c'est ?

Montand se lève et fredonne en regardant Marilyn dans les yeux.

C'est à l'aube
Que se meurent les amours
Que l'on renie les « toujours »
Quand va se lever le jour

À l'entrée de la rue Concepción Bahamonde, la silhouette s'immobilise dans l'obscurité. Semprún observe un moment les portes cochères, à la recherche d'ombres suspectes. De chaque côté de la chaussée étroite, bordée d'arbres qui peuvent être autant de cachettes, s'élèvent des maisons à trois étages dont les façades sont ornées de balcons en fer forgé. Il lance un dernier regard derrière lui en direction du garage de la Marine, vers la rue du Marqués de Mondéjar. Rien de suspect.

Chaque soir, le retour de Federico Sánchez dans sa planque s'apparente à un rituel de sécurité. Il descend toujours à une station de métro éloignée de son domicile et parcourt le reste du chemin à pied, au rythme d'un flâneur qui a le temps d'observer les vitrines et surtout les reflets dans les vitres. Federico Sánchez est d'une prudence extrême, un perfectionniste de la clandestinité. Ce soir, il a longé les arènes de Ventas, les plus grandes d'Europe, pris un café au comptoir d'un bistro de la calle Pedro de Heredia, le temps de vérifier ses arrières.

Il s'avance vers le numéro 5, l'œil aux aguets, les oreilles en alerte. Il s'assure que le veilleur de nuit ne traîne pas dans l'entrée. Depuis qu'il habite là, il s'est toujours efforcé de ne pas croiser le gardien afin que ce dernier ne puisse le décrire physiquement. Il s'engouffre dans l'immeuble et grimpe au premier étage.

Après six années de vie clandestine au cours desquelles Semprún, flanqué de ses nombreux pseudonymes, s'est débrouillé pour se loger, allant de pension de famille en chambre chez l'habitant ou dormant dans des appartements d'amis sûrs, la direction du parti communiste espagnol a décidé d'acheter un appartement. Le 5 de la rue Concepción Bahamonde a d'abord abrité un autre dirigeant communiste, Simón Sánchez Montero. Mais ce dernier a croisé dans l'escalier une vague cousine qui s'est étonnée de sa présence. Montero a déménagé illico et Federico Sánchez a hérité de la planque, au début de 1959.

Au mois de juin, Simón Sánchez Montero est arrêté. Montero connaît l'appartement de la rue Concepción Bahamonde. Pourtant Jorge ne change rien à ses habitudes. Convaincu que son camarade aux mains de la police ne parlera pas, il rentre dormir dans sa planque. Le prix de la confiance est vingt ans de prison.

Dix années plus tard, après bien des événements qui auront amené Sánchez à redevenir Semprún, il croise Simón Montero dans Madrid. La première question que ce dernier lui pose est : « Où as-tu dormi la nuit de mon arrestation ? » Écoutant la réponse de Jorge, Simón hoche la tête : « J'ai pensé que c'est ce que tu ferais. Cela me donnait des forces de penser que tu étais rentré chez toi. »

Sánchez pénètre dans l'appartement. Un couloir, qui donne à gauche, côté rue, sur une petite salle à manger, puis le royaume du clandestin, deux pièces exiguës, l'une qui sert de bureau avec un table et une chaise, une machine à écrire, et la chambre avec son lit en fer, une armoire. C'est spartiate.

L'appartement a été acheté légalement par un couple de militants communistes, Manolo et Maria Azaustre qui servent de prête-noms. Officiellement, pour respecter les normes de sécurité, ils sous-louent deux pièces à un doctorant de sociologie du nom de Rafael Bustamonte. Les Azaustre qui occupent la chambre sur cour ignorent la véritable identité du dirigeant communiste qu'ils hébergent. Leur seul travail militant, leur seule mission est d'assurer la « propriété » de l'appartement.

Jorge pénètre dans la salle à manger. Maria a laissé sur la table un repas froid, un reste de pastilla, du jambon. Semprún est soudain saisi par l'émotion devant la traduction en petits gestes de la vie quotidienne du dévouement sans bornes, de l'abnégation militante. Ces signes de la fraternité communiste le touchent au cœur, l'amarrent à la « famille ».

Le RKO Pantages Theatre sur Hollywood Boulevard accueille le 4 avril 1960 la 32e cérémonie des Oscars. Dans la salle en style art déco, le Tout-Hollywood en robes noires et smokings sombres salue le triomphe de *Ben Hur* qui reçoit dix statuettes. Fred Astaire derrière le pupitre joue les maîtres de cérémonie. Simone Signoret, assise dans les premiers rangs, concourt pour l'Oscar de la meilleure comédienne, parmi d'autres nominées prestigieuses, Doris Day, Elizabeth Taylor et les deux Hepburn, Katharine et

Audrey. Elle estime ses chances proches de zéro, mais savoure d'avoir été élue dans le dernier carré. Dans quelques instants, pour égayer la soirée, son mari va interpréter deux chansons. Elle sait que pour l'ancien gamin marseillais, être appelé sur scène par son idole de toujours représente encore plus qu'un Oscar : l'aboutissement d'un rêve d'enfant.

Montand depuis les coulisses regarde Fred Astaire, bien droit dans son habit à queue-de-pie, qui fait office de Monsieur Loyal. Montand porte le même habit noir sur la chemise à plastron blanche. La chanson qu'il va interpréter, « Un garçon chantait », histoire d'un cinglé de music-hall qui rêve d'être Fred Astaire, est une mise en abyme en forme d'hommage.

Pétrifié par cet éternel trac qui ne le quitte jamais, le chanteur ressent une violente bouffée de Cabucelle, le parfum insistant de ces soirées passées devant la glace à imiter son modèle.

— I have the great honor, the great pleasure to present to you a French singer called Monsieur Yves Monntaind…

Montand apparaît. Simone hurle de joie. La salle applaudit à tout rompre. Quelques mois plus tôt, après un triomphe sur scène à Broadway, l'artiste a été l'invité de la plus célèbre et la plus regardée des émissions de variétés américaines, le « Dinah Shore Show », qui l'a fait connaître à cinquante millions d'Américains. Il s'avance vers Fred Astaire debout derrière son pupitre. Le sketch soigneusement répété figure une audition. Montand s'adresse à l'examinateur dans un français timide.

— Monsieur le directeur…

— Allez-y mon ami !

— Merci, Monsieur le directeur…

Montand commence à danser, en même temps que le piano joue la musique d'« Un garçon dansait ». Depuis les coulisses, on lui envoie un haut de forme et une canne. Il esquisse des mouvements, en tournant autour de la canne comme son modèle qui l'interrompt avant qu'il n'ait commencé à chanter.

— Parfait ! Vous avez autre chose ?

— Oui, bien sûr…

Il s'appuie sur la canne et amorce des pas de claquettes et de danse mêlés.

— Parfait ! Vous avez autre chose ?

Montand joue le gars déconcerté par l'interruption. Il sourit et enchaîne quelques pas de claquettes en imitation de Fred Astaire.

— Merci ! On vous écrira !

— Mais Monsieur le directeur !

— Au suivant !

La salle applaudit. Simone est aux anges. Montand salue et rejoint les coulisses. On l'invite à retourner s'asseoir dans la salle.

— J'aime mieux attendre ici.

Rock Hudson, derrière le pupitre, décachette l'enveloppe.

— SIMAUUUUNE SIGNORET !

Montand saute de joie. Il voit arriver Simone dans son champ de vision. Elle embrasse Hudson, prend la statuette et s'approche du micro.

— Je ne peux rien dire, tellement je suis émue. Je vous remercie beaucoup. Vous ne pouvez pas imaginer ce que cette statuette représente pour moi qui suis française. Vous ne pouvez l'imaginer. Merci, merci beaucoup !

Elle est saluée par une salve d'applaudissements. Simone est très émue. On la guide vers les coulisses. Elle aperçoit Montand qui la regarde venir. Elle s'élance et se jette dans ses bras. Ils s'embrassent.

Sur la photo, Federico Sánchez ne sourit pas. Son visage affiche la mine sévère qui sied à un responsable communiste dont il porte l'uniforme : le polo boutonné jusqu'au dernier bouton, d'un gris un peu plus clair que la veste passe-muraille de l'apparatchik. À ses côtés, Santiago Carrillo arbore un large sourire, un peu carnassier. Les femmes et les enfants complètent le tableau. À l'extrême gauche Colette Leloup, la compagne de Jorge, serre contre elle un enfant. Le cliché a été pris à Foros pendant l'été 1960. Tous les deux ans, les dirigeants des partis communistes frères ont droit à quelques semaines de villégiature sur la mer Noire.

La station balnéaire située à l'extrême sud de la Crimée, tout près de l'historique Yalta où le sort du monde fut discuté en 1945, est fréquentée par les privilégiés de l'appareil communiste. Les familles Semprún et Carrillo vont ensemble à la plage, prennent souvent leur repas en commun, donnent l'impression d'une grande camaraderie, ce qui est naturel entre camarades.

Cet été-là, juste avant les vacances, Santiago Carrillo a réalisé le rêve de sa vie : devenir secrétaire général du parti communiste espagnol en remplacement de Dolores Ibárruri qui a hérité d'un poste honorifique de présidente du parti. Carrillo a donc toutes les raisons de sourire et de profiter du bon air de la mer Noire. De loin, Semprún observe la Pasionaria toujours vêtue de noir, portant le deuil de l'Espagne et de son fils tué à Stalingrad dans les rangs de l'Armée rouge. Elle se promène dans le vaste parc auquel les étangs recouverts de nénuphars donnent une allure romantique.

Les familles des dirigeants invités à Foros logent dans une immense datcha, construite au XIXe siècle pour un hobereau russe qui devait aimer se chauffer l'été au soleil de Crimée. Tout autour, d'autres résidences accueillent les membres de la nomenklatura et les fonctionnaires du parti. Le soir, sur une immense terrasse plantée de cyprès, se déroulent des soirées dansantes qui ne sont en rien ébouriffantes. La musique décadente de l'Occident capitaliste est honnie en ces lieux où souffle l'esprit du prolétariat qui, pourtant, n'a pas accès à cet enclos privilégié entouré de barbelés et gardé par des miradors. Même les lieux de vacances en URSS sont des camps !

Pour éviter la tentation sensuelle qui pourrait venir d'une danse trop lascive, l'orchestre, un brin folklorique, joue inlassablement une musique de menuet de la France d'avant la Révolution. Presque fasciné, Jorge observe les couples de la bourgeoisie communiste, bien nourris grâce aux magasins spéciaux qui leur sont réservés, qui évoluent à distance en de savantes figures monarchiques, que les Russes appellent sans rire « le pas de grâce ». Il lui semble voir, en ces fonctionnaires repus, les cadavres d'une espérance enfouie, les symptômes d'une faillite. La société soviétique, loin d'abolir les classes sociales, les perpétue. Au lieu de réduire les inégalités, elle les accroît. Les danseurs en ces soirées d'été ne sont que les ombres de la révolution défigurée. Le symbole virevoltant de l'échec du communisme.

Semprún, depuis 1956, ne croit plus en l'avenir d'une illusion. Il s'accroche encore à l'illusion d'un avenir, l'espérance du combat antifranquiste.

Dans la nuit, la Buick décapotable roule sur Mulholland Drive dans les collines au-dessus de Los Angeles. Montand est au volant, et le souffle d'air chaud de l'été californien fait voleter les cheveux qu'il porte courts pour les besoins du tournage de *Let's Make Love.* Marilyn, assise à son côté, a inséré sa chevelure platine dans un foulard rose noué sous le menton. De temps à autre, des phares de voiture les éclairent un instant. La route tourne tout le temps. On aperçoit les lumières de la ville qui brillent à l'infini en dessous dans la plaine. Montand chantonne *Tu me fais tourner la tête, mon manège à moi, c'est toi*, en donnant le rythme par de petits coups de la main sur le volant.

Ils sont parvenus tout en haut des collines. Montand range la voiture sur l'aire du Hollywood Bowl, le capot dirigé vers l'océan dont on devine la masse sombre et brumeuse au loin. Juste au-dessus de la voiture, les lettres du célèbre panneau Hollywood paraissent immenses. Les passagers se rapprochent l'un de l'autre et Montand passe son bras derrière la tête de Marilyn. Ils regardent les mille lucioles de Los Angeles étendue à perte de vue.

— On a la ville à nos pieds !

— Et Hollywood au-dessus de nos têtes.

Montand tourne le cou pour regarder derrière eux l'énorme inscription. Marilyn voit son sourire.

— À quoi penses-tu ?

— À Marseille, quand j'étais môme, le dimanche avec des copains, on grimpait parfois sur les collines. On regardait la ville en dessous, un peu comme ici. On voyait le port, les bateaux qui de loin semblaient des maquettes. Je me disais toujours qu'un jour je monterais clandestinement sur un de ces navires pour aller en Amérique.

— L'Amérique, c'était ton rêve ?

— Tu peux le dire ! J'aimais tout de l'Amérique, les dessins animés, la musique, les films, les acteurs.

— Et les actrices.

— Oh là là ! Les actrices ! J'étais fou amoureux de Clara Bow, de Mae West. Si j'avais su qu'un jour je rencontrerais la plus sublime des actrices américaines, que je serais avec elle dans une voiture à lui raconter mes souvenirs de gamin.

Il serre Marilyn contre lui. Elle appuie sa tête sur son épaule.

— Tu as de la chance d'avoir des beaux souvenirs d'enfance.

— Ne crois pas que c'était gai tous les jours. La famille a vraiment connu la misère. On se serrait les coudes.

— Oui, mais tu avais une famille, un père, une maman.

— Ma pauvre mère, elle travaillait tout le temps. Le dimanche, quand je rentrais de mes escapades dans les collines, je la trouvais dans notre petite maison devant une montagne de linge qu'elle repassait, recousait. De la rue, je l'entendais chanter, toujours le même chant.

Montand se met à fredonner en italien un vieil air :

Come il grido della madre
Quando abbiamo il figlio assassinato
Caduti per la libertà.

Montand contemple les lumières de la ville. Il tourne la tête vers Marilyn qui le dévore des yeux. Dans un sourire irrésistible, il murmure pour cacher son trouble.

— C'était très joli ces moments avec la Giuseppina !

Marilyn acquiesce d'un hochement de tête.

— On ne sort pas de l'enfance. Elle se rejoue tous les jours.

18

L'appartement du 5 rue Concepción Bahamonde est une prison. Depuis plusieurs jours, Semprún, alias Rafael Bustamonte en ce début d'année 1961, est reclus à domicile. Ces derniers temps, la police franquiste a démantelé une grande partie de l'organisation clandestine du parti communiste à Madrid, procédant à de nombreuses arrestations. Constatant les dégâts, ne comprenant pas la cause de ces « chutes », Rafael Bustamonte, le plus haut responsable de la direction présent dans la capitale, a donné l'ordre de couper tous les contacts, de se planquer sans bouger, de changer les lieux de rendez-vous, les boîtes aux lettres, les mots de passe. Et bien entendu, il s'applique ses consignes à lui-même.

Dans le petit appartement de la rue Concepción Bahamonde que personne ne connaît, il fait le mort. Il partage tous ses repas avec le couple d'Espagnols, Manolo et Maria, légalement propriétaire du logis. Le soir, le dîner se prolonge. Maria, excellente cuisinière, prépare de moelleuses escalopes panées que Jorge adore. Manolo aime bien raconter sa vie et Jorge aime bien écouter la vie de ce militant communiste, entré au parti comme dans les ordres.

Manolo a un parcours héroïque. Jeune soldat de l'armée républicaine pendant la guerre civile, il fuit en 1939, comme des centaines de milliers d'autres, de l'autre côté des Pyrénées. La République française l'enferme dans le camp de Saint-Cyprien, un de ces lieux pitoyables sur le littoral méditerranéen où sont cloîtrés les réfugiés espagnols. Puis, après la capitulation de 1940, il est livré comme des milliers de rouges espagnols aux autorités allemandes. Manolo est transféré à Mauthausen en Autriche, un des pires camps de concentration nazis où dix mille combattants espagnols trouvèrent la mort.

Le soir, devant un petit verre de cognac que les deux hommes sifflent en fumant un cigare, Manolo décrit donc sa déportation. Le travail épuisant, le sadisme des gardiens SS, la faim permanente qui tord le ventre, les bagarres mortelles pour un bout de pain, une parcelle de pouvoir. Jorge écoute en silence. Il distingue des traits similaires avec Buchenwald mais il ne reconnaît pas vraiment sa propre expérience concentrationnaire. Naturellement, il ne peut émettre de comparaison. Manolo ignore que son interlocuteur, ce dirigeant du parti qu'il cache sans connaître son nom, est lui aussi un survivant ou un revenant.

Jorge ronge son frein, sans pouvoir approfondir les détails, ébaucher une comparaison, sans retrouver dans le monologue de son hôte une reconstitution qui le touche. Mais la prolixe parole de Manolo, répétée chaque soir de cette réclusion volontaire, finit par provoquer un ébranlement souterrain dans la mémoire de Jorge. Les souvenirs volontairement enfouis au plus profond de lui-même depuis 1945 affleurent peu à peu. Les images du camp reviennent l'assaillir. Une nuit, après une semaine de récits sur Mauthausen, les flocons de neige qui tourbillonnaient dans la lueur des projecteurs, les nuits d'hiver à Buchenwald envahissent ses rêves. Il se réveille et gagne sa petite table de travail. Il glisse une feuille dans la machine à écrire, une Olivetti portative dont le clavier est en espagnol.

Jorge semble avoir reçu un message nocturne. Il sait que maintenant, il peut rédiger le livre qu'il a refoulé depuis des années. L'angoisse où le plongeait la simple perspective d'écrire sur le camp a disparu. Elle a laissé place à une étrange détermination, à la conscience claire que le moment est venu. Il se met à taper avec ses deux index : « Il y a cet entassement des corps dans le wagon, cette lancinante douleur dans le genou droit. Les jours, les nuits. » Les mots s'alignent d'eux-mêmes, au rythme des frappes sur le clavier, les phrases s'imposent à lui, comme si le passage du travail de la mémoire à l'écriture se faisait tout seul, de manière automatique. Le livre mûri dans son inconscient pendant quinze années se met en place, sans plan préconçu.

En deux semaines, condamné à la solitude du clandestin pourchassé, Jorge Semprún rédige la première mouture d'un livre qui deviendra *Le Grand Voyage*. Dirigeant communiste, clandestin en Espagne, il n'a aucune perspective de publication. Il écrit pour lui, dans un dialogue avec lui-même, différé depuis tant d'années par l'urgence de vivre. Désormais, après cette longue cure d'amnésie volontaire, Jorge Semprún ressent l'impérieuse urgence d'écrire. De devenir enfin lui-même.

— Voilà, c'est là qu'a commencé ma carrière d'écrivain. Au même endroit, j'ai exercé deux métiers, celui de militant professionnel et celui d'écrivain. Le travail clandestin m'a passionné intellectuellement. Par définition, même si j'étais dans la solitude indispensable à la sécurité, c'est un travail collectif, fait de rencontres, de contacts, de rapports humains. À cause de ce repos forcé dû aux arrestations, j'ai basculé dans l'écriture où j'ai dû puiser en moi-même, dans les paysages enfouis de ma mémoire.

Jorge est entré dans la petite pièce sombre qui lui servait de refuge, trente ans auparavant. La décoration a changé, les murs de crépi ont été refaits. L'atmosphère de confinement avec ses plafonds bas, les fenêtres étroites qui au premier étage laissent entrer peu de lumière, semble immuable. Il montre une table au milieu de la salle. Est-ce la même ?

— Je travaillais là. J'ai écrit en français, je ne me suis même pas posé la question du choix de la langue. Le livre est sorti tout seul, dans sa forme déjà élaborée, c'est la seule fois de ma vie où cela est arrivé. Pour les autres livres, ça a été beaucoup plus difficile, l'accouchement a duré des années. Je devais être prêt pour *Le Grand Voyage*.

Il rit.

— Assieds-toi là !

Montand a fait irruption dans la salle à manger. En buvant mon café, je regardais par la porte-fenêtre le parc et ses grands arbres, la piscine en contrebas, j'imaginais quarante ans plus tôt les grandes heures des week-ends à Autheuil, les facéties de François Périer, les plaisanteries de Serge Reggiani, les blagues de Pierre Brasseur, les imitations de Montand et les rires de Simone.

Il a surgi en coup de vent, venant de la cuisine, comme si un magicien l'avait fait apparaître avec sa baguette magique. Montand porte des collants noirs, des chaussons de danse qui me semblent longs comme des péniches. Il a revêtu une sorte de peignoir ou une veste longue qui descend à mi-cuisses. Il a l'air affairé, tendu.

— Tu as fini ton café ? Alors viens.

Il m'entraîne dans le vaste salon de la maison. Il m'indique un gros fauteuil tourné vers le fond de la pièce, là où trône un piano en bois clair, un Pleyel. Je regarde une photo sur le côté du piano qui est face au salon. L'objectif a saisi Yves Montand et Jorge Semprún une seconde avant qu'ils se donnent l'accolade, l'*abrazo* en espagnol. Jorge porte un col roulé noir sur une élégante veste à chevons. Il a des lunettes à grosse monture et il sourit franchement. Il a posé sa main droite sur l'épaule de Montand. La main gauche, tendue, est encore en mouvement, elle ne va pas tarder à se poser sur l'autre épaule. Le chanteur est tourné de trois quarts vers son ami. On sent qu'il va finir sa rotation du buste pour se retrouver face à lui. Il regarde Jorge dans les yeux. Le très léger sourire qui étire sa bouche est sur le point de s'épanouir, d'envahir sa figure en remontant ses pommettes proéminentes de cavalier mongol.

Montand suit mon regard et contemple la photo un instant.

— Depuis qu'il est ministre, il ne m'appelle plus !

Bien sûr, il comprend : *Rrorre* a autre chose à faire, mais il a dans la voix un soupçon d'amertume, de regret sans doute, pour tous ces moments partagés, ces discussions infinies, ces trois décennies de complicité. La nostalgie ne dure qu'un instant. Ce matin, Montand a autre chose en tête. Il me pousse vers le fauteuil

— Assieds-toi là ! Ne bouge pas !

Je n'en ai pas l'intention. Je contemple la vitrine où sont rangés les mille vestiges de deux vies mêlées, des souvenirs de voyages, les disques d'or de Montand, l'Oscar de Simone, des babioles et des photos, témoins de ces parcours incroyables dans les convulsions du siècle. Montand branche un gros appareil enregistreur dans lequel il insère une cassette. Il s'immobilise dans son collant et justaucorps noirs. C'est seulement à ce moment-là que je comprends ce qui va suivre. La musique d'accompagnement sort de l'engin enregistreur. Il commence à chanter.

Embauché malgré moi dans l'usine à idées

Montand doit se produire au Palais de Bercy au printemps 1992. Il prépare sans relâche son retour sur scène après dix ans d'absence. Comme à son habitude, il a méticuleusement travaillé l'enchaînement des chansons, la mise en scène de son spectacle. C'est par ses choix que s'exprime sa personnalité d'interprète. Pendant des heures, des jours, des semaines, il rumine son spectacle, concentré jusqu'à l'obsession.

Je suis le spectateur privilégié et unique dans le grand salon d'Autheuil de ce show Montand.

L'artiste enchaîne les chansons sans cesser un seul instant de me regarder droit dans les yeux. Je n'ose pas bouger, ne serait-ce que d'un centimètre. Il attaque « Le cabaret de la dernière chance ».

Il y a ceux qui rêvent les yeux ouverts
Et ceux qui vivent les yeux fermés

Une heure, peut-être, s'est écoulée. J'ai perdu la notion du temps, à la fois subjugué et stupéfait d'avoir Montand qui chante pour moi. Illusion ! Il chante pour lui, guettant sur mon visage toutes les réactions même les plus infimes. Il déroule son spectacle qui se termine par « À Paris », la chanson que lui a écrite Francis Lemarque en 1946.

Il y a des gars, et il y a des filles
Qui sur les pavés,
Sans arrêt, nuit et jour,
Font des tours,
Et des tours,
À Paris.

Le récital dans le salon clair d'Autheuil s'achève. Montand appuie sur un bouton de son appareil enregistreur. La musique s'arrête. La magie se dissipe lentement comme une brume d'été qui s'accroche au paysage. Je me demande ce que je vais bien pouvoir dire d'intelligent après une telle prestation. Montand s'incline comme s'il saluait le public, trois, quatre fois. Il se redresse. Il me paraît immense, et pas seulement en taille. Il s'avance vers moi. Il met un doigt sur la bouche pour me faire signe de me taire. Je me lève. Il me donne l'accolade.

— Ne dis rien, fils, j'ai tout vu dans tes yeux !

Federico Sánchez s'impatiente. Il attend devant l'église Nuestra Señora de Covadonga, sur la place Manuel Beccerra. Il a rendez-vous avec Julián Grimau, un autre membre de la direction communiste à l'intérieur de l'Espagne. La rencontre était prévue à 14 heures. Cinq minutes se sont écoulées. Sánchez a eu le temps de contempler la façade jaune de l'église flanquée d'une tour en briques. Il n'aime pas ce retard. Lui s'est fixé comme règle intangible d'être toujours à l'heure aux rendez-vous clandestins. Mieux, il arrive en avance, surveille l'endroit, renifle les présences suspectes, observe les silhouettes inhabituelles, les voitures en stationnement. Ce n'est que lorsque le rituel préventif est accompli qu'il surgit à l'heure pile sans qu'on l'ait vu venir.

Mais là, l'attente se prolonge. Sánchez consulte encore une fois sa montre. La grande aiguille paraît figée. Il fait quelques pas, achète *Arriba* au kiosque voisin pour donner le change. Il revient vers l'église.

— Vous avez l'heure, s'il vous plaît ?

Il sursaute. Une jeune fille brune le fixe de ses yeux verts profonds, inquisiteurs. Il regarde autour de lui afin de vérifier si rien de suspect n'est apparu, quelques types en costume gris, par exemple. Tout semble normal. Il répond sans regarder son cadran.

— 14 h 10, Mademoiselle !

Elle le foudroie de son regard insistant, dérangeant.

— Qu'est-ce que vous dites ?

— 14 h 10.

Mais elle a parfaitement entendu.

— Comme ça, vous donnez l'heure sans regarder votre montre ?

Sánchez ne peut expliquer à la jeune fille au regard vert inquisiteur qu'il n'a pas besoin de lire sa montre pour savoir l'heure. Il a une horloge dans la tête, cela fait partie de son métier de clandestin, de savoir l'heure, à la minute près. Il se contente de tendre son bras gauche pour qu'elle se rende compte par elle-même. Elle regarde le cadran. Elle hausse les épaules et s'en va sans un mot.

À l'instant où elle s'éloigne, Federico aperçoit le crâne dégarni de Grimau qui apparaît. Essoufflé, Grimau s'excuse, il a mal calculé le temps de trajet.

— Je n'accepte pas tes explications. Tu ne peux pas fonctionner comme ça. C'est trop dangereux. Tu finiras par tomber !

— Ne te fâche pas, mon vieux Fede ! Tu ne vas pas faire un plat pour dix minutes de retard.

Il semble à Sánchez que la fille s'est retournée, qu'elle observe la rencontre entre les deux hommes. Paranoïa de clandestin ?

Nous sommes assis dans la petite pièce sombre qui a servi de bureau à Jorge dans la clandestinité. Là, il a « craché » en quelques jours une bonne partie du *Grand Voyage.* La propriétaire de l'appartement du 5 rue Concepción Bahamonde, lointaine héritière des prête-noms Manolo et Maria Azaustre, si honorée de servir Monsieur le ministre, a apporté deux tasses de café, très serré, trop sucré. Jorge m'a relaté, de façon très vivante, avec son talent de conteur qui aurait rendu palpitante une course de coccinelles, son rendez-vous, trente-trois ans plus tôt, avec Grimau sur la place Manuel Beccerra et l'étrange comportement de la fille aux yeux verts.

— Grimau m'a succédé dans cet appartement où nous sommes au cours de l'année 1961. Je l'avais connu en 1953, à Paris, dans la commission dirigée par Carrillo qui s'occupait du travail clandestin en Espagne. Je me souviens que Carrillo était très dur avec Grimau et que celui-ci acceptait sans broncher les critiques de son supérieur. J'ignorais la nature exacte de cette trouble relation de soumission. Par la suite, j'ai travaillé avec Grimau dans les années de lutte clandestine jusqu'à mon départ à la fin de 1962. Il était d'un dévouement sans faille envers le parti, auquel il avait consacré sa vie. Il n'avait jamais de doutes. Une sorte de bolchevik à l'ancienne, modèle Petrograd 1917.

Nous buvons notre café noir, serré et sucré. Jorge me montre la minuscule chambre qui fut la sienne avant d'être celle de Grimau. Presque une cellule monacale, sur mesure pour les moines de la révolution. J'en fais la remarque à Jorge. Il rit.

— C'était un peu ça ! Pas un peu, complètement !

En décembre 1962, Federico Sánchez effectue son dernier voyage de clandestin. Santiago Carrillo a décidé en effet de le retirer de la lutte illégale, après dix ans de travail dans l'ombre.

Il estime que pour Semprún, le militantisme en Espagne est trop dangereux. En réalité, des divergences profondes sont apparues dans la direction du PCE. Semprún et son ami Claudin jugent obsolète l'analyse faite par la direction de l'évolution de la société espagnole et du franquisme. Avec l'appui des États-Unis, l'Espagne du caudillo connaît un développement économique qui bouleverse la société traditionnelle et archaïque. Washington a obtenu l'autorisation d'installer des bases US sur la péninsule. En échange, l'Espagne, qui était au ban des nations, est entrée à l'ONU. Le régime de Franco a été reconnu par de nombreux pays dont l'URSS. Les entreprises américaines investissent. Le dollar coule à flots. L'industrie se développe, la construction de logements fait croître les banlieues des grandes villes. Grâce au franquisme immobilier, une classe moyenne apparaît. Chaque année, des millions de touristes européens se ruent sur la Costa Brava. Les devises rentrent. Les salaires augmentent.

L'Espagne change et nos mots d'ordre sont immuables, accusent Semprún et Claudin. Au sein de la direction, les positions se figent et les divergences s'approfondissent. De la remise en cause du mot d'ordre incantatoire de grève générale qui se solde par des échecs successifs, le débat s'élargit à la nature du régime soviétique et à la crise du mouvement communiste.

Sánchez, le militant fidèle, est devenu un rebelle. Pour Carrillo, pas question de lui laisser la haute main sur le travail intérieur qui comprend les relations avec les intellectuels et les étudiants. Après une décennie de clandestinité où il a risqué sa liberté, Jorge Semprún dit adieu à Federico Sánchez et à tous les autres pseudonymes. Il abandonne ses multiples faux papiers.

Avec bien des regrets et la nostalgie de la clandestinité, Jorge Semprún rentre en France. Il récupère de véritables papiers d'identité à son nom.

Une période de sa vie s'achève.

— J'ai aimé le travail clandestin. Dans toute ma vie, c'est l'activité qui m'a procuré le plus de plaisir, le métier que j'ai exercé avec le plus de passion. Rien ne remplace le frisson étrange d'un rendez-vous dangereux. Les actes engagent sinon la vie, du moins la liberté. Il n'y a pas d'existence plus intense, plus intellectuellement obsédante que la clandestinité.

19

Dans la grande salle à manger de la Maison Blanche, les tables ont été dressées pour recevoir les artistes qui ont accepté de participer à l'Inaugural Anniversary Salute. Cette convention du parti démocrate située à mi-mandat, entre le meeting et la kermesse, sert à préparer la future campagne présidentielle. Montand a été invité à y chanter deux chansons qui ont diverti les délégués.

Montand est assis à la table du président Kennedy. Jackie se tient à sa gauche. La première dame connaît bien la place Dauphine et la comparaison des restaurants voisins de la Roulotte constitue un sujet de conversation naturelle. À la fin du repas, les vedettes de la scène et de l'écran passent dans un vaste salon où attend un piano. On roule les tapis. John Kennedy entame une ballade irlandaise. Gene Kelly danse sur la musique de « Chantons sous la pluie », accompagné par Kirk Douglas qui fait des claquettes et le zouave. Bientôt, Spartacus réclame à voix haute et en français « Montaaand, “Les Feuilles mortes” ».

Montand s’exécute avec plaisir. « Les pas des amants désunis » font venir des petites larmes aux yeux de Jackie Kennedy. La soirée se prolonge, chaleureuse et conviviale. L’atmosphère joyeuse fait oublier la solennité du lieu et la présence du jeune président américain avec lequel l’artiste français échange quelques mots.

Montand, qui ressent une forte sympathie personnelle et politique pour John Kennedy, a reçu cette invitation comme un honneur. Il n’a pas hésité, pour y répondre, à interrompre quelques jours le tour de chant qu’il donne au théâtre de l’Étoile. Un récital où il mêle succès de toujours et créations comme « L’Étrangère » sur un poème d’Aragon, musique de Léo Ferré qu’il chante « avec son corps », tout en ondulations et contorsions.

J’aimais déjà les étrangères
Quand j’étais un petit enfant

Dans le grand salon de la maison d’Autheuil, sur le piano, tout près de la photo de l’*abrazo* entre Montand et Semprún, figure dans un cadre sous verre une lettre à en-tête de la Maison Blanche. John Fitzgerald Kennedy remercie « Dear Mister Montand » pour sa participation à l’Inaugural Anniversary Salute le 17 janvier 1963.

Penché pour mieux déchiffrer le texte, je n'entends pas arriver Montand dans mon dos. Il a enlevé ses collants et ses chaussons de danse. Il porte des chaussures de tennis blanches et un pantalon clair.

— Quel effet cela fait de passer de Khrouchtchev à Kennedy, de la place Rouge à la Maison Blanche ?

— Pas mal pour un babi de La Cabucelle, non ?

— Vous avez vu cet Espagnol qui a été fusillé à Madrid ?

Autour de la grande table recouverte de mousseline blanche, la conversation, futile, agréable, parfois amusante roule entre les invités de Pierre Lazareff. Comme toutes les semaines, le Tout-Paris se retrouve pour des agapes dominicales chez le patron de *France-Soir*. Artistes, hommes politiques, écrivains, ténors du barreau, starlettes en devenir fréquentent La Grille royale – le nom du lieu. À une vingtaine de kilomètres de Paris, sur la commune de Louveciennes, la vaste demeure aux allures de petit château possède un charme irrésistible avec ses murs recouverts de lierre et de vigne vierge. Les sept hectares de parc dissimulent un lac où paradent des cygnes majestueux.

— Vous avez vu cet Espagnol qui a été fusillé ?

C'est Simone Signoret qui a posé la question. Du coin de son œil aux reflets d'émeraude, elle regarde

Jorge Semprún, assis pas loin d'elle, qui se demande ce qu'il fait là. Elle le connaît à peine. Par le plus grand de ces hasards mystérieux qui pimentent l'existence, Catherine Allégret, la fille de Simone, est amie avec une camarade de sa classe, Dominique, la fille de Colette Leloup qui partage la vie de Jorge depuis une quinzaine d'années. Les deux familles se voient. Jorge rencontre enfin la magnifique blonde qui faisait tourner les têtes et peut-être les cœurs au Flore vingt ans auparavant. Simone sait que le *bel hidalgo* est un des dirigeants du parti communiste espagnol. Semprún, homme de secrets, s'est bien gardé de lui parler de Federico Sánchez. D'autant que depuis quelques semaines, Federico Sánchez n'existe plus.

— Grimau ? Julien Grimau ! C'est cela ? Un communiste, non ?

Semprún écoute les commentaires apitoyés, les réflexions brillantes, les observations ignorantes. Julián Grimau a été fusillé la veille, à l'aube du 20 avril 1963, à la lueur des phares de voitures dont les faisceaux blanchâtres découpent le lieu du supplice dans la cour de la prison de Carabanchel.

Sollicité par Simone, observé par Lazareff, Jorge raconte ce qu'il sait, sans révéler qui il est. Arrêté par la police dans un bus, six mois plus tôt, transféré au siège de la Sûreté de la Puerta del Sol, affreusement torturé, Grimau a été défenestré. Par miracle, il survit à ses blessures. Son procès devant le tribunal militaire est expéditif et se conclut par sa condamnation à la peine capitale. L'exécution de Grimau suscite à travers le monde une vague de protestations. Pour la première fois depuis la guerre civile, les journaux refont leur une sur l'Espagne.

— Vous en parlez comme si vous le connaissiez bien ! interroge Lazareff.

— Moi, pas du tout, répond Jorge, imperturbable.

Quelques jours après le déjeuner à la campagne, les téléspectateurs découvrent le visage grave, accablé de tristesse de la veuve de Julián Grimau, Angela. Son apparition dramatique dans l'émission « Cinq colonnes à la une », dont Lazareff est un des producteurs, bouleverse la France. Ce soir-là, Semprún comprend pourquoi Simone a voulu qu'il l'accompagne à la campagne. Il découvre par la même occasion la redoutable efficacité de Simone Signoret, prompte à remuer la terre entière quand elle est émue par une cause.

Federico Sánchez tire sa révérence. Jorge Semprún monte sur scène. Par une de ces coïncidences semprúniennes qui ne doivent rien au hasard et tout à la nécessité, le clandestin laisse la place à l'écrivain. Après la solitude de l'ombre, il émerge en pleine lumière. Il troque son masque de commis-voyageur de la révolution pour la plume du romancier.

Au mois de mai 1963, *Le Grand Voyage* écrit dans la clandestinité madrilène de la rue Concepción Bahamonde sort en librairie.

La publication chez Gallimard n'a pas relevé de l'évidence, comme bien des livres devenus par la suite des classiques. La note de lecture signée Jean Paulhan, une des autorités de la rue Sébastien-Bottin, se conclut par quelques mots lapidaires : « Rien de très remarquable. Rien de détestable non plus, dans cet honnête récit. » On a connu plus enthousiaste.

Mais Jorge Semprún a un allié dans la place, Claude Roy, marié avec sa première femme, Loleh Bellon, épousée après la guerre par le revenant de Buchenwald. Le couple n'a pas résisté au tourbillon de l'époque. Loleh Bellon, qui a un beau parcours de comédienne, au théâtre et au cinéma, a donné la réplique à Simone Signoret dans *Casque d'or*.

Claude Roy apprécie l'écriture, la forme narrative du *Grand Voyage*, cette manière de raconter sans respect de la chronologie dans un espace de temps défini les tours et les détours de la mémoire, les « avant » et les « après », qui seront la marque distinctive de l'écrivain Semprún. Pour la première fois, Jorge a droit à l'honneur de la télévision où il s'exprime sur son livre dans l'émission « Pages de lettres ». Sur le petit écran, il porte un costume gris bien coupé. Son abondante chevelure très noire est coiffée en arrière dans un cran impeccable. Il se tient crispé, les mains nouées l'une à l'autre pour mieux en contrôler le tremblement. Le *Rotspanier* qui a résisté aux interrogatoires de la Gestapo, survécu à la déportation, traversé la clandestinité espagnole, paraît devant l'œil de la caméra, timide, balbutiant. Il cherche ses mots dans de brèves réponses.

— *Le Grand Voyage* est celui de cent vingt déportés dans un wagon de marchandises qui sont conduits de Compiègne à Buchenwald et c'est aussi le voyage intérieur dans la mémoire et les souvenirs et dans l'anticipation de l'avenir du personnage principal.

À peine le livre arrive-t-il dans les vitrines des librairies que l'auteur apprend, alors qu'il se trouve à la Roulotte chez Simone Signoret, que *Le Grand Voyage* a reçu le prestigieux prix Formentor attribué par les treize plus grands éditeurs du monde.

C'est ce qu'on appelle une entrée en littérature.

Montand indique du bras à Simone Signoret les magnifiques coupoles multicolores de la basilique de Basile-le-Bienheureux qui brillent, éclairées par les rayons du soleil estival. Le couple se promène en touristes sur la place Rouge. Il porte un élégant costume gris ton sur ton, tandis que Simone arbore une robe beige dont les revers à rayures grises et blanches au col et aux manches sont du plus bel effet. Montand et Signoret sont en ce 15 juillet 1963 à Moscou pour le troisième festival du cinéma à l'issue duquel Fellini remporte le Grand Prix avec *8 et demi*.

Les deux artistes en profitent pour revoir la capitale russe qu'ils ont connue sous la neige sept ans plus tôt. Khrouchtchev est toujours le maître du Kremlin et tente de poursuivre son entreprise de déstalinisation. Les prisonniers des camps ont été libérés par millions, l'étau se desserre sur la société soviétique, le dégel se prolonge.

Au XXIIe Congrès du parti communiste, tenu en octobre 1961, Khrouchtchev a attaqué violemment dans un discours public – et non à huis clos – les vieux staliniens qui freinent l'évolution vers plus de liberté. Les écrivains, les artistes retrouvent un peu plus de marge de manœuvre. Montand et Simone, venus à Moscou afin d'appuyer le cours nouveau khrouchtchévien, sont accueillis par des brassées de roses. Rouges.

Pendant les vacances de l'été 1962, Khrouchtchev a lu le manuscrit d'un Russe inconnu de quarante-deux ans, Alexandre Soljenitsyne, *Une journée d'Ivan Denissovitch*. Écrit par un ancien déporté, ce témoignage accablant décrit le système concentrationnaire qui a broyé des millions d'individus. Khrouchtchev voit tout l'intérêt du livre dans son combat politique contre les vieux staliniens du Présidium. Il en autorise la publication dans *Novy Mir*, une revue « libérale ».

« C'est la vérité qui compte ! Il faut écrire pour que tout cela ne soit pas oublié, pour qu'un jour nos descendants l'apprennent. » Rescapé de huit saisons en enfer, Soljenitsyne a consenti à toutes les coupes que le pouvoir lui demandait. L'essentiel pour l'écrivain était que le livre paraisse.

L'histoire d'Ivan Denissovitch Choukhov, petit homme simple et bon, prisonnier pendant huit ans dans un camp de travaux forcés en Asie centrale, harcelé par ses bourreaux, éprouvé par le froid et la faim, qui tente de survivre avec dignité dans un univers inhumain, bouleverse la société soviétique.

La publication, avec l'approbation du secrétaire général, d'un ouvrage qui lève un tabou en URSS, constitue un signe clair que l'évolution à Moscou est bien tangible. Les Russes s'arrachent le livre. En quelques jours, Soljenitsyne connaît la renommée. Les artistes russes rencontrés par Montand et Simone parlent tous d'*Une journée d'Ivan Denissovitch.* Nul n'ignore que l'ancien *zek* Alexandre Soljenitsyne a été reçu au Kremlin par Khrouchtchev. Tous ces signaux renforcent chez Montand et même chez Simone l'idée que le stalinisme et son cortège d'horreurs ont été une tragique erreur, mais qui appartiennent à un passé révolu. Ils se persuadent que le communisme soviétique peut évoluer, puisqu'il bouge au sommet. Khrouchtchev a des chances de réussir son pari d'aggiornamento. En un mot, comme le répète souvent

Montand, il ne faut pas jeter le bébé avec l'eau du bain.

Le Grand Voyage est sous presse quand paraît en France *Une journée d'Ivan Denissovitch*. Dès sa sortie, Jorge Semprún se précipite sur le livre de Soljenitsyne qu'il dévore d'une traite. La lecture l'obsède, elle fait entrer dans sa mémoire, aux côtés des barbelés de Buchenwald, un autre camp, des milliers d'autres camps qui forment l'archipel du Goulag. Il est taraudé par l'insupportable culpabilité d'avoir cru appartenir à Buchenwald au camp des justes, au camp du bien, alors qu'au même moment l'idéal de justice pour lequel il croyait se battre servait à justifier dans l'immensité glacée de la Kolyma ou de Vorkouta, l'injustice fondamentale, le mal le plus extrême.

Une obsession le hante : le camp du progrès, pour lequel il a engagé sa vie, a fondé les camps du Goulag. L'idée envahit sa mémoire, jusque-là hémiplégique, qu'après la libération de Buchenwald et des lieux d'enfermement nazis, d'autres camps dans le grand est sibérien ont continué de se remplir des victimes de Staline et du système qu'il était censé servir.

Un des compagnons d'Ivan Denissovitch dans le camp de travail forcé est un ancien détenu de

Buchenwald. Soljenitsyne le nomme Senka Klevchine, ce n'est peut-être pas son véritable nom, mais l'homme a existé. Soljenitsyne précise que Senka a été membre de l'organisation clandestine du camp et qu'il a fait entrer des armes pour l'insurrection.

À la lecture de ces mots, une brûlure glacée fige son sang dans les veines de Semprún. Peut-être a-t-il connu ce Senka Klevchine, sans doute a-t-il combattu à ses côtés au moment de la libération du camp ? Alors qu'il retournait en France, ce camarade russe rapatrié en URSS a été déporté dans un autre camp, un camp marqué de l'étoile rouge.

Semprún comprend, la conscience douloureuse et peut-être désespérée, qu'il lui faudra réécrire un autre livre – le même éternellement recommencé –, sur Buchenwald en tenant compte de l'expérience concentrationnaire russe, existence simultanée mais bien plus longue dans le temps. Le livre de Soljenitsyne déchire d'un coup d'aile rageur le nuage opaque qui obstruait sa vue. Il arrache les œillères idéologiques si longtemps maintenues.

L'ex-matricule 44904 qui lit le récit de Soljenitsyne, le regard chargé des ombres de Buchenwald, comprend que l'illusion a vécu.

Le pays du Goulag ne sera jamais celui du socialisme. Le temps de l'innocence naïve et complice est révolu.

La terrasse de La Colombe d'Or, en cette fin du mois de juillet, est envahie par les touristes. Venant de la place du village où s'activent les joueurs de boules, Montand s'immobilise près du portail. Avec un bel ensemble, les conversations se figent, les têtes se tournent vers l'apparition en chemise et pantalon blancs. Il se faufile entre les tables, répondant aux saluts par de courts hochements de tête et l'esquisse d'un sourire, pieds nus dans des mocassins, de sa démarche de cow-boy, jambes tendues, le dos absolument droit. Il a aperçu Simone assise à leur table habituelle, juste à côté de la porte qui communique avec la salle intérieure. Il voit qu'elle est installée avec un couple qu'il ne connaît pas. L'homme a pris sa place habituelle, le dos au mur.

— Je te présente Colette, tu sais c'est la mère de la copine de Catherine. Et son mari Jorge dont je t'ai déjà parlé.

— Comment ça va ?

Montand s'incline, le visage fermé. L'œil aux aguets, méfiant, soupèse ce « copain » de Simone, assis à sa place, à l'allure d'intello rébarbatif.

— Je ne savais pas que vous étiez mariés.

— J'ai attendu longtemps, sourit Colette.

Elle précise que la cérémonie a eu lieu quatre mois plus tôt, et le déjeuner de mariage à La Toque blanche à La Colle-sur-Loup, un village voisin de

Saint-Paul. Montand apprécie ce choix d'un mouvement de la tête approbateur. Semprún explique que pour pouvoir se marier, il a fallu que ses papiers soient en règle, qu'il possède un permis de séjour en bonne et due forme.

Montand, curieux, tente d'en savoir plus sur les occupations de Jorge. Semprún, sans trahir aucun secret, lève un tout petit coin du voile sur son existence de clandestin espagnol. Peu à peu, la méfiance instinctive de Montand s'estompe. D'autant que Jorge montre son visage des bons jours, chaleureux, drôle, captivant. Montand est un instinctif qui sent les choses ou les êtres avant même de raisonner. L'artiste est séduit. D'emblée, Jorge pressent que cette rencontre comptera dans sa vie. Simone et Colette assistent à un coup de foudre amical.

Les deux hommes, sujets dans leur jeunesse à une timidité pathologique qu'ils sont parvenus, grâce au succès et à la maturité, à surmonter sans l'éliminer, reconnaissent dans l'attitude de l'autre des signes familiers. Entre solitaires habitués à vivre en eux-mêmes, un fluide mystérieux circule.

Étranges affinités électives entre l'enfant pauvre de La Cabucelle et le rejeton des beaux quartiers madrilènes, entre l'autodidacte qui a quitté l'école prématurément et l'esthète truffé de culture.

Montand est fasciné par le destin de Semprún, qui apparaît à ses yeux comme un héros moderne, survivant des tragédies du siècle, emblème des mythes révolutionnaires qui l'ont fait vibrer. Il voit dans le parcours militant de Jorge les choix qu'il aurait aimé prendre. La résistance, la clandestinité, autant de repères qui le touchent au cœur. Si Montand est séduit par le militant glorieux, Semprún, lui, est attiré par l'artiste qu'il admire sans réserve, même s'il n'a pas encore eu l'occasion de le voir chanter sur scène. Il se souvient de la voix aux intonations fauves qui lui tenait compagnie dans la clandestinité madrilène. Entre Montand et Semprún, naît une amitié nourrie de leurs histoires respectives, de la recherche d'un idéal perdu, de complicités personnelles.

Ces deux émigrés de l'histoire ont partagé les grandeurs et les désillusions d'une génération. Au début de leur « liaison » amicale, les deux hommes en sont à peu près au même point idéologique : Montand et Semprún sont des communistes critiques qui ont perdu leurs illusions mais ont gardé leurs espérances. Ils n'ont pas encore fait leur deuil de l'aspiration messianique qui a façonné leur jeunesse. Ils espèrent encore débarrasser le communisme de la perversion stalinienne. Dans cette quête impossible, Semprún va devenir la conscience de Montand. Ce dernier ne peut avoir de meilleur mentor qu'un communiste presque « défroqué », qui connaît de l'intérieur les rouages de la machine.

Sur la terrasse de La Colombe d'Or commence en juillet 1963, entre les deux complices, une conversation ininterrompue qui durera trois décennies, à la Roulotte ou dans les rues de Paris, en passant par la maison d'Autheuil et les allées de son parc aux arbres centenaires, les avenues de New York ou Tokyo. À partir de leur rencontre, Montand et Semprún cheminent ensemble de la critique interne du communisme à son rejet. Leur trajectoire commune est celle de millions de personnes passées de la foi aveugle à la perte de la croyance, des illusions lyriques aux illusions perdues.

Par les larges ouvertures vitrées, Semprún regarde le parc du château baigné dans une brume grisâtre et pluvieuse. Les arbres, encore sans feuilles en ce printemps tardif de 1964, dressent leurs branches dénudées vers un bas plafond nuageux. Le décor mélancolique de ce château des rois de Bohême, dans les environs de Prague, convient à la cérémonie des adieux qui se déroule dans une grande salle dont les murs sont ornés de têtes de cerf.

Jorge Semprún, un instant distrait, observe, installés autour d'une grande table, ses camarades de la direction du parti communiste espagnol, le fameux Comité exécutif dont il fait partie depuis 1956. Il sait que c'est sa dernière réunion. Il est arrivé au bout du processus, du procès, au terme de cette longue discussion au cours de laquelle il a exprimé avec son ami Fernando Claudin des divergences de vue profondes avec la ligne du parti. Ils ont remis en cause la stratégie, le fonctionnement, les liens avec l'URSS, les dégâts du stalinisme.

Carrillo, le patron du parti, vient de prononcer un long réquisitoire contre les deux opposants, qui s'est conclu, comme il est de tradition dans la liturgie communiste, par une demande d'autocritique. Que les camarades reconnaissent leurs erreurs, sinon il n'y a pas d'autre choix que l'exclusion de cette instance de direction. Excédé par les critiques de Semprún et Claudin sur la déviation stalinienne, Carrillo a ajouté que « remuer ce passé, ça n'est jamais que du masochisme d'intellectuel petit-bourgeois ». Et il conclut son sermon par ce truisme communiste, répété à l'envi : « Il vaut mieux se tromper avec le parti que d'avoir raison en dehors de lui. » La messe est dite. Carrillo se rassied, content de ce dernier mot qu'il a décoché comme une flèche acérée contre les deux dissidents.

Semprún se dresse. C'est à lui de parler. Il jette un dernier regard à ses notes. D'une voix assurée, froide, il répond point par point à Carrillo. Il affirme encore les divergences avec la ligne du parti, dépassée, inefficace, qui ne tient pas compte de l'évolution économique et sociale de l'Espagne franquiste. Il critique une fois de plus le mot d'ordre incantatoire de grève générale conçu comme simple expédient idéologique, destiné à unir religieusement les militants plutôt qu'à intervenir sur la réalité de la société espagnole.

Et puis le ton de la voix change. Semprún quitte le terrain de l'analyse, des concepts, de l'idéologie. Il parle avec ses tripes d'une voix un peu plus rauque, où perle une émotion contenue. Son regard délaisse ses papiers pour observer les hiérarques du parti assis autour de la vaste table.

Dans cette grande salle du château des rois de Bohême, il évoque Josef Frank, son camarade de l'Arbeitsstatistik au camp de Buchenwald. Il rappelle que Josef Frank était l'un des condamnés du procès Slansky à Prague à l'automne 1952, dont les cendres ont été dispersées sur une route enneigée pas loin de ce château où se tient en ce moment cette réunion. Il raconte comment il a lu dans *L'Humanité* les « aveux » de Frank, qui s'accusait d'avoir au camp de Buchenwald travaillé pour les nazis, d'avoir été un agent de la Gestapo.

Semprún regarde ceux qui sont encore pour quelques minutes ses camarades du Comité exécutif. Il regarde la Pasionaria qui remet en place une mèche de ses cheveux blancs. Il regarde Carrillo qui feint de lire des papiers devant lui. À tous ces visages fermés dans la réprobation, il dit qu'à l'époque, il a cru d'abord à une erreur de transcription, de transmission. Car il savait que Frank ne pouvait pas avoir été au service des nazis. Il s'interrompt, mesure ses effets. Pas un bruit ne vient troubler le grand silence, pas un raclement de gorge, pas un froissement de papier.

Il explique qu'au début de 1945, lui Semprún, matricule 44904, avait préparé l'évasion de deux camarades communistes français. Il suffisait de mettre ces deux militants sur la liste d'un kommando extérieur d'où il était plus facile de fuir. Ce genre de travail relevait de ses fonctions à l'Arbeitsstatistik où il gérait la main-d'œuvre au jour le jour. Mais il avait besoin de l'aide de Frank, son supérieur dans l'organisation clandestine. Josef Frank lui avait donné son accord. Il avait trouvé deux postes de travail qui permettaient de sortir du camp et faciliter l'évasion.

Frank était innocent. Sinon, il l'aurait dénoncé. Et lui, Jorge Semprún ne serait pas là pour leur parler en ce jour sinistre et pluvieux. Devant ses collègues de la direction communiste, il a la voix qui se brise lorsqu'il reconnaît qu'il s'est tu à l'époque du procès. Il a continué à vivre dans le mensonge de la vérité communiste. Il porte ce silence en lui comme une plaie ouverte. Désormais, il ne se taira plus. Plus jamais il ne mettra le parti au-dessus de la vérité. Il ne capitulera plus devant l'esprit de parti. Il préfère désormais « avoir raison tout seul, que se tromper avec le parti ».

Il a fini. Il se tait. Il se rassied. Personne ne bouge, personne ne bronche. Le silence absolu se prolonge quelques instants. La voix de la Pasionaria s'élève.

— Pourquoi n'as-tu pas dit la vérité à ce moment-là ?

Carrillo ordonne une suspension de séance.

Sous la coupole de verre de l'hôtel Palace à Madrid, Jorge termine son récit. Trente et un ans après, il vient de raconter sans une once d'émotion cette séance où il a été exclu avec son ami Claudin de la direction du parti espagnol, où il a évoqué le souvenir de Josef Frank.

— Ce jour-là s'est achevée une partie décisive de ma vie, sans doute la plus palpitante, période chargée de souvenirs fraternels, de moments intenses. J'avais la satisfaction intime d'avoir été au bout de mes convictions, d'être resté fidèle à l'engagement de ma jeunesse, d'avoir été utile à quelque chose dans la clandestinité antifranquiste. Le fantôme de Federico Sánchez m'a poursuivi longtemps. Mais la vie continue, sans lui. Je suis redevenu moi-même grâce à l'écriture du *Grand Voyage.*

— Plus exactement tu es devenu toi-même.

— Tu as raison. Je ne pouvais être moi-même qu'en tant qu'écrivain. Je n'avais pas réussi à l'être au retour du camp. Dix-sept années après le constat de cette impossibilité, je suis en effet devenu moi-même.

20

— Vous connaissez l'objet de notre visite ?

Montand, chapeau sur la tête, vêtu d'un long manteau, s'adresse à Simone Signoret, coiffée et maquillée comme une « cocotte ». Elle fait entrer chez elle Montand et son adjoint, les deux policiers chargés de l'enquête sur un meurtre dans un compartiment de chemin de fer. L'inspecteur Grazziani (Montand) se laisse tomber dans un fauteuil. Il sort de sa poche un mouchoir à carreaux dans lequel il se mouche bruyamment. Le policier demande à Simone Signoret de décrire un suspect aperçu dans le compartiment.

— C'était un fonctionnaire.

— Il vous l'a dit ?

— Il en avait l'air !

— Et c'est comment l'air d'un fonctionnaire ?

— Un peu triste, des petits gestes, un petit costume, un peu étriqué.

La caméra est sur Simone et pendant qu'elle parle, Montand mime la gueule qu'elle décrit, l'œil glauque, la mâchoire décrochée. La comédienne a du mal à garder son sérieux.

— Coupez !

Costa-Gavras éclate de rire devant la tête de Montand. La tension de ce premier jour de tournage tombe. Le réalisateur se félicite d'avoir insisté auprès de Montand pour qu'il joue l'inspecteur Grazziani, en accentuant son côté marseillais. L'acteur qui s'efforçait depuis des années de perdre l'accent de son enfance n'était pas enthousiaste. L'idée de jouer un flic, dans ces années d'après la guerre d'Algérie, ne lui plaisait pas vraiment non plus. Mais avec l'appui de Simone, Costa-Gavras a insisté. Montand a rajouté sa touche personnelle : Grazziani, constamment enrhumé, se mouche à tout instant dans son bout de tissu avec un bruit de chaudière. L'homme de music-hall, qui sait inventer une silhouette avec deux ustensiles, s'est construit un personnage avec son mouchoir et son galure rejeté en arrière.

Costa-Gavras a connu Simone sur le tournage du *Jour et l'Heure*, un film de René Clément dont il était l'assistant pour les costumes. Il est venu plusieurs fois place Dauphine pour les essayages. Simone, curieuse des autres, lui a fait raconter son histoire d'immigré grec obligé de fuir son pays pour venir faire des études de lettres à la Sorbonne. Par la suite, Costa entend parler de l'IDHEC, l'école de cinéma dont il suit les cours pendant deux ans. Coïncidence ?

Il choisit de faire son diplôme de fin d'études qu'il n'achèvera pas sur *Les Sorcières de Salem.* Puis, Costa enchaîne les postes d'assistant, d'abord d'Yves Allégret le premier mari de Simone, puis Jacques Demy, René Clair et donc René Clément, dont Costa admire la virtuosité et l'inventivité technique.

Pour une séquence du *Jour et l'Heure* tournée dans un train sous l'Occupation, qui se passe dans un couloir bondé, Clément a l'idée d'accrocher la caméra sur un rail fixé au plafond du wagon afin de suivre la progression difficile de Simone Signoret et d'un pilote anglais poursuivis par un membre de la Gestapo. L'effet est spectaculaire.

Un après-midi, Costa est à la Roulotte pour présenter le plan de travail à Simone. L'assistant et la comédienne sont installés dans le petit bureau qui donne sur la place Dauphine. Du salon provient la voix de Montand qui chante accompagné par Bob Castella au piano. Des cris et des vociférations s'élèvent. « Mais non, Bobby ! »

Un peu plus tard, Montand rejoint Simone et Costa installés Chez Paul, le restaurant qui jouxte la Roulotte. Simone glisse à Costa : « Je te présente un autre immigré. »

L'assistant cinéaste a vu Montand au théâtre de l'Étoile en 1958. Il avait été subjugué par la présence charismatique de Montand sur scène, sa faculté à remplir l'espace, sa virtuosité à sauter d'une chanson d'amour à une chanson à sketch puis à un texte grave. Après le tournage du film de Clément et en attendant le prochain sur lequel il est engagé (*Les Félins* avec Jane Fonda et Alain Delon), Costa met à profit son inactivité forcée pour adapter un roman de Sébastien Japrisot, *Compartiment tueurs*. Il donne le scénario à taper à une secrétaire qui le fait lire à un producteur qui s'emballe pour le projet.

— Qui voyez-vous pour le casting ?

— Pour le moment, je n'en vois qu'une. Catherine, la fille de Simone.

Costa fait lire le script à Simone, réticente à ce que sa fille, qui doit passer son bac, se lance dans le cinéma. Elle finit par accepter.

— Mais moi, je pourrais jouer la vieille actrice sur le retour.

Costa a du mal à cacher sa joie. Pour un premier film, il décroche une reine de l'écran. Puis Montand à son tour sollicite un rôle. Les autres comédiens proviennent presque tous de l'entourage du couple Montand/Signoret. Le générique fait défiler les habitués des week-ends à Autheuil. Des comédiens comme Marcel Bozzuffi ou Françoise Arnoul acceptent des rôles minimes pour le plaisir d'en être. Avec Pierre Mondy, Daniel Gélin ou Michel Piccoli, le tournage se déroule en famille.

Pour la première fois, Montand se sent à l'aise sur un plateau. Lui, qui d'instinct a su s'imposer au music-hall, maîtriser le one-man-show, se mettre en scène sur scène, n'a jamais réussi à dompter l'œil noir de la caméra. Depuis ses débuts, il a été à l'affiche d'une petite vingtaine de films mais aucun ne lui a donné la plénitude qu'il ressent face au public. Il jette un regard désabusé et – trop – sévère sur sa carrière cinématographique. Depuis *Les Portes de la nuit*, il a été, à ses yeux, peu convaincant, transparent, parfois gauche, sonnant faux.

Avec Costa qui est jeune et débutant, il n'a pas peur. Il n'a plus la sensation de jouer, de faire des efforts. Il se laisse aller à être un personnage qui n'est pas lui mais parle sa langue naturelle, le français aux accents du Vieux-Port. Un personnage décalqué de sa véritable personnalité. Il découvre comme une révélation qu'il peut jouer la comédie avec plaisir et naturel, entrer dans un rôle avec une part de lui-même. La fameuse présence qu'il impose sur scène, il se sent capable de l'imprimer sur la pellicule.

L'artiste est entré dans la quarantaine. Sa silhouette n'est plus celle du grand adolescent poussé en graine, mais celle d'un homme aux épaules carrées. Le visage buriné prend une densité nouvelle. Le regard se charge de gravité. Montand a mûri, assez pour crever l'écran.

Désormais le plateau l'emporte sur la scène dans la carrière de Montand. Costa entre dans le cercle de famille des Montand et devient un habitué des week-ends à Autheuil. Il est subjugué par l'atmosphère amicale de la maison, intéressé par les discussions politiques, intimidé par la qualité des débats. Montand le traite comme un jeune frère, l'appelle à se détendre. Les parties de volley-ball, acharnées et disputées permettent de faire tomber les inhibitions du jeune Grec. Un lien étroit entre le réalisateur grec d'une trentaine d'années et l'acteur se noue à ce moment-là. C'est le début d'une longue amitié et d'une féconde complicité professionnelle.

Les deux hommes sont des émigrés, qui à des âges différents ont dû fuir leur pays tenu en laisse par des dictatures. Même « atavisme méditerranéen » chez Semprún qui fait la connaissance de Gavras dans la maison d'Autheuil, au moment où le jeune réalisateur achève le scénario de *Compartiment tueurs*. Costa et Jorge ont en commun l'exil, le déracinement, la difficulté de trouver, entre leur pays et la France, leur identité.

Costa est gamin quand la Wehrmacht occupe la Grèce. L'occupation allemande se montre particulièrement féroce. À Athènes, non ravitaillée, quadrillée, on meurt de faim. Chaque matin, dans les charrettes, chargées des morts de la nuit, qui bringuebalent sur les pavés disjoints, les jambes pendantes des cadavres se balancent au gré des cahots.

La résistance grecque sous l'égide du parti communiste se développe, formée d'un vaste front patriotique antiallemand. Le père de Costa rejoint l'EAM, le front de libération nationale. Mais en 1944, alors que les Allemands sont contraints à la retraite, l'armée anglaise à la suite d'un accord entre Staline et Churchill occupe à son tour Athènes. Les canons britanniques bombardent les résistants grecs. Jorge Semprún se souvient qu'à Buchenwald, sur la radio clandestine du camp, il écoutait avec ses copains les nouvelles de Grèce. Les membres de l'organisation communiste clandestine du camp ne pouvaient comprendre que les blindés anglais écrasent leurs camarades grecs alors qu'eux attendaient leur libération des mêmes chars alliés.

Dans le parc d'Autheuil, les conversations de Jorge et Costa tournent autour de l'histoire de la Grèce. Sans doute, Costa aura-t-il encore dans la tête le souvenir de ces échanges lorsqu'il proposera, trois ans plus tard, à Semprún d'écrire avec lui le scénario de *Z.* Ainsi sous l'égide de Montand qui le réunit, se constitue un trio de « métèques », exilés de trois pays de la Méditerranée. Le Grec, le rital et l'espinguoin sont chacun à un tournant de leur existence. Costa-Gavras propulsé par le succès de *Compartiment tueurs* commence une brillante carrière de réalisateur. Semprún abandonne la politique active pour l'écriture et Montand délaisse le music-hall pour les plateaux de cinéma. Leur avenir, ils vont le façonner ensemble.

Il est debout à l'entrée du pont de Béhobie qui enjambe la Bidassoa, frontière entre la France et l'Espagne. Il se tient du côté français et il contemple les vertes collines d'Elizondo. Il ferme les yeux. Il a emprunté si souvent ce trajet dans les aubes blafardes quand un camarade l'emmenait en voiture de l'autre côté, vers Madrid, vers l'aventure. Ou bien lorsqu'il revenait après des mois à côtoyer le danger dans la clandestinité, il apercevait la colline de Biriatou dans la lumière du petit matin. Il avait roulé toute la nuit, la bouche desséchée par le manque de sommeil et la fumée âcre du tabac. De l'autre côté du pont, passé le poste français, il sentait son corps qui se relâchait. La tension retombait. Une fois encore, il était passé.

Ce matin, il observe la haute silhouette de Montand à côté de celle, plus menue, d'Alain Resnais. Les deux hommes marchent sur le côté du pont, ils viennent vers lui. Le cinéaste donne des explications à l'acteur. De là où il est, Semprún n'entend pas mais il n'a pas besoin d'entendre. Il connaît la séquence qui va être tournée.

Il l'a écrite.

C'est Florence Malraux, après avoir lu *Le Grand Voyage*, qui a incité Alain Resnais à demander à Semprún un scénario. L'aspect formel de l'écriture, le refus de la linéarité, le jeu avec le temps intéressent le cinéaste. D'emblée, le réalisateur prévient l'écrivain : « Pas question que l'on fasse un film sur l'Espagne, je n'y connais rien et c'est trop proche de vous. Pas question non plus de faire un film politique. » Le résultat est que *La guerre est finie* relate trois jours de l'histoire d'un militant espagnol, Diego Mora.

Il y a beaucoup de Jorge Semprún dans ce Diego Mora (et non Maura comme son grand-père maternel). On retrouve, dans *La guerre est finie*, tous les thèmes des débats que Federico Sánchez a portés contre la direction du parti communiste espagnol. Il met dans la bouche de son « Diego » des propos qu'il a tenus lui-même : « Comment peut-on décider en exil la date et les modalités d'une action qui doit se dérouler en Espagne. L'appareil clandestin ne peut se substituer aux ouvriers de Bilbao, Barcelone ou Madrid. » Elle sonne juste, la dénonciation de cette grève générale commandée à distance, dernier fantasme d'exilés coupés des réalités.

La meurtrissure de la rupture récente avec le parti communiste baigne le scénario d'une nostalgie qui assume la fidélité mais refuse la complicité. Semprún, à travers l'écriture, s'auto-analyse comme si l'écran était un divan.

Un trouble étrange provient de la superposition du visage de Montand à celui de Semprún. Montand est Diego, donc Semprún. Dans une séquence, l'acteur un verre vide à la main s'écrie, un brin excédé : « L'Espagne est devenue la bonne conscience lyrique de toute la gauche : un mythe pour anciens combattants. En attendant, quatorze millions de touristes vont passer leurs vacances en Espagne. L'Espagne n'est plus le rêve de 36 mais la vérité de 65. Trente ans sont passés et les anciens combattants m'emmerdent. » Montand parle le Semprún.

L'écriture du scénario aide Semprún à prendre des distances avec lui-même. Plutôt avec celui qu'il était. Elle permet un atterrissage en douceur au sein du monde réel, après dix années passées dans la bulle de la clandestinité. La mutation du militant professionnel en écrivain-scénariste s'effectue par le truchement de Montand. *La guerre est finie* agit sur l'ex-Federico Sánchez comme une purge. Le film accélère ce passage douloureux où le militant s'arrache à la « famille ». Montand a servi d'intermédiaire dans ce moment difficile. Leur histoire commune trouve son ciment dans ce transfert opéré de Semprún sur Montand par l'intermédiaire de son double Diego.

À l'extrémité du pont de Béhobie, Semprún constate que l'aparté entre Resnais et Montand se termine. Le metteur en scène donne ensuite des indications aux techniciens pour le tournage de la scène. L'acteur s'approche de Jorge et lui lance, tandis qu'il l'entoure de ses grands bras.

— *Hello español rojo !*

Afin de masquer l'émotion que suscite en lui cette appellation d'origine, réminiscence des années enfuies, « l'Espagnol rouge » a un rire bref qu'il expulse comme un cri de joie. Par dérision, il lève le poing, le même poing dressé que sur le port de Bayonne, un matin ensoleillé de 1936.

Peu après, Semprún regarde Montand qui prend place dans la Citroën qui a été équipée de caméras. Il connaît les premiers mots de la séquence.

— Ça va, on est sûr de l'avoir, ton train.

Des mois auparavant, Semprún était installé dans une salle de projection des studios de Boulogne, assis à côté d'Alain Resnais. Le cinéaste devait choisir le comédien pour incarner Diego Mora. Il restait trois noms en compétition : Paul Newman, Vittorio Gassman et Montand, qui depuis le début était le choix d'Alain Resnais. Il avait vu le chanteur sur la scène du théâtre de l'Étoile et avait été épaté par son sens du rythme. Un acteur capable d'offrir un tel spectacle était, aux yeux du cinéaste, capable de tout jouer.

Mais les producteurs et les distributeurs estimaient Montand pas assez commercial. Pour se faire une idée définitive, Alain Resnais avait demandé à

Costa-Gavras de pouvoir visionner une copie de travail de *Compartiment tueurs.* Resnais sort de la salle, absolument convaincu par la prestation enrhumée de l'inspecteur Grazziani. C'est donc indirectement grâce à la direction d'acteur de Costa que Montand décroche le rôle qui lui permet d'*être* son ami Semprún.

Par ses convictions personnelles, son cheminement politique, Montand donne du crédit à Diego. Il se sent proche de ce personnage, fidèle à l'idéal, sceptique sur les moyens. Son état d'esprit de l'époque lui permet de s'approprier ce rôle. En devenant un autre, il devient enfin lui-même, un acteur débarrassé de ses inhibitions devant la caméra. Il peut désormais jouer tout le monde. C'est-à-dire être tout le monde.

Sur l'écran, Montand dévale une petite rue d'un quartier de vieilles maisons et débouche sur un vaste espace où se dressent des tours HLM. Il entre dans une de ces tours.

Dans la salle de projection, Semprún est seul, le regard rivé sur ces images qu'il voit pour la première fois. Il entend la voix du narrateur, la sienne, harmonieuse, légèrement métallique qui lui parle en confidence.

« Tu connais cette banlieue, les yeux fermés. Tu arrives de ton pays, tu retrouves ce paysage de l'exil, à chacun de tes retours. Tu vas retrouver ces hommes secs, infatigables, usés, précis dans le détail, perdus dans un grand rêve, prêts à mourir : tes camarades. »

Il regarde Montand dans l'ascenseur du HLM. Silencieux, pensif, grave.

« Tu vas retrouver cette fraternité, irremplaçable, rongée par l'irréel. »

Dans son siège, Jorge frissonne. Ses lèvres forment à voix basse les mots qu'il entend, ses mots. Il voit Montand, son double, qui marche dans un couloir glauque, sonne à une porte. Jorge ferme les yeux un instant. Il sent l'émotion le gagner. Ces scènes sur l'écran, il les a vécues cent fois.

Longtemps après la fin de la projection, organisée pour lui par Resnais aux studios de Joinville, Jorge reste prostré dans son fauteuil, en proie à une émotion qui le submerge. Lorsque après de longues minutes, il retrouve la force de parler, il appelle Montand au téléphone pour lui confier ce que son interprétation de Diego a remué en lui. Sa réserve naturelle l'empêche d'avouer que le film a été pour lui une véritable catharsis.

Mon cher Yves,

Je vous ai trouvé formidable dans La guerre est finie. *Formidable de justesse et de netteté. Il y a deux films. Le premier c'est votre visage. Le deuxième commente ce visage. C'est parfait et très beau.*

Je suis sûr que vous êtes content d'avoir fait ça et je m'en réjouis avec vous. Beaucoup d'amitiés,

François Truffaut

Montand replie le mot manuscrit du chef de file de la Nouvelle Vague.

Les compliments, innombrables, que Montand reçoit pour son interprétation de Diego le confortent dans son désir de cinéma. Les propositions pleuvent.

21

— Allô Jorge ? C'est Costa ! Tu connais l'affaire Lambrakis ?

À la surprise du cinéaste, Semprún n'ignore pas cette histoire que les Grecs ont inscrite dans leur mémoire. Grigoris Lambrakis, professeur de médecine et député de la gauche démocratique, a été renversé par un triporteur et matraqué à Salonique le 22 mai 1963. Il sortait d'une réunion qu'il avait animée contre le déploiement des fusées américaines Polaris sur le territoire grec. Il est mort cinq jours plus tard sans avoir repris connaissance. L'enquête, menée par un jeune magistrat, révèle que l'assassinat, prémédité, a été organisé par un groupe d'extrême droite.

À Semprún qui est dans le Midi, Gavras confie qu'il revient d'Athènes où il est allé voir ses parents. Au moment du départ, son frère lui a donné *Z*, un livre où Vassilis Vassilikos, qui a eu accès au dossier d'instruction de l'affaire Lambrakis, démonte l'implacable engrenage de la machination. Costa dévore le roman dans l'avion. Il sent tout de suite que le sujet est pour lui.

— Il y a un film formidable à faire sur la recherche de la vérité. Tu es partant ?

— J'arrive.

Le lendemain de cet échange téléphonique entre Gavras et Semprún, le 21 avril 1967, à 2 heures du matin, les chars prennent position autour du Palais-Royal, devant le Parlement et aux principaux points stratégiques. L'armée s'empare du pouvoir à Athènes.

Les responsables politiques de premier plan sont immédiatement arrêtés, ainsi que les membres de l'opposition. Le surlendemain du putsch, le porte-parole de la junte militaire justifie ce coup d'État : l'armée a voulu faire barrage à la menace communiste. Ce qu'on appelle « la dictature des colonels » se met en place. Elle durera sept années.

Comme *Z* n'est pas encore paru en France, Costa traduit le livre, page par page, à Jorge, remonté à Paris. À la fin, l'écrivain décide de foncer. Les conversations d'Autheuil entre les deux hommes sur l'histoire récente de la Grèce trouvent leur aboutissement. Ils portent l'un et l'autre le deuil de la résistance grecque écrasée par l'armée britannique en 1944 avec la bénédiction de Staline. L'Espagnol est d'évidence sensible au renversement d'un pouvoir militaire « élu » par un coup de force.

Le metteur en scène a obtenu une petite avance des Artistes associés. Les deux amis s'enferment dans une maison de campagne pour écrire le scénario. Les premiers lecteurs sont Simone et Montand, qui accepte d'emblée le rôle très court de Lambrakis. Douze minutes au total du film mais un personnage dont l'ombre mortuaire s'étend sur toute la pellicule. Les producteurs sollicités refusent les uns après les autres de s'engager. Le script leur semble trop politique. Qui va s'intéresser au sort d'un obscur député grec ? Au début de l'année 1968, Costa, la mort dans l'âme, est au bord du renoncement. Mais Jacques Perrin, pressenti pour jouer le rôle d'un jeune photographe, s'enthousiasme. Il s'improvise producteur et prend des contacts avec les responsables du cinéma algérien.

« Je vous parle solidarité avec les étudiants et les ouvriers et vous me parlez travelling et gros plan ! Vous êtes des cons ! » La gueulante de Godard électrise la salle Jean-Cocteau. Le 18 mai 1968, le ton monte au festival de Cannes. L'ancienne Nouvelle Vague déferle sur la Croisette. Truffaut, Godard, Berri, Malle et quelques autres interrompent la projection du film *Peppermint frappé*. Son auteur, Carlos Saura, s'accroche aux rideaux pour empêcher la diffusion de son propre film qu'il retire de la compétition. Miloš Forman et Alain Resnais l'imitent. Le 21 mai, le festival de Cannes a vécu.

Le marché du film continue. Dans les suites du Martinez ou du Gray d'Albion, les producteurs cherchent des financements. Semprún, Costa-Gavras et Jacques Perrin ont rendez-vous avec les représentants du cinéma algérien pour monter une coproduction. Affaire conclue. *Z* sera tourné à Alger.

Remonté à Paris en ébullition, Semprún retrouve Montand qui vient d'enchaîner deux films, *Vivre pour vivre* de Lelouch et *Un soir, un train* d'André Delvaux. Il s'apprête à tirer *Le diable par la queue* sous la direction de Philippe de Broca.

Les deux compères déambulent dans les rues de Paris, emplies de révolutionnaires sans révolution. Ils regardent d'un œil sympathique mais distant le bouillonnement général qui a saisi la société française. Montand, prototype de l'artiste engagé dans la décennie précédente, reste muet lors de cette prise de parole générale. « Bourgeois nanti », comme il se définit lui-même, il ne veut pas courir après un mouvement qui lui échappe. La révolution de Mai n'est pas la sienne. Il refuse de chanter aux portes des usines Renault alors qu'on le sollicite. Pas une seule fois il ne se rend à la Sorbonne, transformée en souk idéologique où le portrait de Staline côtoie celui de Mao.

Une fois, ses pas le conduisent non loin de chez lui, à l'atelier des Beaux-Arts où il apprécie la créativité des artistes réunis autour de Gérard Fromanger, qui dessinent les fameuses affiches de Mai. Jorge,

« l'ex », vacciné contre la logorrhée marxienne, analyse en fin politique la partie qui se joue, décortique pour Montand la stratégie du parti communiste qui vise à un retour à l'ordre. Il perçoit, sous la gangue du vocable sectaire, derrière la vulgate révolutionnaire, un élan libertaire contre l'emprise stalinienne qui emprisonne la gauche. Ce n'est pas pour lui déplaire.

Montand/Lambrakis sort de la salle, entouré de ses amis politiques. Il fait quelques pas et aperçoit le chef de la police qu'il hèle. Ce dernier disparaît derrière une double rangée de soldats en uniforme bleu, casqués, matraque à la main.

Costa-Gavras dirige la manœuvre. Le nombre de figurants rend la séquence, réglée au millimètre, compliquée à tourner.

Montand s'avance seul sur la place à la poursuite du directeur de la police. Deux voyous menaçants s'approchent. Il les toise du regard. Ils reculent et disparaissent dans la foule des contremanifestants. Montand/Lambrakis continue d'avancer. À cet instant, un triporteur surgit. « Attention ! », crie une voix. Montand tourne la tête. Un type, couché à l'arrière du triporteur, se dresse et donne un violent coup de matraque. Montand reste debout quelques secondes, les mains sur la tête, titubant sous le choc avant de tomber à genoux, frappé à mort.

À sa sortie en février 1969, *Z* remporte, après des débuts incertains, un immense succès public et critique, pour les mêmes raisons qui faisaient craindre l'échec aux producteurs un an auparavant. Les « événements » ont généré un grand intérêt pour la politique. Dans l'atmosphère enfiévrée de l'après-Mai, *Z*, film politique sous son aspect de thriller, démonte les mécanismes d'un assassinat politique. Quelques mois après le meurtre de Martin Luther King et de Robert Kennedy, victimes d'attentat, *Z* tape juste et fort.

L'audience de *Z*, outre ses grandes qualités de mise en scène, tient également à un malentendu. Le film apparaît à tort comme une dénonciation du régime des colonels. Or l'affaire Lambrakis s'est produite dans une démocratie, certes autoritaire. La dénonciation portée par le scénario n'en est que plus forte. *Z* défend les libertés, l'État de droit qui peuvent être bafoués, y compris dans un système démocratique. Le véritable héros, c'est « le petit juge », expression trouvée par Semprún, incarné magnifiquement par Jean-Louis Trintignant – qui résiste à toutes les pressions pour que triomphe la vérité. Une leçon morale qui traverse les frontières et les régimes politiques. Pendant longtemps en Grèce, les opposants au régime des colonels dessinent sur les murs des « Z » – première lettre en grec de *Zi*, « il vit » – comme les résistants traçaient le V de la victoire sur les murs de Paris pendant l'occupation allemande.

Quelques mois après la chute des colonels retournés dans leur caserne, le trio d'émigrés est à Athènes pour présenter *Z*. Avec émotion, ils assistent à des projections que troublent les sanglots étouffés, les cris d'indignation, les rires vengeurs et qui se terminent par des applaudissements reconnaissants. Montand, Costa et Semprún profitent du voyage pour grimper sur l'Acropole. Devant le Parthénon, une photo les fige pour toujours, sagement assis sur un bloc de marbre.

Quand on partait de bon matin
Quand on partait sur les chemins
À bicyclette
Nous étions quelques bons copains

Dans l'annexe de La Colombe d'Or réquisitionnée pour l'occasion, Montand répète inlassablement le spectacle qu'il présente à l'Olympia à partir du 18 septembre 1968. Après avoir enchaîné film sur film, l'envie est revenue de remettre le bon vieux costume de scène marron, de sentir ses pieds refaire des claquettes, de casser à nouveau son corps à force d'exercices à la barre, de plier sa voix à la dure discipline. L'interprète a retrouvé l'appétit de chanter. Pendant plusieurs semaines, à l'exception du tournage de *Z* à Alger, il s'est enfermé à Saint-Paul-de-Vence où il s'est soumis à un régime draconien :

huit heures de répétition par jour. Deux heures de danse quotidiennes pour trois petits pas sur la scène.

Jorge Semprún passe le voir dans sa solitude de chanteur de fond. Il a droit à quelques confidences.

— Pour courir un mille mètres, il faut être capable de tenir trente kilomètres. C'est Zátopek qui le disait. Tu comprends, le tour de chant, c'est donner au public l'impression qu'il peut monter sur scène et en faire autant.

La primeur du show a été réservée à un serveur de La Colombe et au patron de l'établissement, Francis Roux, son témoin de mariage aux côtés de Jacques Prévert.

— À leur tête, à leur manière de me dire sans me regarder c'est formidable, je comprends que ce n'est pas encore ça.

Comme à chaque fois qu'il remonte sur scène Montand a peur, très peur. Après cinq années d'absence au music-hall, il sait, la tornade de Mai 68 étant passée par là, que son retour n'est pas gagné d'avance. Le fond de l'air est rouge. La tentation est grande d'aller dans le sens du vent de la contestation qui mugit jusque dans les cintres des salles de spectacle. Nombre d'artistes ont enfourché les dadas du moment et se produisent, drapeau rouge à la boutonnière et pavé à la main. Montand choisit l'attitude inverse. L'ancien compagnon de route du communisme enlève de son répertoire toutes les chansons engagées. Un choix qu'il explicite devant son ami Jorge, convaincu d'avance.

— En pleine guerre d'Indochine, cela avait du sens de chanter « Quand un soldat ». Cela avait du sens à Moscou de chanter des couplets antimilitaristes devant un parterre galonné. Aujourd'hui, même de Gaulle est contre la guerre du Vietnam. Il n'y a plus aucun mérite. Dans le show, il ne faut pas se faire plaisir. Il faut se faire mal.

Sur la scène de l'Olympia, Montand reprend ses succès de toujours, il chante ce qu'il aime, Desnos, Aragon, Apollinaire, Prévert. Il ressort des vieilleries comme « Dans les plaines du Far West », afin de bien montrer que lui, Montand, traverse le temps. Un an auparavant, Pierre Barouh lui a apporté les paroles de « La bicyclette », mis en musique par Francis Laï. Des rimes qui évoquent davantage l'envol des papillons que la révolution et le goût des reinettes que les bombinettes. Après six semaines de représentation, Montand annonce qu'il abandonne le récital. La star de l'Étoile est éteinte. À l'approche de la cinquantaine, le chanteur abandonne ce que fut le Montand jeune. Il laisse en cadeau un texte de Nâzim Hikmet que lui avait révélé, dix ans plus tôt, Gérard Philipe. Un constat amer, des mots terribles murmurés à l'oreille de chaque spectateur afin de le convaincre qu'il est aussi responsable des malheurs du monde.

Et s'il y a tant de misère sur terre
C'est grâce à toi, mon frère

— Comment tu as osé dire des saloperies pareilles publiquement ?

Julien Livi, le grand frère toujours communiste, déboule à la Roulotte, blanc de colère, hors de lui. Il arrive du siège de la fédération CGT de l'alimentation où il a passé tout le mois de mai, assurant nuit et jour le ravitaillement de la région parisienne pendant la grève. Un de ses camarades l'a prévenu que Montand avait attaqué Georges Séguy sur une chaîne de radio.

Invité de la station Radio Luxembourg, à l'occasion de son retour sur la scène de l'Olympia, Montand s'est exprimé pour la première fois sur les événements du printemps, aussi bien à Paris qu'à Prague. C'est pendant le tournage de *Z* à Alger qu'il a appris l'invasion de la Tchécoslovaquie par l'Armée rouge. Il avait suivi avec beaucoup d'espoir, sans doute trop d'illusions, l'expérience du Printemps de Prague. La tentative de Dubček de bâtir un « socialisme à visage humain » montrait, aux yeux de l'artiste, qu'il était possible de se débarrasser des oripeaux du stalinisme. La censure de la presse avait été abolie à Prague, la liberté de conscience affirmée, les libertés publiques rétablies. Montand reçoit comme un coup de massue l'écrasement de cette tentative démocratique par les chars russes. Il ressent un dégoût violent à l'égard du communisme. Le voyage à l'Est en 1956 lui avait ouvert les yeux. Mais il était resté dans le cercle de famille. L'écrasement du Printemps de Prague provoque en lui une cassure irrémédiable. Il tourne la page communiste de son existence.

Au micro de Radio Luxembourg, il ne mâche pas ses mots, dénonce la monstruosité de l'intervention militaire russe. « Qu'on continue à mentir, à tuer et ce qui est encore plus dégueulasse à moucharder tout cela condamne une politique. » Sur Mai 68 en France, il en rajoute. Pendant la grève générale, Georges Séguy interrogé sur le rôle de Cohn-Bendit avait répondu avec dédain : « Cohn-Bendit, connais pas. »

Montand renvoie la balle. Questionné sur le leader de la CGT, il persifle : « Séguy ? Connais pas. »

— Comment tu as osé dire des saloperies pareilles publiquement ?

À peine rentré des studios de Radio Luxembourg, Montand voit surgir son frère Julien dans un tel état de colère qu'il s'inquiète.

— Calme-toi ! Bois une bière ! Je vais te faire entendre l'enregistrement.

Montand et Julien écoutent l'émission. Dès qu'elle est terminée, Julien explose. Il se précipite sur Montand, prêt à le frapper.

— Tu es un salaud. Tu as rejoint les ennemis de classe. Tu apportes de l'eau au moulin des adversaires du parti. Tes propos vont être utilisés contre nous. Comment tu peux t'en prendre à Séguy ?

Il hurle. Montand répond sur le même ton. Pris à son tour par une fureur incontrôlable, il vide son sac, empli à déborder de tout le ressentiment accumulé depuis des années.

— Avec toi, le parti a toujours raison ! Même quand il se trompe ! Même quand il commet des monstruosités. Le parti avait raison quand il défendait les crimes de Staline ? Il avait raison quand on assassinait à la Loubianka. Comme dit mon ami Semprún, je préfère avoir raison seul que tort avec le parti.

— Semprún, c'est un menteur. Il a abandonné le combat contre Franco. Il ne faut pas qu'il me prenne pour un con, si toi, il te prend pour un con !

— Le connard c'est toi ! Toujours dans la ligne du parti. Quand Rousset dénonçait les camps soviétiques dans *Le Figaro*, tu ne voulais pas savoir. On ne voulait pas entendre. Ça c'est fini. J'ouvre ma grande gueule. Quand c'est mal, c'est mal ! Merde, merde, merde !

Les cris et vociférations retentissent jusque sur la place Dauphine. Les deux frères sont face à face, les traits du visage déformés par la rage. Julien agrippe Montand par le bras.

— Tu as trahi tout ce qu'a été ta vie ! Tu es passé de l'autre côté. Tu as trahi papa ! Tu es comme l'oncle Gigi.

À l'évocation du frère de leur mère, le fasciste italien qui a obligé leur père à fuir l'Italie, Montand ne se contrôle plus. Il se dresse, effrayant. Sa voix poussée à l'extrême se brise. Il lève le bras, poing serré, incapable d'articuler un son. Julien claque la porte. Montand se laisse tomber dans un fauteuil, hagard, en sueur comme s'il descendait du ring.

La rupture s'effectue dans la souffrance. Montand s'émancipe du carcan idéologique qui pesait sur lui depuis toujours. Il rejette avec la même violence qu'il mettait autrefois à les défendre les prêches de l'orthodoxie stalinienne. Il va plus loin encore en cassant publiquement un tabou. Celui qui interdisait de critiquer à l'extérieur les défauts du système. Après y avoir longtemps cédé, Montand n'a plus peur de donner, selon la terminologie de l'Église rouge, « des arguments à l'adversaire ».

Il est décidé à appeler « un chat, un chat ». Dans ce moment d'éloignement de l'objet aimé, où la haine le dispute à la ferveur défunte, le désamour politique se double d'une séparation entre deux frères liés par toute leur histoire commune, la figure détestée du responsable communiste prend désormais les traits d'un visage qu'il a longtemps traité avec affection et respect. Julien, plus âgé de quatre ans, était le grand frère qu'on admire, dont on suit l'exemple et écoute la parole. Dans les années cinquante, place Dauphine, la famille reconstituée n'était pas exempte de heurts et d'engueulades. En 1956, Julien a pesé de tout son poids pour que son frère parte faire sa tournée en Union soviétique. Longtemps il a été la conscience communiste de Montand, la voix du parti, celle de son maître.

L'arrivée de Semprún dans la vie de Montand à partir de 1963 a perturbé cet équilibre. Julien tient Jorge pour responsable de l'évolution idéologique de Montand. Il lui en veut surtout d'avoir pris la place du frangin. Après l'altercation, la séparation entre les deux frères devient réelle. Julien ne descend plus jamais à la Roulotte. Trop orgueilleux pour esquisser le premier pas qui permettrait peut-être une réconciliation, Julien et Montand s'ignorent. Quelques mois plus tard, Julien Livi quitte avec sa famille la place Dauphine.

Lors de son affrontement verbal avec son frère, Montand a gueulé si fort qu'il est devenu aphone. Deux ampoules apparaissent sur les cordes vocales. Un médecin lui ordonne de ne pas prononcer un mot pendant quarante-huit heures. Le soir même, le chanteur s'avance au bord de la scène de l'Olympia et, dans un croassement inaudible, prévient les spectateurs qu'il ne pourra honorer son engagement.

Quinze jours plus tard, le père vénéré Giovanni Livi meurt à soixante-dix-sept ans. Longtemps, Montand identifia la fidélité au communisme à la fidélité à son père. Rompre avec la famille idéologique, c'était renier le chef de la famille. Malgré l'éloignement, la maladie, Giovanni était resté la référence, le modèle. Du vivant de son père, Ivo a choisi de larguer les amarres. Il n'a pas attendu sa mort pour libérer sa parole. Il a ouvert la bouche parce qu'il ne pouvait plus se taire. En son for intérieur, il est convaincu que Giovanni lui donne raison.

À la fin du mois d'octobre 1968, Montand, Simone Signoret, Jorge Semprún et Alain Resnais prennent la défense de la poignée d'intellectuels soviétiques qui ont eu le courage exceptionnel de manifester sur la place Rouge à Moscou contre l'intervention de leur pays en Tchécoslovaquie. Désormais, pour Montand, l'adversaire clairement désigné est l'Église communiste, son prêche, sa liturgie, ses procès.

22

Il dort sur une chaise, la tête appuyée contre un mur lépreux. Le visage amaigri, dévoré par une barbe de plusieurs jours, Montand porte un manteau par-dessus sa tenue de détenu. Le comédien ne semble pas entendre les techniciens qui s'affairent autour de lui. Les machinos poussent la lourde caméra, une Mitchell, montée sur roues. Un assistant installe une machine à écrire noire sur une petite table. Montand ouvre un œil torve, vague. Il regarde cette agitation d'une équipe de tournage sans la voir. Il semble complétement épuisé. La tête retombe sur le mur.

Costa-Gavras, en pull noir sur une chemise blanche col ouvert, guide la manœuvre. Montand se lève, le pas hésitant. Le metteur en scène, le scénario à la main, donne aux acteurs les derniers conseils pour la séquence. Montand renverse la tête en arrière, esquisse un douloureux rictus. Il se frotte le cou qu'il fait aller d'un côté à l'autre. Costa s'installe sur le siège du cameraman et colle son œil sur le tube de visée. La répétition commence. Gabriele Ferzetti, qui joue le « référent », entre dans la pièce, s'adresse à Montand, menotté, qui se tient debout devant la table où repose la machine à écrire. Costa intervient, le mouvement n'est pas bon. Il fait rectifier les positions. Un assistant met des marques au sol. La Mitchell revient au départ. Costa-Gavras, le visage concentré, presque soucieux, s'installe sur une caisse. Ce film, c'est lui qui en a eu l'idée.

Alors que *Z* était encore au montage, paraît en France le livre d'Artur London, *L'Aveu*. L'ancien communiste tchèque, déporté à Mauthausen, vice-ministre des Affaires étrangères dans son pays après la guerre, y raconte comment il est arrêté en 1951 et torturé par ses propres « camarades » communistes. Il signe des aveux où il s'accuse de crimes imaginaires. London est un des onze accusés d'un des plus fameux procès staliniens, le procès Slansky en 1952. Costa-Gavras dévore le livre en quelques heures, suffoquant parfois d'indignation. Tout de suite, il en parle à Semprún.

— Tu connais l'histoire de London.

— Très bien. Je connais même London.

Jorge se souvient de la soirée terrible quatre ans plus tôt où il avait retrouvé Holdos, son camarade Pedro de Buchenwald. London était là et avait fait le récit de sa descente aux enfers.

— C'est vrai, toute cette histoire ?

— Tout est vrai !

— Je veux en faire un film !

— Tu sais où tu mets les pieds ?

— Je m'en doute !

— Alors, allons-y ! Et pour jouer London, tu vois qui ?

— Montand. C'est l'évidence. Je n'imagine personne d'autre.

Costa-Gavras téléphone à Montand qui est au Beverly Hills Hotel à Los Angeles. Aussitôt sa série de récitals à l'Olympia terminée, il est parti à Hollywood pour le tournage de *Melinda* avec Barbra Streisand. Montand n'hésite pas une seconde.

— Si Jorge et toi vous êtes partants, comptez sur moi !

Il n'a pas lu une ligne du livre mais a gardé en mémoire le récit que Semprún lui avait fait après sa rencontre avec London.

Semprún veut signer le scénario seul pour des raisons politiques et personnelles. L'ancien communiste a un compte à solder avec le procès Slansky. Le fantôme d'un des accusés, son camarade de Buchenwald Josef Frank, ne cesse de le hanter. Mettre son nom au générique est l'occasion pour lui d'expier son long silence coupable.

Costa espère tourner à Prague, qui vit sous le contrôle des Soviétiques depuis l'intervention de l'Armée rouge. Pour protester contre le retour à la situation d'avant l'éclosion du printemps de Prague, un étudiant en philosophie de vingt-cinq ans, Jan Palach, s'est immolé par le feu au mois de janvier 1969. Toute la ville a suivi les obsèques, sous la pluie, une immense procession de parapluies noirs aux accents de la marche funèbre, qui enterrait les dernières illusions d'un socialisme à visage humain.

Costa-Gavras et Jorge Semprún arrivent à Prague au mois d'avril 1969. Les chars soviétiques quadrillent la ville. Ils rencontrent les responsables du cinéma tchèque qui leur font comprendre que le tournage dans Prague occupé est impossible mais ils les supplient de faire le film.

Jorge profite du voyage pour revoir son ancien copain de déportation à Buchenwald, Jiří Žák, qui animait un orchestre de jazz au camp. Un quart de siècle a passé. Žák a les cheveux blancs, les épreuves ont marqué son visage autrefois juvénile. Les lambeaux de souvenirs reviennent. Les airs de jazz joués dans la clandestinité du camp remontent des souterrains du temps, ces quelques moments de liberté musicale arrachés à l'ordre SS, substituts de la liberté à venir, peut-être.

Žák est venu avec une vieille dame, la veuve de Josef Frank. Ils se racontent ce que furent leurs vies depuis tout ce temps. La veuve de Frank évoque les années noires, l'arrestation, le procès, la mort de son mari. D'une enveloppe jaunie, elle extrait la dernière lettre que lui a envoyée Josef avant son exécution. Elle traduit quelques lignes, expression d'un désespoir sans fin d'un homme qui ne sait pas pourquoi il meurt, assassiné par les siens. Frank lui demande de continuer à vivre pour elle, pour leurs enfants. Jorge, qui sent sa gorge se nouer, reconnaît sur le papier flétri par le temps l'écriture de son camarade de déportation. Cette dernière lettre, explique la veuve, a mis plus de dix ans à lui parvenir. Elle sort maintenant des photos d'avant, d'avant le procès, qui redonnent aux cendres dispersées sur une route enneigée l'apparence d'un visage, d'un homme sacrifié sur l'autel de la raison du parti. En voyant les photos de son camarade, Jorge se souvient d'un jour où le soleil traversait les fenêtres de l'Arbeitsstastistik, du salut amical de Žák, du sourire de Frank. Jorge rappelle à Jiří que ce jour-là, Seiffert l'avait invité à un ragoût de chien et qu'il avait refusé. « Je n'aime pas le chien », avait répondu le musicien. Un quart de siècle après, Žák a oublié le ragoût de chien. Il n'a pas oublié Willi Seiffert, devenu l'un des maîtres de la police de l'Allemagne communiste.

Le silence tombe entre eux, comme un lourd couvercle de cercueil.

Tout est prêt sur le plateau. Raoul Coutard, le directeur photo, effectue les derniers réglages sur la Mitchell. Un technicien place le clap devant la caméra. Costa donne le top. Ferzetti dans le rôle du référent, assis à une petite table, tape sur la machine à écrire en même temps qu'il lit à haute voix la déposition de Montand/London.

Montand menotté marche de long en large devant lui, l'air hébété. Ferzetti arrache les feuilles de la machine. La déposition est finie. Il se lève et la pose devant Montand/London afin qu'il la paraphe. Avec les menottes, le prisonnier ne parvient pas à saisir le stylo. On les enlève. Montand signe ses aveux. Pendant que les techniciens déplacent la caméra pour la mettre dans un autre axe de prise de vue, Montand se rassied au pied du mur de briques noircies par la poussière. Il laisse aller sa tête en arrière. Ses yeux se ferment.

Le comédien s'est engagé corps et âme dans son rôle. Il s'est identifié à London, dans une quête spirituelle, dans un travail sur lui-même, en lui-même, qui transcende le métier d'acteur. Peut-on parler de dédoublement ? Il donne plutôt le sentiment d'avoir fondu son histoire, son parcours, ses croyances passées, dans le personnage de London. Être London lui permet de solder sa dette.

Montand a, comme Semprún, un compte à régler avec le procès Slansky. Il se souvient de son attitude au moment du procès lorsque sollicité par un journaliste du *Figaro*, il s'en était tiré en répétant la phrase d'Éluard : « J'ai trop à faire avec les innocents qui clament leur innocence pour m'occuper des coupables qui clament leur culpabilité. » Slansky, Frank, London et les autres avaient craqué sous les tortures, ils avaient avoué tout ce que leurs bourreaux voulaient. Ils étaient des innocents qui clamaient leur culpabilité.

Le plan de tournage suit le déroulement chronologique du scénario, de l'arrestation au procès. Montand perd douze kilos au fil des jours, en se soumettant à un régime draconien afin de ressembler au London famélique de la prison. Il porte en permanence les menottes dans le dos, ce qui lui procure d'atroces élancements dans les épaules. Il dort par terre, fait des cauchemars horribles. Cette autoflagellation est l'expression d'un combat entre ce qu'il était et ce qu'il devient. Il paie sa créance. Il paie pour l'ignorance d'hier, pour l'aveuglement déguisé en bonne foi. *L'Aveu* est son acte de rupture définitif avec le communisme stalinien. Il ne joue pas London. Il est London.

L'interrogatoire a repris. De plus en plus hébété, Montand, le regard évadé dans les limbes, aux limites de la conscience, répond d'une voix mécanique, faible, brisée.

— Je reconnais avoir fait partie du centre de conspiration trotskiste afin de servir les intérêts impérialistes américains pour renverser le régime socialiste et rétablir le capitalisme.

Jorge Semprún, debout dans un coin du plateau, observe son ami Montand devenu London. Comme tout le monde, comme Artur London lui-même venu un jour sur le tournage qui a cru voir son fantôme, Jorge est stupéfait de la métamorphose.

Chaque phrase du scénario qu'il entend, les coups de gueule des policiers, les sursauts de Montand qui peu à peu s'enfonce dans la mécanique infernale de l'aveu, sont liés au fil rouge de sa mémoire. Chaque mot lui sert d'exutoire, accélère sa repentance. Son mutisme au moment du procès surgit entre chaque réplique. L'histoire de Josef Frank est cruciale dans son évolution. Fêlure masquée par les années de clandestinité à Madrid, elle est devenue béance. Lestée d'une telle charge émotionnelle, l'écriture du scénario a été une longue plongée en lui-même, une tentative d'expliquer comment la machine à broyer les consciences que fut le communisme se fondait sur l'adhésion religieuse au parti, déifié.

L'élaboration du script a soulevé bien des problèmes. Comment réduire une histoire complexe qui court sur deux années, chargée de références historiques, politiques, en un récit de deux heures, accessible à un spectateur profane qui ne connaît pas l'appareil communiste, ses rites et ses martyrs ? En outre, pour des raisons morales, les auteurs n'ont pas voulu jouer avec les ressorts du suspense qui tient en haleine : le personnage va-t-il tenir le coup ? Ira-t-il au bout de l'épreuve ? Ils ont introduit dans la continuité de l'histoire, des projections avant, des *flashes forward.* Au bout d'une demi-heure de film, en plein interrogatoire, on découvre Montand/London, quinze ans plus tard, racontant son parcours au soleil d'une terrasse qui domine la mer. L'objectif est de casser l'émotion, d'empêcher l'identification, de pousser à la réflexion du spectateur.

— Coupez !

La voix de Costa retentit. On change de scène. Le plateau s'anime. Jorge s'approche de son ami, de plus en plus livide. Il félicite la silhouette décharnée. Le visage blafard sourit. Au fil des jours, Montand s'étiole, se liquéfie. Le soir, il évite la salle de restaurant où l'équipe du film se remet des émotions de la journée avec des nourritures terrestres. Montand surgit, fantôme hagard, passe entre les tables en insultant Costa et ses techniciens : « Bande de salauds, vous bouffez encore. » Et il disparaît dans une petite pièce où il avale seul une cuillerée d'épinards et cent cinquante grammes de viande, pesés à la décimale près.

— J'en ai ma claque !

La visite s'éternise. Depuis deux heures, menés par une guide volubile, nous parcourons le Kremlin, ou plutôt l'ensemble d'églises, de palais, de demeures qui forment une ville dans la ville, le Kremlin de Moscou. Venu présenter *L'Aveu* avec ses complices Costa et Jorge, Montand a droit à une visite privée et hélas guidée. Montand n'est pas du genre patient, il me jette, devant des vitrines où sont exposés des œuvres d'art, des services de vaisselle ornée, des regards languissants de plus en plus désespérés. Je vois son visage peu à peu se défaire. Notre guide nous entraîne dans la cathédrale de l'Annonciation riche en fresques splendides et mosaïques superbes. Montand profite de la semi-pénombre pour m'inviter d'une mimique à le suivre.

— J'en ai ma claque !

Nous débouchons sur la place des cathédrales. Nous allons nous asseoir à quelques mètres devant le porche de la cathédrale de l'archange saint Michel, toute blanche avec ses coupoles dorées. Montand se lance dans une diatribe contre les visites guidées qu'il n'a jamais supportées.

C'est sur ces marches, le surlendemain peut-être de la projection de *L'Aveu*, qu'il m'a reparlé du tournage du film.

— En me voyant, l'autre soir, je me suis fait peur. Ce n'était pas moi, ce cadavre ambulant avec juste la peau sur les os. Je crevais de faim pendant que l'équipe se régalait à la cantine. La tentation était permanente de céder à la provocation, de bouffer,

bouffer, n'importe quoi. Lors d'une scène, j'étais interrogé par un gros gardien dégueulasse qui bouffait un énorme sandwich à la saucisse. Je me souviens qu'il y avait deux morceaux de saucisse plantés dans le pain. C'était Gérard Darrieu qui jouait formidablement ce personnage abject et il en rajoutait dans le genre dégueulasse : il rotait, il buvait de la bière, il prenait d'énormes bouchées. Je regardais, fasciné, les morceaux de saucisse, le pain, les gorgées de bière fraîche.

Montand se lève et imite le personnage en ouvrant une bouche démesurée sur un sandwich imaginaire qui devient presque réel.

— À côté, la régie avait préparé plusieurs sandwiches identiques pour les différentes prises. Lors d'une pause, je passe devant cette table. Je résiste, je m'engueule : tu n'as pas le droit d'y toucher. Et d'un seul coup, je craque. Je regarde à droite et à gauche pour vérifier s'il n'y a personne. J'attrape avec mes mains menottées un sandwich et je le dévore en quelques bouchées comme si quelqu'un allait me l'arracher. Pendant quelques instants, je ne suis plus Montand. J'oublie le film, le décor. Je crois que je suis London et que les flics vont me tabasser. J'ai traversé le miroir. Personne ne m'avait vu dans l'équipe du film, mais pendant plusieurs jours, j'ai eu un remords terrible de ne pas avoir respecté mon régime.

— Avais-tu le sentiment d'expier en t'infligeant cette souffrance ?

— Souffrance ? Il ne faut pas pousser, ce n'était pas le Goulag ! C'était de la rigolade à côté de ce qu'avait subi London. Mais je savais que je me punissais consciemment. Il fallait que je paie ! Je m'en voulais tellement d'avoir été si con. D'avoir gobé tous ces mensonges. Je n'ai pas été le seul. Tous ces gens beaucoup plus intelligents que moi, les artistes, les scientifiques, ils se sont fourvoyés. Toute leur intelligence ne leur a servi à rien. Ils ont été aussi cons que moi. Aussi crédules. Regarde mon ami Jorge. Pourtant, je l'aime tendrement. Toute son intelligence, toute sa culture ne l'ont pas empêché d'avoir cautionné le mensonge, l'abomination. *L'Aveu* nous a permis de payer notre dette.

J'ai à peine le temps de griffonner sur un bout de papier cet étrange aveu, étrange car formulé, *sanctum sanctorum*, dans le saint des saints, au cœur du Kremlin, que le guide à notre recherche débouche sur la petite place des Cathédrales. Montand soupire dans une mimique désespérée du type qui va monter sur l'échafaud.

Dans la petite salle de projection des studios de Boulogne, les London sont assis au premier rang. À côté d'Artur, sa femme Lise, communiste comme lui, ancienne stalinienne comme lui, résistante, courageuse jusqu'à l'inconscience, déportée à Ravensbrück, mais capable de renier son « Gérard » accusé de trahir le parti.

Le rang derrière, Costa, Montand, Semprún ont pris place pour regarder le premier montage de *L'Aveu* que le réalisateur vient de terminer. Tout au long de l'écriture du scénario, puis du tournage, les auteurs ont pris soin de consulter « Gérard ». Semprún n'a pas cherché à déborder la critique antistalinienne émise de l'intérieur pour l'élargir à une remise en cause globale du système et de l'idéologie communistes. Montand et lui ont dépassé ce sas de décompression où les dissidents croient encore qu'il est possible de réformer la machine. Ils en sont arrivés au point où ils rejettent le communisme dans sa globalité, dans ses fondements. Semprún ne pense plus comme lors du débat interne au parti communiste espagnol qu'un retour à Lénine, par-delà la sanglante parenthèse stalinienne, suffit. Le scénariste et le réalisateur, par honnêteté intellectuelle, ont voulu que le film *L'Aveu* colle au livre. Une critique du stalinisme, pas une dénonciation du communisme.

Au cours de la projection, ils guettent avec inquiétude les réactions de London. « Gérard », immobile dans son siège, n'émet aucun bruit, aucun commentaire.

Le film s'achève par une scène où un groupe d'étudiants écrit à la peinture blanche sur un mur de Prague en août 1968 : « Lénine réveille-toi, Brejnev est devenu fou. » La lumière se rallume. Personne ne bouge. Le rang de derrière observe Artur London qui reste immobile, prostré dans son siège, sans dire un mot. Le silence se prolonge. Les minutes s'écoulent. Montand, Semprún, Costa se regardent, se parlent par mimiques interrogatives. « Il n'a pas aimé, c'est foutu », murmure Montand à l'oreille de Costa. Celui-ci va se placer devant London qui pleure en silence. Enfin il se lève avec difficulté, soutenu par Lise. Il fait quelques pas, à grand-peine. Il semble effondré, ravagé de l'intérieur. Il est incapable de parler. Enfin au bout d'un long moment, les yeux s'animent d'une lueur joyeuse. London réussit à articuler « C'est formidable ». Il étreint Costa et Jorge et prend les deux mains de Montand qu'il serre entre les siennes pendant un temps infini. Quant à Lise, elle ajoute : « J'avais l'impression de voir mon Gérard sur l'écran. »

— C'était lui !

La réplique de Montand provoque un éclat de rire général qui détend l'atmosphère.

En janvier 1990, Montand et Václav Havel, qui a revêtu un jean et un pull-over noirs, célèbrent l'anniversaire de la mort de Jan Palach immolé par le feu vingt et un ans plus tôt, pour protester contre l'occupation de son pays par l'Armée rouge. Le mur de

Berlin est tombé deux mois plus tôt, le rideau de fer s'est déchiré. Václav Havel, le dramaturge dissident, a été porté à la présidence de la République par la révolution de velours.

À cette occasion Montand, devant des milliers de participants, remet le prix Jan-Palach à l'Union des étudiants tchèques. Depuis des années, l'acteur milite pour la défense des Droits de l'homme dans les pays communistes. Il est l'un des fondateurs de la Charte 77, organisation qui défend en Tchécoslovaquie les libertés bafouées par le régime communiste. Havel au total a passé cinq ans en prison entre 1977 et 1989. Simone Signoret et Montand ont joué en 1979 la transcription de son procès, *La liberté est comme une peau de chagrin*, mis en scène par Patrice Chéreau et Ariane Mnouchkine. C'est dire que la présence de Montand aux côtés de Václav Havel, pour célébrer la mémoire de Jan Palach à l'aube de la liberté retrouvée, n'a rien d'inattendu.

— Lorsque je me retrouve sur cette place noire de monde, les images se bousculent dans ma tête. Je revois les chars russes en 68 et les étudiants qui manifestent en brandissant des drapeaux ensanglantés. Je me souviens du tournage de *L'Aveu*, des réunions et des manifestations pour soutenir Václav Havel et ses amis. Et maintenant, Havel était à côté de moi. Il était président ! J'étais tellement heureux de lancer quelques mots à cette foule enthousiaste qui avait été écrabouillée si longtemps. J'étais heureux vraiment, profondément d'évoquer le rêve d'une Europe fondée sur notre culture commune, la liberté et la démocratie.

C'est dans l'avion de Moscou, en juin 1990, que Montand m'a raconté cette scène. L'émotion altérait sa voix tandis qu'il revivait ces moments, aboutissement d'une si longue histoire.

— J'étais heureux parce que je sentais Simone, partie depuis plus de quatre ans, à côté de moi. Je lui parlais. Je lui disais, tu vois tout ce qu'on a fait, c'était rien, mais ce n'était pas inutile. Elle était là encore à côté de moi, lorsque je suis allé fleurir la tombe de Jan Palach. Quelques jours plus tôt, ce lieu s'appelait la place de l'Armée rouge. Elle portait maintenant le nom de Jan Palach. J'étais bouleversé de vivre ça et encore plus d'avoir ma Simone à côté de moi. Je pensais en déposant la gerbe à toutes ces années de combat tous les deux, je pensais à tous ces jeunes du Printemps de Prague qui avaient été arrêtés. Je pensais à mon père et je savais que là où il était, il était fier de moi.

Pendant la cérémonie, Havel et Montand, qui ne s'étaient jamais vus, font connaissance. Le nouveau président confie à l'acteur qu'il va nommer le fils de Slansky, prénommé Rudolf comme son père, ambassadeur à Moscou. Montand apprécie l'humour tchèque de l'ex-dramaturge.

Le lendemain, Havel assiste, aux côtés du trio d'émigrés, Montand, Gavras et Semprún, à la projection de *L'Aveu*. Pendant toute la séance, l'assistance formée de jeunes gens retient son souffle, oppressée par la résurgence d'une histoire si proche. Mais lorsqu'à la fin du film, les étudiants tracent sur un mur à la peinture blanche « Lénine réveille-toi, Brejnev est devenu fou », des ricanements moqueurs, des lazzis éclatent dans l'obscurité de la salle.

Après la séance, Havel, ironique, s'approche de Semprún.

— Le slogan sur Lénine date un peu !

— C'était il y a vingt ans.

Épilogue

— Vous vous rendez compte, les enfants, ce qu'on a vécu aujourd'hui ?

Le trio est au bar de l'hôtel Rossia, sombre, éclairé par des lampes jaunâtres qui accentuent son aspect glauque. Mais Montand, Semprún et Gavras ne prêtent aucune attention au décor. Ils savourent cette soirée du 6 juin 1990. Un peu plus tôt dans la soirée, ils ont présenté *L'Aveu* au public moscovite.

Montand, joyeux, déploie ses longs bras comme pour mieux étreindre ses compagnons.

— Franchement, je ne pensais pas que je verrais ça un jour !

La conversation est décousue, comme il se doit entre de vieux amis qui se comprennent à mi-mot. Ils se remémorent par bribes la longue genèse de *L'Aveu.* Lorsque le film est sorti dans les salles en France, il a provoqué un véritable séisme, un événement qui n'était pas cinématographique mais bien politique. Des millions de Français qui votaient communiste ont vu sur l'écran les ignominies du communisme stalinien. Le PCF, qui avait toléré avec beaucoup de pincettes le livre de London, attaque violemment le film de Gavras et Semprún qui est évidement taxé d'« anticommuniste », en tentant de dissocier l'ouvrage de sa traduction cinématographique. Puisque les auteurs critiquent « le camp socialiste », ils sont objectivement du côté de Nixon qui bombarde le Vietnam.

— Objectivement, rugit Montand dans le bar du Rossia. Avec ce mot, on en a fusillé des braves types qui étaient objectivement des traîtres. (Il détache chaque lettre.) O-B-J-E-C-T-I-V-E-M-E-N-T !

Un éclat de rire secoue les complices. Mais Montand se reprend.

— Je ris mais je n'ai pas envie de rire. C'est une tragédie ! Ils ont exécuté des millions de gens, ici dans la patrie du socialisme. Au nom de la fameuse dictature du prolétariat, ils ont zigouillé des millions de prolétaires. Et on devrait se taire !

— C'est tragique et c'est comique en même temps. Souviens-toi quand Kanapa a dit à la télévision, six ans après la sortie du film, que les communistes auraient dû faire *L'Aveu*. On a bien ri !

— Cela prouve que le parti a toujours raison. Quand le film sort, le parti dit que c'est un film anticommuniste. Six ans plus tard le parti dit : on aurait dû le faire.

— Cela résume bien l'histoire du parti communiste : il a tout dit et son contraire.

Les rires repartent. La conversation roule d'un bord à l'autre de la table. Semprún prophétise.

— Je suis convaincu qu'au siècle prochain, la tragédie communiste sera oubliée. Ce sera de la préhistoire. Plus personne n'en parlera. Alors qu'elle a obsédé nos vies.

— C'est qui le mec qui avait dit « le communisme est la jeunesse du monde ». On a été assez cons pour y croire !

Montand interroge Semprún.

— Tu crois que la projection de *L'Aveu* à Moscou fait avancer les choses ?

— Le film a été ce soir un choc visuel car, à ma connaissance, les Russes n'ont jamais vu de scènes de violences physiques et d'interrogatoires au cinéma. Mais la référence à Lénine à la fin du film est obsolète. Déjà à Prague, Havel m'en avait fait la remarque. *L'Aveu* est un film daté, au sens où il correspond à un moment de l'état d'esprit de l'opinion de gauche. Il se situe encore dans une critique constructive, à l'intérieur du système dont il déplore les excès et les dérapages. Les Russes aujourd'hui n'en sont plus là. Ils veulent sortir du communisme. Tu as bien fait de le dire tout à l'heure lors du débat qui a suivi la projection. *L'Aveu* se trouve en décalage par l'accélération du processus en URSS. Il est dépassé par l'histoire qu'il a contribué à faire. Mais on a eu raison de le faire car à son époque, il a été un accélérateur des particules qui ont sapé le système.

— On est comme le parti. On a toujours raison, plaisante Montand, hilare.

Après la projection, Obraztsov, l'homme qui avait invité Montand en 1956, lui a donné une photo prise à l'époque. L'artiste la pose sur la table du bar en poussant les verres de bière. Obraztsov, devenu un frêle vieillard aux cheveux de neige, y figure dans l'éclat de sa jeunesse, le poil brun bien coiffé, aux côtés de Montand et Simone. Elle porte un petit chapeau qui tient sa chevelure blonde et elle caresse la nuque de son mari. Tous les trois se sourient.

Semprún se penche vers Montand. Il appuie son bras sur l'épaule de son ami et murmure :

— Le communisme n'était pas la jeunesse du monde, mais il était notre jeunesse.

Les yeux de Montand reflètent un instant la mélancolie des jours passés, des années envolées. Il contemple la photo sur la table, le sourire de Simone, sa main sur sa nuque. Son visage, ridé comme une eau frissonnante, s'ouvre dans un sourire tendre.

— C'est joli, ça !

Crédits des citations de chansons

Par ordre d'apparition :

« Les feuilles mortes », paroles de Jacques Prévert, musique de Joseph Kosma, interprétée par Yves Montand, Odéon, 1949.

« Je suis venu à pied », interprétée par Yves Montand, Odéon, 1948.

« La crise est finie », paroles de Jean Lenoir, F. Waxman et Max Colpé, interprétée par Albert Préjean, 1934.

« Boum ! », paroles et musique de Charles Trénet, 1938.

« Dans les plaines du Far-West », paroles de Charles Humel et Maurice Vandair, musique de Charles Humel, interprétée par Yves Montand, Odéon, 1945.

« L'esprit frappeur », paroles de Jacques Demy, musique de Michel Legrand, in *Trois places pour le 26*, interprétée par Yves Montand, 1988.

« On est comme on est », paroles de Mireille et Albert Willemetz, interprétée par Maurice Chevalier, Gramophone, 1938.

« La vie qui va », paroles et musique de Charles Trénet, éditions Raoul Breton, 1938.

« Y'a d'la joie », paroles de Charles Trénet, musique de Charles Trénet et Michel Emer, éditions Raoul Breton, 1936.

« Moi je m'en fous », paroles d'André Hornez, musique de Norbert Glanzberg, éditions Semi, 1946.

« Je vends des hot dogs à Madison », paroles d'Henri Ducou-La-Pointe et Marcel Fouquet, musique de Maurice Meslier, interprétée par Yves Montand.

« Luna Park », paroles de Jean Guigo, musique de Louis Gasté, interprétée par Yves Montand, Odéon, 1945.

« Les enfants qui s'aiment, paroles de Jacques Prévert, musique de Joseph Kosma, interprétée par Yves Montand, in *Montand chante Prévert*, Philips, 1962.

« Quand un soldat », paroles et musique de Francis Lemarque, interprétée par Yves Montand, in *Yves Montand chante ses dernières créations*, Odéon, 1953.

« La ballade de Paris », paroles de Francis Lemarque, musique de Bob Castella, interprétée par Yves Montand, in *Théâtre de l'Etoile récital*, Odéon, 1954.

« Sanguine », paroles de Jacques Prévert, musique d'Henri Crolla, interprétée par Yves Montand, in *Théâtre de l'Etoile récital*, Odéon, 1954.

« C'est à l'aube », paroles de Flavien Monod, musique de Philippe-Gérard, interprétée par Yves Montand, in *Yves Montand chante*, Odéon, 1952.

« Malgré moi », paroles de Jacques Prévert, interprétée par Yves Montand, in *Montand d'hier et d'aujourd'hui*, Philips, 1980.

« Au kabaret de la dernière chance », paroles de Pierre Barouh, musique d'Anita Vallejo, interprétée par Yves Montand, enregistrement studio 1989.

« A Paris, », paroles et musique de Francis Lemarque, interprétée par Yves Montand, in *Yves Montand chante Paris*, Odéon, 1953.

« L'étrangère », paroles de Louis Aragon, musique de Léo Ferré, interprétée par Yves Montand, in *Montand de mon temps*, CBS ,1974.

« La bicyclette », paroles de Pierre Barouh, musique de Francis Lai, interprétée par Yves Montand, Philips, 1968.

« Mon frère », paroles de Nazim Hikmet, interprétée par Yves Montand, in *7*, Philips, 1967.

Cet ouvrage a été imprimé
par CPI Brodard & Taupin
pour le compte des éditions Grasset
à La Flèche (Sarthe)
en mars 2021

Mise en pages PCA, 44400 Rezé

PAPIER À BASE DE FIBRES CERTIFIÉES

Grasset s'engage pour l'environnement en réduisant l'empreinte carbone de ses livres
Celle de cet exemplaire est de
0,600 kg éq. CO_2
Rendez-vous sur
www.grasset-durable.fr

N° d'édition : 21967 – N° d'impression : 3042361
Dépôt légal : avril 2021
Imprimé en France